一位医学专家的成长历程

YI WEI YIXUE ZHUANJIA DE CHENGZHANG LICHENG

施焕中　著

河南科学技术出版社

· 郑州 ·

内容提要

本书分为“家乡篇”“成长篇”“生活篇”三部分。一个农村娃依靠党的好政策和自己孜孜不倦的奋斗精神，一步一个脚印走到今天，一路上自有众多的酸甜苦辣，以文字的形式记录这些是一件很有意义的事情。本书语言活泼、幽默、乐观、积极，不但可以激励和引导处在成长阶段的年轻医生和医学生，也会受到众多其他读者的喜爱，使更多读者从中找到同感和共鸣。

图书在版编目（CIP）数据

一位医学专家的成长历程/施焕中著. —郑州：河南科学技术出版社，2023.11
ISBN 978-7-5725-1311-4

Ⅰ.①一… Ⅱ.①施… Ⅲ.①传记文学-中国-当代 Ⅳ.①I25

中国国家版本馆 CIP 数据核字（2023）第 177940 号

出版发行：河南科学技术出版社
北京名医世纪文化传媒有限公司
地址：北京市丰台区万丰路 316 号万开基地 B 座 115 室　　邮编：100161
电话：010-63863186　010-63863168
策划编辑：曲秋莲
责任编辑：曲秋莲　郭春喜
责任审读：周晓洲
责任校对：龚利霞
封面设计：吴朝洪
版式设计：崔刚工作室
责任印制：程晋荣
印　　刷：河南省环发印务有限公司
经　　销：全国新华书店、医学书店、网店
开　　本：720 mm×1020 mm　1/16　**印张**：20　**字数**：231 千字
版　　次：2023 年 11 月第 1 版　2023 年 11 月第 1 次印刷
定　　价：79.00 元

序言

有梦想就有激情

我是一个喜欢做梦的人，有时候甚至不愿意从梦中醒来，我一直在享受着一连串好梦所带来的美妙。

当年国家“只生一个孩子好”的政策不允许俺夫妻继续生育更多的孩子，但我从骨子里从来没有放弃过生养第三胎、第四胎，或者更多胎的梦想。我知道这只能是一个梦，但我愿意继续做这个梦，直到今天仍然拒绝从这个甜蜜的梦中醒来。不怕有人笑话，我必须说出一个事实：很多时候我躺在床上想入非非，想象着有一天我下班回家打开房门，两三个牙牙学语的小不点儿们飞也似地跑过来冲进我的怀里，或者抱住我的大腿，“爹爹……”之声响成一大片。在那样一种曼妙的梦境中，我甚至可以清晰地看到我的小女儿施翩和小儿子施也追逐嬉闹的场景。如果幸福再多一点，上天再愿意给我第三个儿子，我就给他取名“施攻”，这是一个多么有上进心的名字。

在电影《少林足球》中，周星驰动员“烂泥扶不上墙”的大师兄出来踢足球，告诫他：“做人如果没梦想，那跟咸鱼有什么分别啊？”我喜欢这个说法。有些梦想即使不能实现，只是因为美丽，也值得拥有。有了梦想，我们可以始终如一地把握奋斗的方向，也赋予我们用之不竭的力量。

小时候家里穷，我的梦想就是脱离祖祖辈辈的贫苦生活。有了这个梦想，幼小的我奋发读书，一路走来以无限的激情圆了自己的梦。此后，每圆一个梦，我就马不停蹄地营造出另一个更加绚丽多彩的梦，所有的梦全都是一片春暖花开的美好天地，将这一个个梦串联在一起的是少年的狂野、青年的拼搏，以及中年的思考和不停步。

那么，如今已经进入了本命年的我有梦想吗？当然有，而且非常漂亮。对我而言，什么都可以放弃，唯独梦想不可以。

施焕中

目　录

家乡篇

成长篇

生 活 篇

家乡篇

那时的农村

儿时亲眼看见的两件事情至今仍然记忆犹新。一件是一名村民从圩镇上买回一头小猪，目的很明确，将其养大，宰了卖钱。不幸的是，买回来之后发现小猪竟然不怎么吃潲，那样的话长得就会很慢。这位老兄接下来要干的头等大事就是等到第二个圩日将小猪拉到集市上去卖掉。后来我看到他因为成功地将可能的损失转嫁到其他人的头上而感到由衷的喜悦。

另外一件事简直令人心寒。一名40来岁的、也穷得叮当响的村民不幸患上了鼻咽癌，临死前一群村民围在他的家门口，以一种事不关己高高挂起的心态对病人说："你就要死了，还不准备棺材吗？"可怜的病人本来就属于老实厚道的类型，受此刺激顿时吓得面如土色。最后他说："明天我就叫人卸下门板，钉成个长箱子。"我感到那是从心底发出的撕人心肺的呐喊，而周围的人则都十分麻木，丝毫也没有替那位垂死老兄想一想。第二件是发生在20世纪90年代初的事，那时我已经是一名医生了。

我本人首先是这些愚昧的农民意识的受害者，而实际上反过来因祸得福，最终成为受益者。

记得在我上小学之前，我就曾多次听到无数的村民——这些村民都是我的左邻右舍，也是我的同族兄弟——以一种明显幸灾乐祸的心态对我说："将来你会惨得不得了的，你没有兄没有弟，你爹你娘越来越老，你以后一个人挣工分，怎么够养三个人？你怎么有钱盖房子？看你连老婆都娶不起。”看到我急得想哭的样子，人们感到无比的满足。要知道，他们在对一个孩子说这些惨无人道的话的时候是一帮人你一言我一语，抢着表达同样的意思。

那个时候我就被他们教会了什么叫恐惧和绝望。原因很简单，有人因为没有儿没有女，活活饿死在家里是确确实实在我们村里发生过的事情。没有钱娶老婆的鳏夫就更多了。小时候不知道娶老婆是怎么回事，但是已经开始明白如果娶不上老婆，老了以后会死得很惨。

文盲的农民是这样麻木，有点文化的我也曾领教过。1972 年秋季学期是我第一次上学的学期。我对此感到十分欣喜，终于到了读书的年龄，而我天生是喜欢读书的。就在即将开学的时候，我一时心血来潮剃了一回光头。对我来说，简直是灭顶的灾难骤然降到我的头上。一名离我家不足 200 米的民办教师知道我对于上学充满了憧憬，为了取乐，竟然把我叫去当着许多人的面对我说“剃了光头的人是不允许读小学的”，然后拿出笔和纸登记了我名字。我当场被吓得尿湿了裤子。我是一个只有七岁的孩子，是没有能力辨别老师其实是拿我来寻开心的。当时那位老师那样拿我寻开心的面部表情是十分严肃的，我至今仍然记忆犹新。有一点是非常明确的，老师从我的惊恐中得到了极大的心理满足。

我当时惊恐的程度是难以想象的，几天不敢出门，最后哭求父亲想办法。父亲当然知道那是老师在开玩笑，但我不相信老师会开那样的玩笑，我说：“老师都登记了我的名字。”正如所料，除了嘲弄，我从父亲那里得不到任何援助。最后，我在开学前一天竟然在炎热的八月夏季戴上一顶布帽子跑到小学校长的家里，向校长赔礼道歉，说不该把头剃光。还摘下帽子让校长相信我的头发已经开始长出来了。我想，校长当时一定是一头雾水。

这件事情对我的触动很大，受到的伤害也很大，这种伤害一直持续至今。我不是一个小心眼的人，只是伤害太深，深得实在无法忘记。

村民们的这种麻木心态对我的伤害越深，我就越痛苦，越痛苦就越有理由寻求解脱。随着年龄的增长，我好胜的斗志逐渐被激活。一条最起码的底线在以后的数年中经过日积月累的发酵之后逐渐形成：我必须离开施村，不能生活在这样的环境之中。这种想法在初中二年级时基本形成定局。

当类似的一系列不应该发生的陈年往事连在一起的时候，给予我的影响是很反面的。到了今天，我就有理由觉得，乡情并非都很浓、并非很醇厚。

2006 年 11 月 1 日

十八年的噩梦

如果有人声称不爱自己的故乡，多半会被人尤其是同乡人认为十分无良。

当然，我一般不会无缘无故宣称不喜欢自己的故乡，主要原因是实在没有这个必要，就如同我没有必要告诉任何人我不爱好将鼻子凑近狐臭浓烈人士的腋窝一样。只是，心甘情愿地爱一个地方需要理由，我至今未能成功地搜寻到热爱故乡的理由。即使天天被咒骂无良，也无法改变这个事实。

自1989年以来，我一直断断续续地被一个难以忍受的梦魇所折磨。从那年开始，我就经常梦中见到大学毕业之后被分配回原来工作的宾阳县人民医院工作。我辛辛苦苦蜕了一层皮才逃离那家小医院，再辛辛苦苦又蜕了一层皮读了五年书重新回到千方百计要离开的地方，这种结局远远超出了我能够承受的范围上限。这个噩梦反反复复，夜间经常被惊醒，少不了总是全身一阵虚汗。

1994年硕士研究生毕业，明明是在职攻读，不存在重新分配工作的问题，但是此后仍然不断地重复着内容相类似的噩梦。只不过，这一回不再是大学毕业，而是研究生毕业之后又被分配回宾阳县医院当医生。在梦中甚至见到了自己身穿白大褂在医院低矮灰暗的病区里走来走去，情形十分阴森恐怖。当然，也是在梦中，再次发誓要离开自己的故乡，途径是攻读博士学位。

即使是2000年获得博士学位之后，这个噩梦还是缠绕了我本来质量就不好的夜间睡眠。同样悲惨的是，经常梦见自己博士毕业之后无法继续留在医科大学工作，回到1982年的起点。我一生一世美好的理想总是因为不断念书而在相类似的梦中毁灭。

这个噩梦即使到了今天还在继续。时不时夜半三更被吓着醒来，在床上喘气良久，确认自己现实中还能在南宁有着一份工作之后才能再次入睡。

或许，故乡只有在行将就木的老年人缥缈的梦里才会是美丽的。

2007年1月12日

除夕之夜

现在是下午6点10分，已经能断断续续听到噼噼啪啪的鞭炮声。南宁市今年开禁，除了医院和学校之外的其他地点可以燃放烟花爆竹。中国人不放爆竹何谓过年？虽然爆竹声并不十分悦耳。

我小的时候，最欢喜的时刻当然是过年：可以吃肉，可以拥有几毛压岁钱，可以添一套新衣服。同样值得狂喜的还有：可以把一串鞭炮拆了逐个点燃飞向天空听到清脆的“叭”，也可以扔到水里听到沉闷的“嘭”。最好玩的还是将鞭炮插入一堆新鲜的牛粪里，神速点燃后退几步等着观赏漫天的飞泻及爆竹留下的冒烟大窟窿。

现在，城里的孩子就不可能享受这样的福分了。我的孩子非但不能随心所欲地蹦蹦跳跳，今天上午还被迫做假期作业，分明是社会在退化。我们也都知道他们在学没有实际意义并远远超过他们承受能力的东西，只是没有办法。

一晃，几十年过去了。

现在正在源源不断地收到手机祝福短信。那些从网上下载或者转发的例排短信，我一般不打开，还来不及知道发信者就清光了。建议所有善良的人们不要上电信的当，手机短信不会让人感动，其唯一的功能就是肥了那些利用国家资源发家致富的人。

明天回老家看老母亲。今天之所以尚未动身，主要是留家里等着看春节晚会。希望今晚的节目不令人大失所望。

2007 年 2 月 17 日

六　哥

整个白天基本上都是在聊天中度过的。

在老家宾阳县城还是能够找到一家喝茶的小店，据说是当地以前的一名副县长依靠搜刮得来的赃款退休之后开的茶庄。

在施村诸多的兄弟当中，我比较乐于交往的老兄便包括六哥。虽说是六哥，按照族谱我是他的爷爷辈。一个非常尴尬的事实是，我在村子里的辈分高得惊人。我是祖上从山东移民到宾阳之后的第17代子孙，村里辈分最小的已经排到了第22代。也就是说，我已经莫名其妙地成为太太太祖级长老。整个施村的人口已经突破了6000人大关，50岁以下的族人半数以上必须毕恭毕敬地尊我为“二公”。六哥年近60岁，已经退休多年，但这不妨碍他成为我的孙子辈人物。同样的道理，按照宗族的规矩，他必须称呼施戈为“三叔”(施戈有两位排行上的堂兄)。实际上，65岁以上的老人家当中必须称呼施戈为“三公”者大有人在。

不过为了避免不必要的尴尬，我们这些逃离家园在外面当国家干部的成功人士在处理这类问题时通常都是倒行逆施。也就是说，施戈反过来称呼他的大龄儿孙辈如六哥和其他六哥们为“伯伯”。只要在村子里，纵然是面对那些古稀甚至耄耋的老人家，10岁的施戈可以理所当然地享受长辈的身份。在称呼这些胡须扫凳的老者时，施戈也只能中规中矩地叫唤他们为大哥或者五哥。

六哥属于非常厚道的那一类人，对所有的人都满脸堆笑，看起来慈眉善目，而且基本上做到乐于助人，所以人缘非常好。譬如说，他曾经不止一次在我不知情时代我回去探望我的老母亲，并替我捎些家乡的大米来尝尝鲜。

最让人欢愉的是六哥说话幽默风趣，酒量甚海，擅长拼啤酒。

六哥曾经当过民办教师，竟然上过我们小学一年级的几次课。在给我们上过几次课之后他就光宗耀祖、福泽万世地被招工进城在南宁沙井煤矿当上了工人。那个年代，能够当个工人便是天大的好事。如果再能够在城里攀成一桩亲事，那简直就是身价一夜之间陡增万千倍。

“自卑压抑，成功外出，历尽沧桑，逐步好转。”六哥文绉绉地以 16 个字画龙点睛地总结了自己的前大半辈子。对于那些仍然在村子里勤奋工作的乡亲们而言，六哥显然是一票大人物；即使与县城里的广大人民相比，他也不失为学习的好榜样。一个十分简单的例子就是：生育三女一儿仍然领到“计生证”也就罢了，还连获提升，最后退休在水电局秘书的位置上。

“后面三句我都知道，第一句怎么讲？”我和其他几位在场的兄弟都很想知道。

“1970 年曾经有过一个招工机会，是支柳工程筑路工人。当时村委会讨论基本上通过了让我出去，就在关键时刻，有人提出‘是以贫下中农为主，还是以中农为主？’因为我家被划为中农，最终还是泡了汤。”

“没有别的机会了吗？”

“四周黑乎乎的看不到希望。还有，我母亲有个弟弟成分不好，报名当兵也因为政审不过关当不成，所以那段时间非常低沉和自卑。”

“后来又怎么出来了？”

“沙井煤矿招工，指定要有文艺细胞的，我会拉二胡，有文艺细胞，所以这一次很顺利。第一天谈话，第二天去透视（体检），第三天就集中出发。”

“当时你已经当了工人，怎么还回乡下……六嫂……六哥的心灵很美啊！”

“沙井煤矿 90%以上是男的，狗多屎少……再说，我母亲在家，身体不好，也需要一个人照顾。”

六哥生活真正好转的时机是在 20 世纪 80 年代从沙井煤矿成功地调回县水电局，并摇身一变从工人晋升为干部。如果他那时不脱离那个地方，想必今天的生活十分悲惨。实际上，他当年的同事几乎全数下岗，很多人仍然靠帮人做苦力艰难度日，有时候甚至连苦力活也找不着。

“六哥，你这一辈子肯定做了不少大事，能不能说来听听？”我又在追问。

“真的不容易。比较难是把六嫂招工进环卫局当工人。家里有四个孩子，超生户，而且六嫂已经超龄。”

“后来是如何成事的？”

“除了性别，所有的证明和材料都是经过推敲的……现在她每个月有 700 多块钱的退休金，相当于她在家里剥一年甘蔗衣所得到的全部收入。日后再也用不着抱怨儿媳妇砍下的鸡屁股太小了。”

“其他的大事呢？”

“把一个刚刚从体育大专毕业的堂侄子弄进县工商管理局工作费了不少神。更难的是把他在富川县当老师的老婆调回宾阳工作。”

“怎么个难法？”

“单单为了送两只鸭和一壶花生油给那时的教育局局长过七月十四

鬼节，我就在他家附近埋伏了三天三夜。待的地方不好找，必须躲在暗处，提着东西生怕别人看见。”

“送成了吗？”

“找了内线接应。一旦发现局长家的灯亮了就马上通知我们，但灯亮的时候通常都是夜里10点以后的事，又不敢动了。眼看快要过了七月十六，鸭子越来越瘦，心急得很……还有一次给人送苹果，红富士，贵得要命，结果爬了几层楼刚到领导家门口，塑料袋突然破了，一袋红富士苹果顷刻之间撒落一地，我们如同抓泥鳅一样从四楼一直抓到二楼才算抓完，非常尴尬。”

“后来呢？”

“还是送成了，前前后后花了一年多的时间。现在堂侄的老婆在四中当老师。”

六哥还谈了其他许多酸甜苦辣的事情，六哥现在说起来轻松自如谈笑风生，但当时恐怕是笑不起来的。大家都不容易啊！

现在六哥几无近忧和远虑。由于其身上固有的许多优点，六哥退休之后的工作和生活甚至远远优于在职工作之时。四个孩子都已经参加了工作，三个女儿已经成家，而且生活都相当不错。更可喜的是，六哥与人合伙开了一家专卖水电用具的商店，经营状况甚佳。他几年前又与人合资购买了三台“钩机”(挖土机)，如今成了“钩老板”，看来生意十分红火，在与我们聊天期间手机响个不停，电话谈的全是“钩生意”。

2007年10月6日

一位多年不见的兄长

应该有十来年没有见到B哥了。与10月6日写到的六哥一样，比我年长整整10岁的B哥在族谱中属于我的孙子辈人物。

第一次见到B哥是在1980年前后，那时我在念中专，他去外省当兵。此后偶有机缘见面，只是来去匆匆，没有太多的深谈。如今，他和B嫂调来桂林工作已经有了4个年头。

我和B哥一家三口在桂林的榕湖饭店自助餐厅吃晚饭。他的儿子今年21岁，与父亲一样对人彬彬有礼。能够在恰当的时候插嘴说上几句恰当的话，给人的印象甚佳。

B哥现在是一个效益良好的单位领导，这对于一个军旅出身而没有文凭的人来说，当然是一件十分不容易的事情。能有今天不愁吃、不愁穿、有房住、有车开、有骄人成就，纯粹是靠个人能屈能伸地打拼得来的。

每个人都有自己谋生的路数，我的路数应该就是读书，而B哥的绝招就是广结善缘吃苦耐劳。记得当年我在卫生学校读书期间，一时糊涂想到穿军装照相，写了封信给B哥，不久他便将一颗红五星和一对领章埋在挖空的一本书里寄来。他那样做显然有违军纪，但也从一个侧面反映出B哥确实具备“五讲四美”的本色。

在宾阳工作期间，B哥另一个更为繁忙和充实的行政兼职就是“扶贫办主任”。

“几乎没有一个月没有人来要钱。”B哥说起从前的故事，仍有不少唏嘘。

“都有些什么人呢？”我问道。

“这个建房子来要钱，那个建房子也来要。他们的小孩读书也来要。我的几个老舅舅和姨妈逢年过节肯定来要。”

“不给不行吗？”

“还有，就是村子里的人，一来到黎塘就会找我，一找我开口就要100元。当时的工资也就是130元左右。农村的确穷，不给看不过眼。我家有个近亲病了，他的几个儿子先把他送到医院，然后通知我拿钱去交住院费。他儿子说‘再不交钱，医生就停药’。我能有什么办法？”

“我还没有碰到这样的情况。我的态度很明确：我接济的额度只能用于维持生活，而不能用于改善生活。”

“这是对的，现在我也松了一口气。不能直接给钱，只能帮助他们改进生产。”

整个晚餐时间，我和B哥B嫂就是谈论这些烦人的生活问题。一个简单的事实是，B哥的心地比一般人善良得多。要我莫名其妙把血汗钱送给一些极少谋面的远房亲戚，那是不可能的。

难怪当年我在宾阳工作时想找一个具有崇高的社会主义觉悟的好姑娘来畅想美好的新生活、探讨人生的真正意义，灯笼用破了十个八个，油钱去了不少，偏就运气不济，一直没有碰上一个心灵美一点点的。原来，从农村摸爬滚打出来之后，心境和处境也好不了多少。追随的队伍如此之壮大，足以让城里有女的人家闻风丧胆。

2007年10月19日

过 年

还好,能够过个暖年。

从期刊上看到,一位在外打工的农民工回家后看到年迈的老母亲时发出忧伤的感叹:母亲老了,走路扶墙,双脚再也踏不出声音。

我带着儿妹俩于前天也就是腊月二十九那天回到老家把老母亲接到南宁过年。与一年前相比较,母亲苍老得更是明显,已经不能再直起腰,走路非常缓慢,说话少了很多,坐在客厅里一动不动,甚至不愿意跟随我们去看新购置的房子。

89 岁的老人家,总算又熬过了一个严冬。值得欣慰的是,精神很好,头发更是令不少年轻人称羡不已,似乎见不到丝毫的白发。老人家见到孙子孙女自是喜上心头,努力想要和哥哥妹妹聊上几句,只是言语不通,困难多多。施戈表面上对不常见面的奶奶不会公开表现出疏远,但很多场合都是在我们的提醒下才知道做些该做的事情:譬如搀扶奶奶步行,吃饭时给奶奶添菜等。

父亲于 1996 年已经去世,他一直没有罹患什么大病。去世前的一段时间精神异常、双目失明,显然是死于长时间饮用家乡人民贩卖的假酒所造成的不良反应。如果不这样,说不定可以活到现在,至少不会走得这么早。

对于我来说,过年没有什么特别。这几天我一直在按照编委的意见修改 ERJ 论文，的确有些棘手。编委不是临床医生，而是统计学家，提出的问题与临床实际相去甚远，但又不能不按照他的意思去做，因为稿件修回编辑部之后还必须得回到他的手上，他的意见对于决定稿件的命运至关重要。此外，国家自然科学基金的申请书及国家自然科学奖的申报书都要耗费大量的时间和精力。另一方面，如果没有这些活儿，生活本身也会变得十分不出彩。

今年春节鞭炮解禁，这才像点过年的样子，最高兴当然是小孩子。上午和下午，我都带领施戈和妹妹到楼下过炮瘾。看到他们兴高采烈的样子，我又免不了触景生情想起自己小时候过年时的情景。也是这么燃放的鞭炮，也是这么点了就跑，也是这么边跑边捂着耳朵等待“噼啪”的一响。主要的区别在于那时我还要为着一套三年之后才合身的新衣裳高兴，施戈和妹妹如今少了这份欢乐。

早上起床后带哥哥和妹妹去给外公和外婆拜年。

原先打算利用寒假去一趟西安让哥哥和妹妹去看看兵马俑，北方天寒地冻难以成行，改为飞去南京进行爱国主义教育，时间定在 2 月 15 日出发，18 日返回。

2008 年 2 月 7 日

乡下中秋

电脑显示屏旁边的电视正在播放央视中秋文艺晚会，让人难受的程度大致相当于肾绞痛急诊住院那样的辛苦，改为观看DVD电影之后方能感受到肌内注射阿托品的药效。

自从1989年大学毕业之后便不再有机会在八月十五当天回乡下老家过节。感激政府今年设立中秋节假日，这才让我们一家可以于昨天回到了宾阳老家。提早一天回县城的原因是前一天晚上已经和十余位施村在县城工作的兄弟约好要叙叙旧。人们听说我愿意回去，甚是欢喜，大家好长时间没有见面了。再说，按照他们的说法，我是“施村人的骄傲，甚至为整个宾阳县争了光”。他们显然在有意抬举我，我只不过是为我的家人多争到了几张旱涝保收的饭票而已。

将哥哥、妹妹和他们的妈妈送到县水电局的姑妈家安顿好之后，我独自来到约好的当地一家比较好的餐厅和施村兄弟共进晚餐。老家县城的招牌菜是炒狗脚，主要配料有酸笋、紫苏、辣椒等，昨晚少不了要点上一盘。后来发现不够塞喉，又让人到街上的专业大排档买回一大把。实在是好吃。当年曹操率领部队去讨伐张绣的那阵子当然没有宾阳人的口福，要不然不会只留下一个“望梅止渴”成语。倘若曹哥吃过炒狗脚，同样意思的成语“望狗脚止渴”不但更显高层次，理论上甚至可以补充血容量。

在座的同宗兄弟实际上全都是我的侄辈和孙辈“后人”，也就是说，按照族里等级森严的规矩，他们称呼我非叔即公。谈话的内容当然海阔天空，一般都言及从前的贫困，以及逃离黄土地之后的创业艰辛。大家深感讨生活本来就千艰万难，只有那些能够吃得苦中苦的人方才有机会争取到体面的生活。

晚饭之后，我们转移到一个茶庄继续海阔天空。因为要开车，我没喝酒，其他不少人倒是像喝开水一样灌了几大杯，所以说起话来格外幽默。有几位担任县政府某些局的正副局长，免不了大谈特谈官场的黑暗。人们以前经常明言或暗语我应该削尖脑袋捞个一官半职，“要不然白读了这么多年的书”。到了现在大概看出我官运不济能力有限外加一身酸腐气，许是失望了，已经极少有人提及此事。

因为我与宾阳人包括施村的兄弟接触不多，也由于我不小心成为当地所谓的“知名人士”，因而对他们来说，我几乎如同欧阳锋一般神秘和高深莫测。人们对于我的一些传言还是有一定的兴趣度，说起来有板有眼，一个比一个更具权威性，掌握机密越多者越自豪，其实全是一派胡言。有些情节过于离奇，如同那些爱好文学的热血青年苦思冥想组装起来发表在“故事会”这类刊物上的古今传奇，煞是好玩。他们说什么是什么，我一般不做解释，反正说什么都不会影响我的生活质量。其实，真正了解我的人都知道我方方面面都既普通也正常，譬如说，很想知道阿七的老婆长得不错人又贤惠，为何偏要离婚去另娶了一个没有工作的胖女人？

我们一直聊到差不多深夜1点钟才散伙。之后，我和五哥找到一家据称“比较干净”的宾馆住下继续聊天，一聊就到凌晨5点多。

顺便说一句，除非遭遇四大神捕追猎，否则奉劝众叔伯兄弟千万不要尝试住进这个县城的任何一家旅店。如果不住店就不能保证活到五月初五，至少也要自备空气清新机和传说中的“葵花防虱丹”。

2008年9月14日

也无风雨也无晴

每每阅读人们尤其是那些成名成家的人们抒写关于故乡的散文，经常可以感受到作者火热的赤子之心和难缠的思乡之苦。由此感受延伸一般都得出那样因果关系几乎是必然的结论：故乡是美丽的，作者们是热爱故乡的，因而都是富有人情味的。

我从来就没有怀疑过离开家乡的游子那份浓浓的思乡之情，即使写成了文字偶尔略显夸张，也永远都在可以理解的范围之内。有时候我不得不担心自己属于那种值得口诛笔伐的罕见例外，尽管我长期以来也十分热切地希望能够加入热爱故乡的仁人志士之行列。若干年之后待到耳顺待到古稀，或许在我的脑海里会浮现出一些关于故乡的遥远飘想，但至少现在无法想象那个时候的“乡愁”会是什么样的滋味。问题是，我将来真的有可能因为故乡而会发愁吗？发愁的理由是什么？没有理由怎么可能发生与此相关联的结果？

我从来没有产生过要让施哥和施妹学听学说故乡方言的念头，更不可能采取任何实质性步骤逼迫他们痛苦。有时候，故乡的人们看到施哥施妹回到村子里居然听不懂一句方言感到百思不得其解。“不能让孩子忘了祖宗忘了根啊！”人们忧心忡忡地对我表示不满。我很快就能找到我没犯错误的理由：一，不会说故乡方言不等于忘记祖宗；二，我的出生地只是我孩子的父辈和祖辈的故乡，他们与我故乡方言之间的联系是间接的；

三，他们永远不可能从学习一种几乎不可使用的方言中得到实惠，没有好处的事何苦为之；四，万一他们将来某一天莫名其妙地产生一种因为不懂我故乡的方言而引发的失落感，他们自己可以找到办法来弥补，他们的父亲不应该为此承担责任。这么想着，我的信念也就更加坚定了。

一直以来，我努力从在家乡成长和在县城工作的岁月中寻找温暖的东西。毫无疑问，有众多的感动时时在撩动着我的心弦，只是与我形影相吊的一些晦涩的记忆无论如何也挥之不去，有时还相当的难受。也就是说，我对于故乡的感情是纷繁复杂的。

人们总是说，中国的农民是勤劳的、善良的、淳朴的，是能够在他人落难时施以援手的。小时候在课本和为数不多的电影里看到乡亲们无私地精诚团结、互相帮助，一把米煮成两锅粥大家分着喝，这个时候总还是被感动得热泪盈眶，分明地感受到无产阶级世界的无限美好。然而，当擦干眼泪当场环视周围的故乡和故乡的人们时，即使是小小的年纪也能精确地判别出思想教育材料与“善良和淳朴”之间的巨大差异，并能觉察到因此而来的困惑和慌张。实际上，正是与此不重叠的东西串在一起成为我当年奋发图强的最大动力。

按理说，人们对于自己曾经战斗过的地方充满天然的深厚感情。这种情况当然有，而且相当的普遍。比如说，当年扛着红旗上山下乡的知识青年若干年之后相约返回到他们曾经插队过的广阔天地，再度与农民朋友们在餐桌旁打成一片并声泪俱下。

我作为检验士在县医院工作过两个年头。除了就读大学寒暑假期间实在百无聊赖时回到那家医院找几个老朋友叙叙旧之外，很少想到那个地方。当年的青年朋友后来也大多调离了县城，不是去广东就是来南宁，我回去的理由几乎片甲不留。偶尔回去会诊病人看一眼曾经待过的化验室也没有特别的感觉。这种不太近乎人情世故的感觉不知道若干年之后是不是会有所改变,目前看来该种可能性微乎其微。

让我感激涕零的是医院领导,1984年同意我停工三个月备战贫富攸关的高考。单就这一大恩大德,我当刻骨铭心。根据相关文件,医院不需要理由就可以不同意我参加高考。

只是,我对于故乡的想法仍然十分复杂。我想,老母亲百年之后,我主动与故乡的联系恐怕就只是清明时节回去拜山祭祖这一环节了。

2008年10月4日

大年初二回老家

昨天已经领着施戈和美儿到外公外婆家拜年，今天气温明显较昨天回升，不但不再下雨还露出了太阳，正好带兄妹俩回乡下老家给奶奶拜年。

乡下民众的生活水平早就今非昔比，过年期间的伙食和平日的生活实际上已经不再有太大的差别。不过，一些传统的礼数还是有的，如燃放鞭炮、吃年粽等。正是燃放鞭炮成为哥哥和妹妹主动要求回老家的始动原因。今天，他们足足玩疯了鞭炮一个钟头。

真正使我感到惊奇的是，村子里很多农家已经拥有了电脑，每个月交68元钱可以任用宽带上网。我从来没有和老家的人提到我有博客，因为没有想到他们会上网，但实际上我博客的不少点击率竟然包含着他们的默默贡献。不得不承认，我落伍了。

每一次回老家，我都少不了带上哥哥或者妹妹回到我出生和成长的老房子看看。大部分房子已经倒塌，实际上没有什么可看，然而，不到那个地方走走总觉得浑身不自在。去了，哪怕沿着残墙四周俯首缓步，也会舒坦许多。

下午，我还专门带着哥哥妹妹和他们的妈妈去“赶集”，去的圩镇那个时候叫“古辣圩”。我20多年没有光顾那个地方了，今天走着走着，又是一番感慨。小时候家里穷，身上没有一分钱，步行6千米在赶集日往圩里赶为的就是看热闹。

两分钱可以喝一杯凉茶，一分钱半杯。可怜的是，连半杯都喝不上，吞吞口水也就往回走了，有时候走到半路实在口渴难耐，就来到江边用双手捧起江水喝个肚皮圆亮。至今还记得那条江叫“竹筒江”。至于肚子饿，那就更是自然而然的事了，回到家里通常都是连灌带吞往喉咙倒下几碗白粥。

街面上很脏，小时候看到的许多老铺子还在，似乎还有人住着。我们看到有人公开摆设赌摊，一大群男女赌徒围在一起热闹非凡。我和妈妈急急忙忙捂着施戈和美儿的双眼，生怕他们看到那种丑恶的勾当。走远之后，我才告诉他们：那些人在做坏事。“爸爸这一辈子一分钱也不曾赌博过”，我趁机教育孩子们：“也希望你们长大之后千万不要沾染上这种恶习。赌博永远没有赢，一赌就输，只有劳动得来的钱才是踏实的。还有一样东西是绝对不能碰的，那就是毒品，吸毒就意味着走上不归路”。

我参观过的赌场包括设在中国澳门及马来西亚、越南和新加坡豪华邮轮的赌场，未曾赌出一分一厘。我相信我的孩子根正苗红，永远不会干出蠢事来。

由于在村子里住宿不方便，我们连夜赶回南宁，打算后天也就是年初四再回来一次。

2009 年 1 月 27 日

乡音难改

很多场合，尤其是到了武汉之后，话还没有说到第三句，一句固定的问话劈头就来："老家是广西的吧？"射箭有这么准，也用不着花钱请来韩国教练了。难道标志性口音就这么圆满吗？

我经常认为标准的普通话听起来的确十分悦耳。偶然在电视上看到或者听到广西人说既亲切又别具一格的所谓"南普"（南宁普通话），总是迫不及待地按换频道，感到多少有些异样，尽管我就操那样的口音。潜意识里也知道调动工作是迟早的事情，潜意识里更是希望能够调到一个说标准普通话的北方城市工作。如今木已成舟，只能徒呼鱼和熊掌。

还算方便的是，武汉话与桂林话比较接近，能够听和说桂林话的人在武汉基本上不再存在语言障碍的问题。大多数在南宁工作的医生护士都会说桂林话，至多那个调调有些拐弯而已。

说起家乡的口音，想起了一些趣事。广西的一些地区的居民说话的口音具有鲜明的特色，不少的情况下听起来还相当地别有风味。以下是一些亲历或道听的例子，这里没有对家乡和乡亲不敬的意思，只是觉得有趣。

……

还是不说出来的好，因为可能会有人看后有一点点不舒服。我对于家乡永远充满深情，以至于常常想着希望能够在广西找到一家合适的医院联系到其呼吸内科，然后以我自己的方式尽最大能力帮助这样的一个科室搞好学科建设。通过双方的共同努力，让国内的同行持续性地认可这个科室的不断进步。

果真如愿以偿，也算是对家乡养育我这么多年的一分报答。

2009 年 3 月 30 日

祖坟与风水

昨天下雨，今天天气还算不错，我们从山上回来之后准备启程回南宁的时候才下起了小雨。

儿子和女儿毕竟是在城里长大的孩子，在爬山的过程中叫苦不迭，我除了摇头也说不出什么。现在的孩子实在是太娇生惯养了。

2009 年，离开广西赴湖北之前带儿子回乡下老家拜祭祖先

说起清明节拜山，我家还有些小故事。

1982 年，家父为了便于集中扫墓以节省时间，将远山的一座祖坟迁移到一处邻近的山岗上。当时那处山地光秃秃的一片，连野草都不多，附近也没有什么坟冢。1984 年，我一箭中的考上了大学之后，我家那个祖

坟所在的地址一夜之间成为风水宝地，没几年，那个小山岗便堆满了数不清的坟冢。那个时候，不要说乡下，就是城里人的孩子能够考上大学也是一件天大的事情。这事儿看来还传得挺远，县城里甚至还有人组团专程开赴那个地方考察我家的祖坟，而且得到了颇为一致的结论：我家的祖坟的确葬在一个绝佳的地方。

据说，我是先祖从山东移民到本地后的第17代子孙，目前尚在世的第16代人已经不多，只有两三个。

我家四代单传香火不断，令人称奇的是我本人所走的路子在村里人看来是非常顺畅的。1991年，考上研究生一事对于人口超过5000人的施村部分人来说多少有点刺激作用。有好几位老哥专门请风水先生看过从一世祖以后的各代世祖的祖坟，发现九世祖的祖坟的风向需要调整，因为风水先生说福泽的流向明显偏向了我们这一分支。于是，有人提出重新安葬第九代祖坟以示公平和公正，实质上是要削减我家的一部分福祉。

我向来不信神不信鬼，扫墓是为了表达对先人的感激和敬意，我今天所得到的一切都是我用辛勤的汗水换来的。当有人提出上述重新调整第九代先人的祖坟方位时，我们没人明确表示反对。以上这些都是我听说的，不知道是真是假。

我从小到大每到一地待上一段时间之后总会不可避免地成为比较持久的话题，有时甚至莫名其妙地充当某种想躲也躲不掉的是非根源。这不是我想要的生活，我只想一家人平平淡淡地过清静而其乐融融的日子。我从不主动惹是生非，只是各种各样大小不等的旋涡和陷阱总是源源不断，想静也静不下来。

现在还不知道下一个折腾是咋回事，我骨子里总有天生的不安分。

2009年4月4日

无奈的乡情

今天继续谈一个和昨天同样沉重的话题，这个问题在此之前对我一直构成围追堵截式的困扰，不过现在清静多了。

今天的话题，除了和我具有相类似经历的医务人员可以百分之百的理解之外，其他的华夏儿女尤其是在城市出生和成长的幸运者不会有切身体会，除非其配偶也是从农村挺进城市的优秀分子。

几个月前和一位贤惠的武汉籍女同事聊天，她的爱夫是从乡下考上医科大学后留在本院工作的大夫，而她每间隔一小段时间就必须无穷无尽地苦恼。夫家的亲戚（有时候根本不是亲戚而仅仅是同村的村民）会带着一身疾病和其他难题前来登门拜访，手里可能提着一两只土鸡或者几斤莲藕，但一般不会备有挂号费和医药费。她和丈夫必须同时或者轮流帮助来访的病人联系医生看病甚至安排住院。这些都还是其次的事情，更大的烦恼是很多时候必须替他们支付部分甚至全部医疗费用，有时候还得无怨无悔地做好早餐送到病房给他们毫无感恩之心地享用。

实际上，我经常耳闻目睹难兄难弟们惨遭此类敢怒不敢言的啼笑皆非折磨。如果那些血浓于水的亲戚们冲进家里来驻扎，除了带来混乱之外还会给主人留下心痛、矛盾和无可奈何。他们干扰小孩复习功课，使用左手或右手的拇指和示指夹擤鼻涕之后擦拭在餐桌的腿子上，说不定还“咔——噗”的一声往地板上吐出一口绿中带黄的脓痰。至于上卫生间小解不关紧门,冲凉洗头时将一瓶昂贵的香波挤个大半空等基本上都是常规动作。

可以拒绝提供这样的星级服务吗?不可以。这些有备而来的乡亲手中全都握有王牌性的重型武器,那就是杀回到村子里敲锣打鼓逢人就高音广播:某某家的儿子在城里当医生就自以为高人一等翻脸不认人,他以为他是谁呀!以后不许他回来走过我家门前路。这种毒辣的语言暴力自然不可能伤害到医生本人,首先受不了的是还留在乡下的父母或者同胞兄弟。我认识的一位广西宾阳县的伙计就更加倒霉,只是因为少给村子里的人一些钱便遭到惨无人道的恐吓:回来的话把他的车扔到池塘里去。

最有意思的是,在外面工作的人回到村子里必须装出毕恭毕敬的样子见人就“打招呼”,甚至还要递上一根香烟苦求对方接受,不然便有可能被齐刷刷咒骂为“忘本”。

以上种种闹剧与我本人从来就没有联系。由于悟性好一开始就看透对他们再吞声忍气也没有益处,所以我从来就不吃这一套,或者说我对这些无聊的咒骂具有天然的免疫力。从1979年离开乡下进城念中专之时算起,每次回乡下绝不会故意装出没有“忘本”的样子,平生未曾送出一支烟给叔伯兄弟们。我这么做的理由很简单,我不抽烟,也就不会买烟,不买烟哪来烟给人?

我父亲在世的时候分明感受到了压力,多次劝我别再太过分,主动打一声招呼或者请人抽根烟没有什么大不了的问题。问题是,他们的态度对我的生活质量毫无影响。我忙我的正经事还忙不过来,为何还要操心一些遥远的鸡毛蒜皮?

这些人在咒骂我的同时也没有忘记不停不断地央求我办这事办那事,这些事当然大多与看病有关。怎么说都好,我毕竟是一个心灵很美的人，乡亲们有难处能帮一把我自然乐于鼎力相助。在广西工作的时候，他们因为看病找到我时我从来就不曾让他们失望过。我要做的是其实也很简单，给相关科室的同事打个电话，说我有一个老乡前去找他看病，这就够了。这一个电话足以保证他们得到快捷而周全的最佳医疗服务。

“我可以到你家去住一两天吗？”曾经有人也这么无礼过。

“不可以。”我不假思索不留余地。

我可以自豪地说，直到今天从来没有任何一个“拐弯亲戚”能够成功地突破防线进入我那窗明几净的家。我的家不是客栈，不容任何不该入住的人光顾。我的业余时间属于我的家人和书本，不能拿来浪费。来人确有困难我会带他去到附近的旅店，替他支付住宿费并买好饭票。我这么做的不知道有过多少次了。

这篇博文主要是写给和我经历相似的难兄难弟难姐妹看的。我们当然应该要有善心，但行善要看自己的能力，如果因为善举而给自己的家人带来负担和困扰那就算是一个失败的家长了。我们对于人类的贡献体现在利用掌握的医学知识为病人解除病痛，而不体现在带着大队人马去排队抓药或者煮饭给别人吃这样的一种荒唐之中。

2010年10月30日

南宁普通话

两年多以前，我曾经在博客里专门写过关于口音的事情，现在忍不住又有冲动想再写写这个妙趣横生的话题。

有一次在外地讲完课之后走下讲台，一个年轻人凑近我无限激动地说道："施教授，您的课讲得太好了，如果我们能够听懂您说什么就更精彩了。"要不是看出他拥有简单的一脸热忱，我当时几乎可以认为他是来踢馆的。

这不能怪我，15 岁之前就没有说过几句普通话，从小学到初中，老师连讲课说的都是家乡土话，因为他们也讲不出普通话。直到念了中专注意到高考的语文试题中出现了单纯的考拼音，我才开始自学汉语拼音。现在几乎每一个单字的拼音我都能准确地发音，只是两个字连在一块儿的时候就露马脚了。

即使到了南宁读书，情况也没有明显的改善。南宁人说的普通话在当地有一个很多人熟悉的简称，是为"南普"。南普和北方人说的普通话词序和口音有天壤之别，不在那个地方长时间居留过有些话很难听懂。虽然武汉的口音也不标准，但似乎比南普更易于被听懂。在武汉生活了两年多的时间之后发现，自己一直以来操的口音居然有些好笑。南普有诸多模仿不来的特色，诸如大多数日常用语的末尾都是"捏(niě)"；百分之百的祈使句的句末都是"喂(wéi)"，本来可以好好说"请过来"，但到了南普就变为“来喂”;其他的还有“呜哟”“我丢”等。

以前南宁电视台有一瘦个子专门操南宁口音主持一档以“说”为主的综艺节目,内容是主持人说南宁白话或者南普,不知道现在是否还存在。每当换台碰到这个节目,也会停住几分钟看看,觉得有些意思。不过,心里头也很想翻出小时候玩过的弹弓瞄准他的脐下三寸放飞一粒尖石头,听听三连声“我丢呜哟”也好。

女孩子语言能力看来比男孩子强得多,美儿现在说的普通话就很北方,而施戈仍然说南普,捏声不断。

我素来就有强盛的上进心,也想改善自己的普通话,但看来效果好不到哪儿去了。据说曾经有人背地里议论我说的英语比普通话还要好。如果这位同胞当面如此失礼,我也许大概可能会脱口而出:“丢,七黑肺。”

2011 年 5 月 22 日

闭塞年代的荒唐

1982年8月至1984年8月，我作为检验士在老家广西宾阳县人民医院化验室工作。今天想起了两个苦命的老护士，她们不好也不坏，是那个时代典型的半农民。

当年的化验室只有5个连在一块的小房间，位于门诊大楼一角的一楼。化验室的旁边是妇产科门诊，那里除了两三个女医生之外还有两个老护士帮忙打杂，总之是一屋子女人。两个老护士大概都处在45—50岁，都不约而同地寡居多年，依照天理和生理对男人都应当怀有一种复杂的距离感和幽怨。在那个特定的年代，这些苦命的女人都渴望从搬弄男人的是非之中显示“门前是非少”，也好顺手牵羊得到望梅止渴式的镇静作用。

那个年头，我没有钱，没有单车，没有女朋友，日子过得很是寒酸。不过这也不等于说，我一年四季从早到晚都是孤苦伶仃的只能看星星看月亮。偶尔，县城里也有几个心灵非常美的姑娘来找我光明正大地玩儿，我们总是青春激荡地探讨如何更好地在新长征路上多为国家做贡献。

那时刚改革开放不久，男女之间的鸿沟还很假正经地拉得非常宽阔，男女青年之间也极少交谈，基本上不可能发生近距离同方向走路这样的事，因为那样几乎严重到了“生活作风不正派”的地步。我的宿舍就在门诊大楼的二层，下班后除了我就只剩下值班医生、护士和病人在一楼热闹。在这样的环境中，只要有一两个女青年来找我，就算是一件很张扬的大事。

就这么一两回人世间最单纯的交往到了那两个老女人的眼里立马就演变成为不可理喻的作风问题。她们勤劳地寻找机会对不同的人说我经常勾三搭四，其中对我们化验室同事老赵说的一句原话是："这个也想撩，那个也想撩。""撩"字在家乡土话里具有确切的贬义之意，意为"轻薄"或"勾引"等。

今天当然不会再存在那样匪夷所思的行径，但那个年代持与那两个老女人相似看法的人实际上还为数甚众。我的个性本来就非常阳光，活力四射，所有这些亮点反过来又强化了人们对我的反感。在那样的氛围当中，我在有意无意之中被造谣成为一个名声很不好的人。

值得庆幸的是，我是一个天生有远大理想的好青年。县医院不过是我人生的一个过路车站而已，两年时间一到必定会溜之大吉，所以一开始也就拥有傲气，既不将那些人放在眼里，也不将她们的废话放在心上，随她们胡言乱语。

后来我有了大出息，偶尔回到老地方碰见那些老女人也会停在路边笑容可掬地打个招呼或者寒暄几句。她们的长舌不是她们自身的缺陷，而是那个闭塞年代的荒唐。

2011 年 7 月 24 日

老家的人

老家有几间老房子，大半已经坍塌了，而且在塌掉了的原址上早就长满了野草。还没有塌下来的两间房子已经不能住人，因为随时有可能轰隆一声。尽管没有必要太过伤感，但以前每一次回去看到那种苍凉多少有些沉重的感慨。

我没有亲兄弟，村子里最亲近的是一位堂兄，他的爷爷和我的爷爷是同胞兄弟。母亲两年多前生活还能自理的时候住在乡下，生活方面的事情还多亏堂兄一家的照应。

自从母亲于 2009 年国庆节搬到我在南宁的房子之后，我就只在清明时节回过老家。那也是来回两匆匆，上午到家祭祖，下午返回南宁，第二天再回武汉。往后大概也几乎如此安排，我已经找不到理由在村子里多待一两天，再说乡下生活起居也诸多不便。1994 年，我们专门准备足够的被褥留在老家以备偶尔回去时使用，只是那被褥也存在“年久失修”的问题，较长时间搁置不用之后便变成了硬邦邦的东西，还散发着不卫生的气味。

据说村子里有人外出找到了很多的钱，然后回老家建了非常气派的老房子，空着，也不回去住人。这些老兄建房子的目的应该只是为了向乡亲们显摆一下，明示在外面发了财。一些与我烟酒不分家的族兄误以为我有几个钱，于是推测我迟早有一天会雄赳赳回到老家大兴土木。

很显然，这些兄弟将我想象得太不高雅了。首先，我没有多余的钱可以拿来浪费。其次，我向来就不习惯于按常理出牌，至少不会干蠢事。房子要塌就由它塌吧，塌了也不会很心痛。第三，在经济拮据的当下，我必须省吃俭用以备好儿女们出国接受高等教育的费用。对于我们伉俪而言，绝对不再存在比这一头等大事更值得考虑的事情。

1979 年，我考上中专之后不久，生产队就开始承包责任田。我的户口已经迁出，所以没有资格分地。父母亲按人头各分得一亩三分水田，我家因此就拥有了 2 亩 6 分地，这就是父母留给我的全部家产。大概七八年前，我们回老家偶尔会顺便带上一两袋米回城，后来发现老家一带种出来的米实际上比不上在超市里买到的米好吃，于是便再也不干那样的事了。

堂兄堂嫂如今已是年逾古稀的老人，体力上实在扛不住就不如不料理那么多的水田。周围邻居有谁愿意种地就随他们好了，反正我们从来不需要“收租”。如果没有人因为折本而愿意白劳，那就留荒好了。听说留荒是要向乡镇政府缴纳罚金的，要是有人来到武汉催我缴费，我肯定是不会赖账的。

2011 年 8 月 8 日

如何救济

题目很大，但我只能谈论一些非常细小的琐碎事儿。

一个凤凰猛男阿 L，非常有出息，不但当上了小官儿，还能找到不少小钱，相对于乡下的胞兄胞弟和伙伴们，生活基本上幸福到可以飞天了。

阿 L 的心灵可能比我还要美一点点，当初经常用自己的血汗钱救济在家里游手好闲的两个弟弟。有一年在老母亲的央求下拿十几万元回去给弟弟们买材料要建造房子。结果，钱递到弟弟手中不久除买回一堆泥沙之外几乎赌输了个精光。更让人火冒三丈的是，其中的一个弟弟捉襟见肘时总是打来电话："没钱花了。"

阿 L 毕竟不敢持棍去抢劫银行，无法填平弟弟们宽过北部湾的欲望沟壑，最后没有办法，只好亲自出动，购买所有的建筑材料拉回村子里，从外面雇请建筑工人回去把房子建好。在整个工期内，他的弟弟除了大吃大喝并克扣伙食费之外只做两件事：其一，继续游手好闲；其二，责怪其兄无仁无义，竟然不给予他贪污的机会。

还是这个不知天高地厚的阿 L，当上了国家公务员领到几个工资便妄图作威作福，回到村子里要全资将多年前坍塌了的公用"厅堂"（家乡土话称为"厅邸屋"）重新修建。这个"厅邸屋"到今天唯一的用途说白了就是一个停尸间，乡下死了人按惯例是要从这个地方启程出殡送上山的。

"厅邸屋"竣工之日当然要大吃大喝，邻家所有的受益者不需要为建造房子出一分钱那是肯定的，连酱油钱都由阿L负担。最气人的环节在于因为带回去的白酒不够村民们狠灌，席间竟然有人借着酒气破口大骂："你以为找到几个钱就了不起吗？这个厅邸屋是你家的吗？你问过我们吗？"

阿L显然属于犯贱型悲剧性人物，活了几十年也不明白，乡情在每一个人临终前闪想一两秒钟也就足之有余。

我的故事就更加多罗罗。从前我家叮当响的时候几乎没有什么亲戚，如今我尽管仍然偶尔也会穿皱巴巴的地摊衣服，但终究不需要再为厨房的任何事项操心。As expected，我家的门庭经常热闹非凡，我父亲在世时一度成为村子里享有崇高威望的族老。至于躲躲闪闪拐弯或者直奔主题前来"借钱"血浓于水的亲戚简直多如过江之鲫。人们搬出的理由五花八门，诸如买卡车跑运输、建房子差一点点就可以封顶、开摩托车修理铺缺少启动基金……除了一两个捉住我的痛脚猛烈敲诈而喜获丰收的成功人士之外，从未发生过低智商的人从我这个高智商的985大学二级教授手里捞到便宜这种荒唐事。我分分钱都是血汗换来，凭什么拿来浪费？

时不时也有一些勤劳和淳朴的乡民跑来和我讲感情，其中一个小老头特别有个性。起初，这个老头因为我当上了"国家干部"回家探亲居然不敬他抽烟，甚至不主动向他打招呼，便使用恶毒的语言到处扇阴风点鬼火咒骂我大逆不道。你对他们再好也不会有正面的意义，你漠视他们的存在也绝不影响他们前来讨便宜的火辣热情。

我还在广西医科大学工作的时候，几次下班走出内科大楼之前就远远看见那老头在那里严阵以待。他的理想很简单而明确：先到附近的饭店吃一餐，然后再讨个一两百"路费"，强调等到我七月十四回家就归还。我，一个胸中有正义的人，历来拥护"按劳分配"的社会主义分配原则，有什么理由助长歪风邪气？于是，我转身折回从高干病房的后门离开医院回家。

也有马失前蹄的时候，有一次来不及闪身只好在医院对面的小餐厅给老头及其率领的部队各买一个盒饭。我自己当然不会在那种低档的食肆进食，便以要给小孩做午饭的神圣名义脱离麻烦之扰。还有一次发生在8年前，这个老头居然敲响了我家的门，说了一大堆废话，最后提出借100元钱。谢天谢地，他只需要100元，我当即以迅雷不及掩耳之势抽出100元让他笑逐颜开地疾步离开。

老头之所以知道我家的住址，完全是另外一个老乡暗害我的结果。原来这个老头首先参访了她家，她再领着老头来到我家。看来，转嫁损失也属于我们文化的一部分。

这个邻家老头居然也会别出心裁。有一次回乡下看望老母亲，已经80岁行将就木(去年已经就了)的小老头将我拉到一边鬼鬼祟祟地说：他现在负责村里的养老院管理工作，某某捐了1000元，某某捐了800元……支持养老院的工作，你看着给我个数吧。

我很想明明白白告诉这个名声极差的老头，我的聪明才智是方圆几百里地不可能存在一个可以相提并论的人。尽管老头目不识丁，我真的很想告诉他，我连Th2细胞介导的气道炎症特征都了如指掌，博客更是写得神采飞扬，如果这种小把戏就能骗到我的钱，我还有什么颜面当广西优秀专家和正宗的首批八桂学者？

记得我后来选择和蔼可亲地对老头说："出钱没有问题，你告诉我一个银行账号，我返回南宁后立即打钱进去，完了你要给我一张盖有村委会公章的收据。"

人一定要有善良之心，对自己公正和友好则是善良的最高境界。毫无疑问，在实际生活中总有一部分生活比我们更困难的同胞，在力所能及的情况之下对他们施以援手本来就是应该做的事情。但是，救济必须牢记这样的两个原则：第一，不能白养乐于不劳而获的人；第二，救急不救穷，更不救匪。

2012年1月16日

乡下老家

可能是因为快要到春节的关系，这一两天总是时不时想起儿时生活和成长的乡下老家。

我是1979年15岁时离开老家进城求生存谋发展的。起初的几年对于那个村子似乎还有一丝丝牵挂，但很快便没有什么感觉了。当年要不是爹娘还生活在那个地方，我想大概不会回去东张西望。事实上，自从母亲于2009年国庆节搬到了南宁居住，我就只在清明时节回去给先人扫墓祭祖。

2005年，夫妻俩回乡下老家

很多时候，村子里修路修庙修这修那，来人来函要我捐些银两时，我当然也会有所表示，通常选择一个平均数，但心里头或多或少有些不太情愿。理由很简单，故乡给我的感觉是奇怪的，不能说一点乡情都没有，只是不愉快的回忆实在是太多。这些不愉快正是我发奋读书，尽早远离的强大动力。

和几乎所有的人一样，我也是一个知恩图报的人。尤其是最近几年，我总是有意识地在记忆的长河里，搜寻着那些在我穷困潦倒的日子里曾经帮助过我的人，以非常自然的方式表达我深深的谢意。

30 多年前的中国农村，到处都是一穷二白，家乡几乎所有的农民都生活在赤贫之中。有一个例子可以充分反映这样的一种挣扎状态。1979年，我以二年制初中毕业生参加中考全县第一名的成绩考上广西卫生学校时，当时我的一个同班同学的父亲找到我说：如果我愿意放弃读中专而将入学指标转让给他的儿子，他家将大方地拨给我家一担谷子再另加 70元钱。

那位老哥是一个小学老师，当然知道不可能如此儿戏想换名额就换，他之所以这么说是因为一担谷子和 70 元钱在那个时代对于村民而言几乎是倾其所有。

还有一件相当有趣的事儿。1979 年我初中毕业考上中专，这在当地相当于发射一颗卫星上天，无数的人以我为好榜样教育他们的子女要 good good study，将来像焕中叔那样当国家干部吃国家粮。也有例外的情况，一个老哥的儿子高中毕业后，从 1977 年起连年参加高考一直考到1979 年，不但与大学无缘，连中专的分数线也还差两丈远。老哥见到村头村尾到处都飘扬着对我的颂扬之声，居然怒发冲冠，在我即将入学之际义愤填膺地给我一点 color see see：“你有什么了不起？不就是考上中专吗？一块‘小砖刮’算个啥？还不是每月领个19块半？”

“小砖刮”就是用来建造房子的砖头，因为“砖”和“专”同音，老哥发明性地将“中专”戏称为“砖刮”，明显带有贬义之意。有趣的是，他的儿子后来也总算争气，考上了广西的另一个“小砖刮”。这是个小插曲，他的儿子后来成为我的好朋友，因为我们很快就都摇身一变晋升为国家干部，不需要再大搞农田基本建设。而老哥如今见我倒也毕恭毕敬，他多年前因为罹患结核性胸膜炎在县中医院留医被诊断为晚期肺癌，我亲自回宾阳县将其转院到我所在的科室治疗。老人家现在该有80多岁了，仍然活得好好的。

乡下老家，一言难尽，难以名状。

2012年1月19日

回广西老家给母亲上坟

毫无疑问，今后回广西的次数将大幅下降。如果没有特别的事，我本人回广西的原因应该就是每年的清明节回家祭祖。

母亲刚去世不久，按照家乡的习俗，老人去世后的第一次扫墓是必须在清明节之前办的。因为月底要前往英国参加一个会议，4 月初不再有时间，于是我决定利用本周末回到老家给老娘上坟。顺便在南宁办理房产证和驾驶执照等一大堆琐碎的拉杂事儿。

昨天我邀请一部分老同事和学生随我一道回宾阳乡下老家扫墓，一来可以让他们在县城吃到传说中的家乡特色酸粉和焖狗脚，二来也希望能给老母亲的在天之灵带来几分热闹。

回到家里，人们对乡下一些景象感到好奇。我家房子后有个菜园子，园子里没有特别的青菜，水沟或许可以用来养泥鳅。两个城里出生长大的小姑娘显然没有见过芭蕉树，正在看个够。

两个姐姐、大姐夫、堂侄和堂侄孙一起给母亲上坟。

老人家活到 94 岁才去世，无疾而终，走的时候没有牵挂，非常安详。除了在殡仪馆里看老人家最后一面时忍不住流下两行热泪之外，我似乎没有感到太多的悲伤。

如今想到亲人长眠于地下，留给我们的只是一堆黄土，心头一时不禁满是惆怅。从山上扫墓回来，我带领大家到我出生和成长的老房子观光游览。

村子里有人灵光一闪，想到开发旅游这一招，只是没有啥看头，连我家的破房子也成为景点了，明显具有恶搞的意思。大门左侧有一个安置不久的牌子，上面写着“施焕中博士宅院”，还有一行小字说明我是广西医科大学的“研究生导师”。一帮没文化的人拿我来寻开心。

四个完美无缺的成熟男人站在我家祖屋原本“厅堂屋”所在的位置，房子已经坍塌多年。我的婴幼儿时期、儿童和少年时代就是在这里度过的。

一行人在我家祖屋的大门前合影留念。如若老生有朝一日鸿运当头、功成名就、威震四海，房子被利欲熏心的人修葺成为“名人故居”“非物质文化遗产”或者“重要文物保护单位”，该幅照片或许会值些许银两。

在我家祖屋发完一通感慨之后，我们移师新房子稍事休息。大概 15 分钟之后，我们浩浩荡荡地驱车前往邻近的横县县城，特地奔那里久负盛名的“横县鱼生”而去。关于“横县鱼生”的故事，且听我回武汉之后再娓娓道来。

2012 年 3 月 26 日

根在哪里

在机场等候晚点的航班飞回武汉，随身携带的功课基本做完，一时百无聊赖，内心想七想八，想到了自己的根在哪里。这是一个大多数中国人都回避不了的问题，随着年岁的增长，这种心底里的意识总是日益彰显，最后甚至归结到叶落归根这一颇为惆怅的凋零。

我接受过正统的现代高等教育，是一个彻底的唯物主义者，加上自幼离开本来就没有多少愉快记忆的故乡，所以这种的“根”的概念在我心目中永远不会太强烈。然而，不会太强烈，也是有的，或多或少。在我的观念中，“家乡”应该不是我的出生地广西宾阳县，而是我15岁离家步入的那个城市——南宁。再说，在宾阳县，我的祖屋基本坍塌完毕；而在南宁，有我儿女完好无损的祖屋。

想到乡下老家，早期的记忆是贫穷和没有尊严，后来的烦闷是亲戚们不停不断动用种种借口前来借钱。说是借，历史上就从来没有过收到还款的例子。想想颇为怪异，很多时候在机场因为一瓶矿泉水被恶意敲价6元钱，居然用力忍住焦渴而不愿意掏钱。不是买不起，只是因为小时候穷困潦倒的生活经历提醒我不能如此奢华。另一方面，我省吃俭用到头来时常被几乎属于黑恶势力的理由切走一万或者八千，很不是滋味。

不禁想问，那就是我的根吗？说是，没错，只是觉得可有可无。那么，南宁呢？当然也不完全是根，但那毕竟是我生理成长发育、求学和工作过的地方，有许多值得骄傲的经历曾经流淌在那座一年四季青翠苍绿而干干净净的南方小城市。因此从感情上来说，我在潜意识里更愿意将南宁视为“根”。

平日里为了生计颠沛流离疲于奔命，无暇顾及这些目前看来还有些遥远的飘想。说来也奇怪，初来到武汉的头一两年，我对这座除了大之外几无好特色的城市没有什么感觉，实际上一直将自己定位为一个过客，至少在心态上如是。在其中生活和工作了三年多时间之后，我已经感到自己在自觉不自觉之中关注了武汉的诸多细节，谈不上热爱，但开始不那么排斥了。如果将来某一天我离开武汉奔赴其他城市谋生或者养老，毫无疑问，我会怀念这里的很多方面，包括工作气氛。

对我来说，最理想的结果是在南宁终老，但天与愿违，这是没有法子的事。直到今天，我仍然憎恨促使我走上背井离乡之路的弱智分子和脑残势力。就工作能力而言，我向来以自己为傲，总是能够在一般的条件下很平静地做出响亮的成绩。想当年，我在广西前狼后虎的凶险之中纵然没有一间实验室照样可以做出具有国际水准的科研成果。现在，我有了自己的实验室，工作当然会比在广西的时候优秀，那是很自然的事儿。将来如果工作条件进一步改善，以我的智慧和实际能力，有什么理由不经常领奖？更重要的是，当我以这样不常见的口吻说这些事情的时候，有谁会不认同我的说法？

至少在现阶段，“根”还不重要，工作得到认可才重要。认可的内容包括个人品质和能力，认可的主体包括病人和同行。做到这一点很不容易，但很重要，理应成为一个人的 reputation。

这是我努力的方向，也以此与朋友们共勉。

2012 年 7 月 18 日

逃离农村

1979年8月，我的许多初中同学都收到了高中的入学通知书，唯独我没有。有些着急了，托人问了武陵公社教育站的老师，这才得知广西卫生学校的新生入学通知几天前就寄到了教育站。没有人关心这样的事，平信寄来的通知书就随手扔在一张简陋书桌的抽屉里。我亲眼看见有人翻箱倒柜才从一个抽屉翻出决定我当时命运的信件。

在此之前我就接到通知要到县医院体检。1979年的宾阳县医院异常简陋和破旧，门诊楼绝对属于一级危楼，就是这样的一幢危楼后来成为单身职工宿舍。3年之后我成为这家医院的检验士时还轮不上住进去。

当时整个生产大队只有一个手摇电话机，接到通知我体检电话是大队民兵营长五哥。五哥是一个热情奔放的人，他接到电话之后二话不说，就骑上28英寸红棉自行车搭我飞驰40多里地赶往医院。当时体检过程还历历在目，甚至还记得给我量身高、测体重、听心肺的医生和护士。

可怜的五哥，多年之后当上了乡干部，一次在乡间公路上骑三轮摩托时遇车祸不幸身亡。

接到通知书之后有几件事需要狠抓落实，首当其冲的便是“转粮”。所谓“转粮”，就是将家里吃的好米送到公社粮所，然后从粮所开出相同斤数的票据，没有这样的一张“转粮证”便不能办理入学注册手续。记得粮所的工作人员看到我们带去的米不及他们的期望值，很是不高兴。当得知我这个15岁（当时营养差，身体尚未发育）小个子的优秀少先队员马上就要“当干部吃国家粮”时顿时惊羡不已。那是在1979年，从农村考上中专是一件很大的大事。

接下来的事儿当然是准备几套像样的衣裳，不然便“跟不上形势”。当时还没有出售成衣的摊子，几乎所有的服装包括衬衣都是自己买布，然后拿到裁缝店请人手工制作。不要说现在，以当年的眼光来看衣服就土里土气，我还记得那些新衣服的样子。毕竟，裁缝们都是地地道道的农民兄弟。不过，有新衣服穿，已经算是不错的了。

还有一个重要的安排，那就是摆一席谢师宴。今天回过头来看也没有啥好吃的。父亲倾尽全家之力总算备有鸡、鸭、鱼、肉，将初中给我们授过课的老师请到家里来热闹一番，算是答谢多年的教育之恩。

家里啥都没有，必须带进城里的一个小木箱还是从堂兄家借来的，这个可以装衣服的小木箱后来陪伴我度过了三年的中专生活。就这样，我

1979年，进城读中专后第一张照片

将一根短棍当成扁担一头挑着那个木箱，一头挑着提桶和其他杂物搭乘火车离开生活了15年的乡下老家。

自此，我成功摆脱了祖祖辈辈脸朝黄土背朝天的悲惨生活。若干年之后，我不再需要为柴米油盐酱醋茶而忧郁。

2013年3月25日

学说京腔普通话

我是一个勤奋好学的人，对于不明白的事儿基本上都会见缝插针地刻苦钻研。这个时候我想，要是我十年前有机会进京工作，现在的普通话照理会更好一些。

从广西当地的发音来看，我的南宁普通话当然不能算是糟糕，堪称标准的“南普”。实际上，我以前也从未注意到自己说话的发音正确与否或者口音如何有特色，因为这从不影响我与人沟通。离开老家之后，话还没说到第二句，很多英雄就会忍不住打探：“老家是广西的吧？”那些忍住不问的英雄估计憋得相当难受。

问题是，随着斗转星移及周围人群说话发音的大不同，我日渐感觉到自己的口音多少有些异样。有时候在家里发现施哥施妹说话不对，我居然主动纠正。听妈妈说，他们在学校里和同学们交流时能够操一口比较正确的普通话，只是回到家和我们这两个年老的“老乡”说话时才又被同化为“南普”。

在北京工作和生活了半年时间，在好好学习天天向上的过程中遇到一些有趣的事情。譬如说，你劈头就问一个正宗的老北京“熟人”应该是念“shú rén”还是念“shóu rén”，他们会随口挑选其中的一种读法。当你较劲追问一声：“到底哪一个是正确的？”几乎所有的人都会犯糊涂，没几个心里有数。其实，两种发音都正确，你可以放心地使用其中的一种。

几天前我才知道“血债要用血来还”这句没人性的恐吓用语的正确读法，没有老师的指点，很多人是不知道的。不久前得知咱科室里有不少大夫参加过普通话水平的测试，听她们说成绩的级别好像是“播音员一级”“播音员二级”这样的搞法。在南宁测试，我或许可以混个“业余播音员四级”，要是在北京搞，不知能拿下几级，希望没有负数这种嘲笑性的级别。

知识是在岁月中积累起来的。如今我已经很轻松地掌握：口语中说“天安门”“东直门”“朝阳门”等诸如此类的特定名称时，“门”之后是不带“儿”音的，要是带上便属于矫枉过正，一听就是外地人。除此之外，门后都有儿。譬如说，“我家的门儿”。

北京人说话最令人头痛的搞法就是“吞音”，而且吞得毫无逻辑。比如说，好好的“朝阳医院”不说，愣是说成“朝医院”。有点良心的可能会将“朝”字略微拉长，或者顶多将“阳”念成“ang”，剩下的“y”死活不发音。比这个更让人头疼的是“菜市口”，外地人就算急得就地打转怕也是整不出“菜口”，因为“菜”和“口”之间还有很多含混的过门。这种过门的唯一特征就是故意说不清楚。

如果不好好学习，外地人永远不知道“大栅栏”在老北京口中念成啥样子，知道之后你唯一的感受就是：咋就不好好说话呢？

眼下应该正是我的转型时期，有时候难免会出现矫枉过正的情况。比如说，我们平时说“总之”总是顺理成章地脱口而出“zong zi”，故意正确发出“zong zhi”时经常感觉很别扭（对了，“别扭”这两字现在我也还说不好），甚至有时候不知不觉地念成“zhong zi”。与此有异曲同工之妙的情况还包括“综述”“损伤”等。

骂人话同样也很有特色。“孙子”在南方无论在什么场合或意境中说出几乎都没有骂人的意思，人们说“孙子”就只有一个意思，那是指“儿子的儿子”。在北京说某人是“孙子”那便是摊上大事，绝对相当于武汉人说“标志样的”。

我还真的虚心地向一位有学问的老北京讨教过：骂人是“孙子”到底有多严重？有学问的人这样回答我：相当于骂人是“傻AC之间”。哇！这样严重！

2013年4月16日

最早的北京情结

我家祖祖辈辈都是目不识丁的广西乡下农民，千百年来，直到20世纪60年代才石破天惊地出了我这么一个读书人，如今能够美滋滋地享受小康生活全拜“知识改变命运”所赐。不管怎么说，我们世世代代与北京都没啥情结可言。

最早知道这个星球上有个北京城当然是从唱“我爱北京天安门”开始。多少年来唱也就唱了，概念相当模糊，北京作为首都在我心目中具有崇高的地位，但也仅此而已。不可思议的是，天安门与我现在的家直线距离居然不足10里地，这段距离在当今的北京城里几乎近在咫尺。

大约40年前的一件事或许可以牵强地成为我与北京的“情结”，虽然这样的情结很是遥远在天际。

那个时候我也就是八九岁的年龄，而且是一个闭塞年代的农村孩子，连看到革命现代京剧《龙江颂》里几乎没有女人性征的江水英大妈都觉得漂亮。对我们来说，能够见到生活中最洋气的人是附近圩镇供销社里的女售货员。她们不需要下田种地，手脚很干净，脸上也没有翻滚的斑驳乌云。记得有一次，母亲领着我到武陵(公社所在地)的供销社门市部买夏天的背心，30岁左右的女售货员连看都没有看我们一眼。母亲要求多看一款背心，女售货员愣是不予理会，径直转身闪人。因为伤害不浅，至今我还记得那个售货员的相貌，很难看。

不要说农村，当年的城市也都还没有电视。我们的精神文明建设只有两种方式：其一是每年观看一两次高小附中“毛泽东思想文艺宣传队”在村里的演出，核心节目是“对口词”；其二是县里的电影小分队走村串屯放映的电影，命好的时候可以看到“战斗故事片”。

电影正片之前通常会放映一两部“新闻简报”，内容大都是毛主席接见非洲国家领导人或者各地农业学大寨轰轰烈烈的场面，其他还有“第七届亚运会”的夺金和升旗镜头等。

我终于在一部“新闻简报”里看到了一幕让我铭记 40 年的镜头，那是一组来自北京的少儿武术队员的表演节目：几个年龄与我相仿或者略大一两岁光景的女孩子先是表演刀术，接着再表演棍术。不管是刀术还是棍术，整个过程全都英姿飒爽，看得我眼花缭乱，目不暇接。我记得非常清楚，她们有六人，都穿着红色运动衣和运动裤，衣裤的外侧缘都镶着两条白色的直边，既热情奔放又朝气无限。

当时，我应该就读小学二三年级，完全是一个连想入非非都还不知道的孩子。纵然不懂事，却特别记住了其中一个武术队员秀丽的面容。记得那个小同学后脑高高地梳着两把不长不短的头发，头发随着武术动作而飞舞，她将长棍狠狠地抡打在地上的动作显得分外娇美而有力量。那个小同学长得实际上不是非常漂亮，但脸蛋白白净净，与我当时所有的女同学的土里土气完全不是一回事儿。

我或许弄不明白，一个城里小女孩为啥可以给我留下一种印象？尽管这种印象一开始都相当模糊，但其存在是肯定的。作为事实，在我 40 年前的幼小心灵深处有着一个美丽而朴实的中国梦：长大之后一定要娶一个如同那个小小武术队员一样斯文而洋气的半边天作媳妇儿。直到今天，我偶尔还在想着：要是某一天一个年过半百的北京大娘因为咳喘而走进我的诊室，或许我还能认出她来，如果变化不是太大的话。

那个短小的“新闻简报”对我的影响是正面潜移默化的，至少让我明白城里比乡下好，要拥有美好的东西必须逃离农村。对我而言，要成功鱼跃龙门除了发奋读书之外别无他路。我是一个极其普通的农村孩子，自幼能够无师自通地把握无限正确的人生方向，一路走来无疑得益于有能力从正面教材中汲取力量，从反面教材中看出什么是傻事。

说是情结，言过其实了。

2013 年 8 月 17 日

绝不只是大衣哥的悲剧

今天的微信头条说的是天生一副唱歌好嗓子的“大衣哥”。他是一个地地道道的农民，三年前穿件军大衣，出现在省城选秀的舞台上。这次选秀，让农民大衣哥的生活发生了彻底地改变。

很快，大衣哥身穿军大衣演唱的视频被人转发到了网上。一夜之间，他拥有了上百万的歌迷。凭借着在网络上超高的人气，2012 年，大衣哥这个没经过一天专业训练的农民歌手登上了央视春晚的舞台。当然，大衣哥从此火了，也阔了。

发财以后，大衣哥给村里办了不少事，但总有人不满足，这让他有点心烦。他不仅努力为村里修路，还为慈善拍卖大衣……可同村的村民们竟然说：这对他是九牛一毛，他要想叫俺说他好，就为庄上每人买辆小轿车、一人再给 1 万块钱。

纵然这样的新闻报道是真实的，我一点儿也不吃惊，更不会认为大衣哥身边的村民是多么特别丑陋。只要看看一些历史和文化书籍，再动一点儿脑子思索一下，你就自然而然地得出结论：这只是中庸之道的一种生动体现而已。这样的体现，每一个角落俯拾皆是。我亲身经历的例子虽然没有大衣哥遭遇的这一件有轰动效应，形式千差万别，但生动程度如出一辙。

工作之后接触过的第一群非农业户口人员当然是我 1982－1984 年

工作的县医院。当时刚刚改革开放不久,全中国广大人民群众的思想和观念都还相当闭塞,老少边远山区的广西乡镇就更不用说。医生也好,护士也好,护理员也好,没有机会接触太多的资讯。人们上班时间最幸福的时光就是扯是非,尤其热衷于探讨院领导和职能部门领导的生活作风问题。几乎所有的人能绘声绘色地讲故事,一个比一个曲折离奇。永恒的规律是:人们一看到有人有好事就直接生气,一看到有人倒霉就感到轻松,甚至窃喜。

大学毕业之后,身边同事的知识档次大大地提高了,不再有人出口成“脏”,但骨子里文化基因并没有得到改良。

2003 年综合 ICU 刚刚开张的时候,本院一位骨科教授因为急诊情况而做了一个大手术。因为预后差,本来就自有重症监护病房的手术科室便将该教授术后转移到 ICU 继续治疗。这是该科室自盘古开天地以来第一次将病人转至 ICU,此后也从不再有转病人的事例,一个也不。那一回,他们之所以这么干,唯一的原因就是病人为本院教授,对付家属的麻烦事太多。也就是说,他们转移的不是病人,而是麻烦、欠费、风险及可能的扯皮。

后来我换了一家医院。我们的科室当时没有 RICU,我到任之后工作的重中之重当是组建 RICU。呼吸科拥有 RICU,这本来就是天经地义的事情。有没有是天理是否得到彰显的事,做得好不好是与努力程度相关的事。

主管这方面工作的科学家因为其所在的科室早有了一个不太规范的 ICU,因而不能容忍医院内能够出现一个具有真正意义的 ICU。科学家公开对我说:“医院已经有了最好的 ICU,不可能让你们呼吸科配备有创呼吸机。”科学家经常以大无畏的勇猛精神反话正说:你们的医生想进步可以到我们科进修，你们处理不了的重病人可以转到我们科治疗。

类似大衣哥的烦恼从来、永远绝对不会出现在我身上，这正是我的过人之处。由于饱读诗书，通晓人性，我对任何可能的坏处都有通盘的设想和防范大略。譬如说，自从离开村庄之后能不回去就不回去，这样可以避免村民们向我索要空中客车。父母在世的时候，我当然必须定期送钱送物送温暖回家，但完事立马脚底抹油转身就撤，绝不多留一秒。

至于乡下的村民在背后如何对我歌功颂德，那可不是我有时间和精力在乎的。我必须全心全意地以病人为中心，不能分神去做一些对我的生活和工作毫无影响的破事。同样重要的是，对付具有中、高等教育背景的村民，我这个悟性颇高的村民一开始就无师自通地知道采用同样的锦囊妙计。

因此之故，我的苦恼历来就大大地少于与我背景、经历和生存环境相似的其他人。到了知天命的年纪，我仍然拥有充足的时间阅读和思考，工作之余自己制备讲课的 PPT，自己撰写发表的论文。这种修来的福气，非常弥足珍贵不是吗？

2015 年 2 月 21 日

施氏家庙

和往年一样，作为独生子我必须在清明时节回到乡下老家扫墓祭祖。

施村在当地是一个规模巨大的村寨，听闻目前人口总数已经超过6000人。由于人口众多，施村不像小村落那样规定所有的人家都必须首先去扫始祖墓，谁愿意去都行，谁不想去也没有关系。然而，有一批人按照惯例是必须出席“新老”跪拜仪式的。

所谓“新老”，就是年届59岁的男丁，在施氏家庙里举行的跪拜仪式一俟结束，他们就成为村里的老人。今年的这一批新老共有49人，他们必须集资采购一头猪、一头羊及别的菜，在家庙里聚餐一顿，好像还要邀请高龄的族老们一道前来大吃喝和猜码。

据说，施村的家庙始建于明朝年间，可见历史上祖上还真出过大人物。小时候，我们常去那里玩耍，当年还可以见到诸多雕禽画兽的古迹，如今只剩下一些砖墙结构还是原物。家庙原先有田地有鱼塘，后来都被人们割分了。家庙主体建筑能够保留至今也算是奇迹。由于有田有地租，新中国成立前鼎盛时期还一度有过庙祝。

往年我很少能够在清明节当天回去，今年回到村子里碰上了这样的一场新老祭拜仪式，去到家庙之后被族老邀请担当“陪祭”。要干的事很简单，就是随着主祭在仪式现场举行一些例行的清明习俗活动。我被要求穿上一件红色的老式服装，随着主祭先后在五个不同的地点按照吩咐各来三个回合的三跪九叩首，在其中的三个地点重复三次献香、献酒、献宝，最后一环由一个司仪宣读一份可能是“誓词”的文字，整个祭拜仪式大概持续半个小时。

我没有太多特别的想法，既然回到老家，入乡随俗做些在乡下已经约定俗成的公众仪式是可以接受的。我在施村的辈分极高，大部分人必须称呼我非叔即爷爷，其中年届七八十岁称我为爷爷者为数甚众，称我为太太爷的小青年则多如过江之鲫。

江山易老，人更易老而又残。在新老跪拜仪式上见到了许多不曾见面的族侄辈，大都已显十分苍老，我几乎都不敢相信岁月可以如此有力量让人忧伤。我离开村子的时候，他们都是一些力大如牛的壮汉，如今却是一脸沧桑的老头儿。

祭祖仪式结束之后，我在家庙外一围的平房走了走，看到墙上的壁报有本村历史名人和当今担任领导干部的风云人物的照片和文字简介。印象中，近二三十年以来的风云人物基本上是局长、副乡长、副科长们，不少大专生也喜登光荣榜。我原以为在某个“背处”的墙角可以看到本人的励志故事，结果翻箱倒柜刷墙就是看不到片言只语。数年前的一版族谱里有我的一张照片，排版在本村小学副校长之后。当时我是广西医科大学的正牌教授、国务院政府特贴专家、原国家卫生部有突出贡献专家、新世纪百千万人才工程国家级人选、广西优秀专家，只是因为当不上一个带“长”的官儿，在村子里的地位貌似不值一提。作为事实，那个时候我在整个广西医疗系统里已是一个德高望重的“神一样的存在”。

看来，还得有劳高人带路前去拜拜关二哥，力争早日混个带长的名堂，不然还不好意思回去祭祖了。

2015 年 4 月 6 日

生产队

直到1979年我初中毕业就读中专之前，广西的农村尚未展开轰轰烈烈的“分田到户”运动。我办理广西卫校入学手续最重要的一个手续是“转粮”。目前，转粮这个字眼已经不再使用，在百度上居然检索不到这个当年耳熟能详的活命用语。

从记事年龄记起，我就是在广大贫下中农的集体哺育下成长的。我所在的人民公社叫作“武陵公社”，下管16个生产大队，我所在的大队叫作“上施大队”。上施大队下管若干个生产队，生产队基本上是由近居在一块的农户组成。施村很大，应该是整个广西最大的村庄，我年幼时的人口就多达6000人左右。施村分为上施村和下施村两个部分。我家位于下施村的北边，所以有一个约定俗成的称谓，是为“北头”。

当年，每一个生产队都有一个好笑的名称。我家所在的生产队叫作震天响的“尽朝晖队”。其实，尽朝晖队的序号为14，所以14队才是本名。尽朝晖队的邻队的名称也十分有威力，譬如说，位于东头的叫作“东风队”，位于西头的叫作“向阳队”。大概于1980年前后，尽朝晖队拆分为四个原先的小型生产队，分别称为5队、6队、12队和13队，我家所在的小队是6队。

我上小学时我们的功课不多，在学校干的事以“阶级斗争、生产斗争、科学实验”等三大运动为主。高小的两年，我们经常停课去某一个生产队

“大搞农田基本建设”。具体而言，就是将弯曲的田埂扒掉，重建一个直线状的田埂，以便于日后的机械耕作，所以称之为“机耕田”。只是弄来弄去，也没弄出半亩机耕田。说到底，我们就是在班主任的带领下去到地里磨洋工。

说到“科学实验”，东风队划出一块位于路边的水田让我们科学一下。具体的细节忘了，好像是贫下中农们插好了秧，然后交给学校一袋氮肥，让我们给禾苗施肥。我印象深刻的是，为了偷懒，几个学生将氮肥扛到田角一次性全部倒掉就溜之大吉。结果十分有趣，倒下氮肥的那一小片水稻长出极其茂盛的叶子，可就是不抽穗；而其余的大部分禾苗则因为得不到养料而青黄不接。在另一次施放钾肥时，我们烧死了大部分的禾苗。

每天早晨，生产队队长会用粉笔在一处房子外墙的黑板写出当天的派工，诸如，使牛：泽发、淑刚、良伍……插秧：少芬、兰香、梅花……晒谷：锡晶、瘦六、良科……派完工，队长吹着哨子一边走一边大声叫喊：“社员同志们，出工喽！”

初中生们也没闲着，三两人组成一个“毛泽东思想宣传队”。宣传队员晚上提着一盏煤油灯，举起一个铁皮制成的喇叭筒朗读学校油印分发的宣传资料。内容包括抓革命促生产、毁田打砖是严重破坏农业学大寨运动、奋战十昼夜铲平鸡屎岭、割资本主义尾巴等。本人当然也干过这种事，开头的一两次还挺兴奋。问题在于读是读完了，至于有没有贫下中农听一听，就只有鬼才知道了。

那个年头，大部分农户是超支的，一年到头辛辛苦苦挣的钱还不够买粮吃饱饭。还好，我家两人劳动，就我一个人吃闲饭，所以得以分红。分红钱外加布票每年都能添置一两套衣服，有一年我居然穿上一件红红绿绿的毛线背心。

小孩子们最高兴的时候莫过于生产队的耕牛积劳成疾而死，那样每家每户可以按人头分到几两牛肉。能吃肉是一件很大的事情，一个月闻不到一星肉味是常有的事。此外，每个生产队都有一两个鱼塘，每年会有一两次打鱼的机会，每户也能分到一两条死鲢鱼。

由于已经逃离了农村，生产队到底在哪一年寿终正寝我不太清楚，应该在我中专毕业之前就没了。

2015年12月2日

打算回广西过年

自从2009年正月十一离开广西之后，过去七个除夕之夜我本人都是在外乡欢度的，其中有两三年于初二赶回去逗留两三天。2017年春节打算做些小小的调整，有可能将于大年三十那天回到南宁，初五回京继续吃霾。

虽然央视春晚的可看性一年不如一年，但我每年都会打开电视机看看，这也是我在一年当中唯一一次比较长时间收看电视节目。去年的春晚应该是劣质品中的极品，我不可能傻到希望今年有所改善，但也还是要看看的。一边跳看春晚一边歹毒吐大槽，这是很多像我这样心理健康的人过年的新乐趣。

几天前接到儿时的一个小伙伴阿计打来的电话说，他们有意组织同一年出生的男丁(称为“同年”)春节期间在村子里聚餐一顿。这样的事，很多其他年份的同年都曾举办过，而我们这一批1964年出生的人则未曾玩过。因为村子很大，我只知道邻家的十个八个同年，阿计便是其中之一。

阿计说，同年当中有人在坐牢，有人死了，要是所有的活人都到齐的话应该有六七十名。我猜，绝大多数同年都在家务农，其中一部分可能会进城打散工，能够真正走出村子彻底摆脱“农”字头的好像唯有本英雄。至于说是否有人后来当上包工头发了财，我真不知道。

阿计的鬼手有绝技，那就是打牌会出千，因此多年以来走南闯北过着逍遥富足的美好生活，基本上不曾干过农活。目前，他在村子里定居，饲养大批的鸡鸭鹅自产自销，而其主要的经济来源则是依靠经营博彩事业。看来，阿计的事业蒸蒸日上，这让他有雄壮的底气对我说："二叔，你有什么事需要摆平的话，跟我说一声分分钟搞掂。我说话有分量，他们都得听。"遗憾的是，我在村子里还能有什么事？阿计是一个热情洋溢的人，当得知我没事需要麻烦他时，他说："你想知道什么消息吗？"我非常干脆地告诉他："不，不想。"

大约五六年前，阿计对我说要筹资"去贵州买一个老婆"，还强调价钱很公道。不过，直到今天也没见他出手购进。

头先拟定同年聚会在大年初五举办，我说如果改为初三我可以安排行程。阿计的确是个人物，几天之后回复我说大伙儿都同意改为初三办事。六七十个壮汉肯定有不少能喝酒，据说农村人现在流行喝啤酒。我应该不会在村子里喝酒，首要原因是当天晚上极有可能驱车赶回南宁。即使在县城痛苦住一宿，应该也不会在乡下喝酒。我怕假酒，我爹就是喝假酒喝死的。如果只有那么一两桌人，或许我能想办法从南宁拉一两箱白酒回去给他们一醉方休。六七十丁人马消耗酒量太大，我做不到。

因为南宁的朋友都会各回各家、各找各妈，我将没有可能找到人玩。在南宁的几天里除了和岳父岳母吃年夜饭，大多数时间我恐怕只能待在宾馆里看书写东西。

2017 年 1 月 2 日

同年聚会

上午从南宁驱车回乡下老家全程非常顺利，回城的时候却因高速公路发生交通事故而拥堵了两个多钟头。每天都因为有人不讲规矩而造成伤亡事故，很多人都相信天灾人祸离自己很遥远，甚至与自己无关，因而无所畏惧、视死如归。

所谓同年，在我们乡下是指同一年出生的男丁的集合名称。在乡下，同年是一种同宗 ＋ 近邻 ＋ 同群的天然亲近关系。同年之间通常直接以“同年”或“老同”相称，很是近乎。我于 1979 年早早就离开了村子，对于这方面的感受不深。作为事实，村子连同儿时的记忆越来越遥远。很多时候在外地说起家乡，我脑子里想的是南宁市，尽管这个说法不符合事实。

我们小时候上学的年龄非常不规范，同年不同学占大多数，同学不同年也占大多数。据本次聚会组织者之一阿计说，今天到场的人数为 38 人。这 38 位同年中有些人虽然是同族兄弟，但不住在施村，所以我不认识；即使住在施村，有些人不是同学，所以不曾见过；即使小时候见过，有些人也全无印象。还有几位同年加同学，虽然有些面熟，但已完全想不起名字。毕竟，我与其中的大多数人至少 38 年没有见过面，也不曾有过联系。

有趣的是，即使想不起名字，但我却能比较容易地想起他们小时候的绰号。乡下的绰号大多是带有羞辱性质的恶毒称呼，通常是以其人的生理缺陷或某些特性加以丑化而成。譬如说，有眼疾者被称为单二叔，个头矮小者被称为细蹄猪，头上有个圆形小瘢痕者被称为月亮六……不胜枚举。我想不起名字而脱口说出绰号，他们小时候可能会生气，但现在反而觉得好玩了。

聚会地点安排在我们当年上学的高小附中。今天我才知道，各个村子的初中已经不复存在，全镇的初中生都集中起来上课。原先的高小校址建起了幼儿园，而初中的校址则建起了从一年级到五年级的小学。

今天聚会的核心环节是吃午餐。餐前和席间少不了要聊天，我觉得气氛是挺好的。即使不认识的，简单交谈几句之后很快就能融合，毕竟是同年。虽说是同年，我的辈分是最高的，一半人以上的该叫我叔叔，小部分则该叫我爷爷，还有几个则必须尊我为太爷爷。

农村的生活水平早已大大提高，吃饭、吃菜、吃肉、穿衣早就不再是问题。从精神风貌来看，同年们的生活过得非常滋润。毫无疑问，他们都知道我，至少听说过我，但没有人多看我一眼，更没有人主动跟我套近乎。要知道，广西整个医院系统里年龄与我相仿，以及年资比我低的医生，见到我时人多数都会表现出很崇敬的言行，或者说我已经成为他们心目中的偶像。这是一个非常明显的事实。

当年有一个很调皮的初中同学阿四，因为调皮，班主任曾经带领我和一个同学到他家家访。我端着啤酒到阿四所在邻桌敬酒时，他甚至问我："阿二，你叫什么名字了？我忘了。"我真诚地回答："我叫焕中。"他是真记不得，绝对不是装出不在乎我的样子，因为他没有必要这样做。尽管 38 年未曾见过面，我们聊天还是非常投机，他告诉我说：他有一儿一女，女儿 26 岁，已经出嫁，但还没娶儿媳妇。他还动员我明天和他一起吃鱼生，我如实说我不敢吃淡水鱼的鱼生，怕肝吸虫病。

说起鱼生和肝吸虫感染，这一桌的其他同年顿时热烈起来，一致认为“不吃鱼生才会得肝吸虫病”。我一笑了之，这个时候科学道理是不能够发挥作用的。

有些同年知道我在北京工作，有些则认为我还在武汉工作，几乎所有的人都知道我有两个孩子。可见，孩子在他们心里的分量有多重。我们的谈话越来越轻松，但是有一条是肯定的，那就是没人因为我是大学教授，是北京回来的医生，是留过学的人而觉得有多大的了不起。在所有人的观念里，既然是同年，彼此都是平等的，吃饭时没有主桌，合影时没有中间位置。这种感觉很淳朴、很真实，也很好，无须上演推来推去的假客套。他们认为，各有各的活法，你有你的精彩，我也有我的精彩，凭什么要对你肃然起敬？有时候，我们这些比较浅薄的人自我感觉过于良好，那其实都是错觉，别人不这么认为，更不当回事。

他们都很重视子女教育，很多人的孩子都已读大学。他们农闲时进城打工，每个月一般都有一万元的经济收入。这笔钱在广西农村是个不小的数目。再说，这里的人勤俭持家，大多数人无不良嗜好，日子过得着实不赖。

唯一让我感觉到不太美妙的插曲是，有同年问我：“二公，你家娶儿媳妇了吗？”

2017年1月30日

关于炮龙节

每年的这一天，也就是正月十一，我的家乡广西宾阳县的县城宾州镇都会举办轰轰烈烈的炮龙节。所谓炮龙，就是县城居民点燃鞭炮之后抛到舞动的龙及舞龙者的身上，直到整条龙的软质部分（如布匹等）被烧成灰烬，只剩下竹木制成的骨架才算结束。

炮龙开始之后，舞龙者均赤膊上阵，头戴如清朝官兵之帽（均为竹编并涂抹黑色）。炮龙以龙珠、龙牌、锣鼓、文武场开路，照明及护龙队首尾随龙而进。炮龙所到之处，各家各户夹道相迎，将事先准备好的鞭炮打出来欢乐为害。有"炮声不停，龙舞不止"之说。

从各位老乡在微信发放的现场炮龙图片来看，今晚的县城是烟火、雾霾、纸屑及刺鼻气雾的世界。几乎所有的微友都很赞许这一过年习俗，少不了套用"历害了，Word 炮龙！"之类的威武颂词。没有看到有不同的声音。很显然，人们还没有普遍意识现在是到废除这一过年习俗的时候了。

有人会说，这是祖宗遗留下来的习俗，是不能丢的。如果没有不良作用，如果群众喜闻乐见，任何物质或文化遗产都值得后世子孙代代相传。今天不说别的了，让我作为一名呼吸科大夫从专业的角度谈谈炮龙节对人类健康的危害。

目前，我国广大地区尤其是华北正在被严重的空气污染所困扰。雾霾从 2008 年被美国大使馆监测，2011 年被中国政府纳入空气质量标准，

2012 年开始被各大城市实验监测，2013 年成为年度关键词，2014 年被纳入自然灾情进行通报，到现如今频繁拉响的橙色预警，人们越来越担心雾霾对健康的影响，呼吸科就诊的患者也越来越多。

几乎所有的呼吸相关疾病发病率的增加及患病人群病情的加重都与空气污染有关。其他器官系统的疾病如心脑血管疾病等也与空气污染有关。呼吸系统通过气管支气管和鼻腔与外界联通，这一生理结构决定了呼吸系统对 PM2.5(即可入肺细颗粒物)没有任何过滤、阻拦能力。一个正常成年人每天大约吸入 10 立方米的空气，PM 2.5＞500 微克/立方米(也就是俗称“爆表”)时，大约吸入 5 毫克的 PM2.5。这些数以亿计的细颗粒物进入下呼吸道，短期看来可造成咳嗽、喘息发作和呼吸道感染；长期看来，可能造成肺癌、肺纤维化和慢性阻塞性肺疾病的发生，也会使现有的慢性肺病(如支气管哮喘、慢性阻塞性肺疾病)频繁的急性发作或加重，变得难以控制。

肺癌老早就成为我国的癌王，男女城乡居民肺癌的患病率和死亡率逐年攀升。2007 年我国报道，40 岁以上成年人慢性阻塞性肺疾病的发病率为 8.2%，这个数字于 2013 年为 13.7%。按照这样的趋势发展下去，那将是非常恐怖的事。

有些受教育程度不高的人在接受科学观念方面的困难程度令人咋舌。有人会说：我抽烟几十年不是活得好好的吗？哪有肺癌之事？类似的，有成千上万的行人无视交安法而直闯红灯，因为他们中的一些人从来没有因为闯红灯被车撞过。这些人不能理解概率的科学意义，不愿意接受风险意识。因此，非常有必要使用强制的手段使这些人明白：抽烟不一定马上就死，但罹患呼吸道疾病包括肺癌的风险大大增高；闯红灯不一定每次都被车轧死，但被伤害的可能性比那些尊崇规矩的人大得多。

刚才我打电话给宾阳县人民医院的甘主任，他是炮龙节受伤者抢救小组成员之一。他说，虽然不曾见过出现大宗严重爆裂伤或者烧伤的病人送医，但皮肤轻度灼伤是免不了的。据说，以前当地领导希望将炮龙节作为一种文化活动做强做大，以此增加宾阳的知名度。我想，以如此沉重的代价换来的热闹，除了让县城一些做小本买卖的商贩以翻数倍的价钱多卖出几堆狗脚、白切鹅、酸粉等之类副食品之外，恐怕不能够引来"炮龙搭台，招商唱戏"这样的正经事。

为了这个雾霾锁城的正月十一，家家户户都"深挖洞、广积炮"，备战数个麻包袋鞭炮的家庭绝不在少数。可想而知，全城所有街道的居民同时遍地燃放鞭炮烧龙数个小时（据说数年之前都是彻夜放炮），真不知道到底有几百吨有毒烟尘被排放到空气中。

本人最不愿意看到的情形是：2008 年 6 月 7 日，宾阳炮龙节被批准列入第二批国家级非物质文化遗产名录。祖宗留下来的非物质文化遗产未必都是好的，也有很多是坏的东西。坏中之坏的包括封建迷信、测字算命、生病跳大神儿、赌博、纳妾……多了去了。炮龙节当然没这么坏，但千真万确的是没啥好处。热闹过年的方式千千万，何必沿用一种对人体有害无益的风俗习惯？

2017 年 2 月 7 日

广西人猜码

严格说来，我并不知道其他省份的人士有没有就餐时喝酒猜码的优良传统。就我风风火火闯九州的数十年江湖经验而言，真没有在他乡见识到这种妙趣横生的习俗。有一点需要说明的是，出差到外地基本上都是在酒店餐厅或者比较干净的餐馆和同行们糟蹋美食，极少有机会深入街道或者村落体察当地真实的民情。

猜码喝酒应该算得上广西的特色。这是一个数字相加游戏，两人同时伸手喊码，其中一人喊中双方两只手手指相加之总数为胜。我在乡下老家就是沐浴在锣鼓震天响的码声中茁壮成长起来的。只是当年几乎所有的人都穷困潦倒，过着牛马不如的生活，哪可能常常有酒有肉？没有酒肉，当然也就谈不上猜码。那时，猜码是男人们的事情，我从来没有见过玩此种高尚游戏的农村妇女。

乡下只要两个或两个以上的男人聚在一起吃饭喝酒，猜码必定是一道不可或缺的横菜。这样的场景一般见于红白喜事、生产队牛死、某人家杀猪、宴请公社电影放映员等少见事件。码局一开，选手们立马进入忘我的境界，自始至终情绪激昂，越战越勇。小孩子们没有任何形式的精神文明建设活动，观看大人们猜码就成为难得的娱乐。

在耳濡目染之中，广西大多数男人都会猜码，而且风格大致相同。参加工作之后的每一次聚餐，只要有进修医生在场，好像就没有不猜码的。

我的老同事当中，会猜码的人数肯定多于不热衷此道者。譬如说，我最最最敬爱的李师兄就深谙码经，尽管码术与我相比还差孙悟空的那个跟斗。他干这种大事，酒量不如我，猜码输定，我看他挺可怜的。

记得 1985 年上学期，有机化学课下课之后我和一个同学一边走路，一边小声猜码，不想被任课的覃老师看见，他有一点点惊诧，问道："施焕中，你也会猜码?"在老师眼里，我这个学习尖子是不应该懂得猜码的。其实，一个不会猜码的广西学生，是不可能 good good study 的。

广西人猜码与身份无关、与学识无关、与经济条件无关，每个人都有可能是码坛老手或新秀。改革开放以来，由于祖国的经济形势一片大好，很多半边天开始涉足本来是男人一统江湖的码林。我跟码场中的不少巾帼英雄交过手，她们大多深不可测，出招几无章法，最终结局通常是输赢各半。

可惜了，离开广西之后就不再常有那种欢腾激荡的动人时刻。如今，只有在回老家省亲的短暂时光，我才能杯水车薪地感受充满人生哲理的码情和其乐融融。

2017 年 6 月 17 日

一位心地很好的老同事

想起了30多年前的老同事邹伯基医生，比我大20多岁。非常遗憾，邹医生因为脑梗死已于2014年驾鹤西去。这个噩耗，我是昨晚才从与其他两位老同事的微信交流中得知的，顿觉一阵悲凉。身为医生，见惯了生死，平日里自然有一种职业上的平静。可是，待到疾病或者死亡与自己熟知的亲朋好友有关联的时候，想法就迥然有别了。几个钟头之前，我得知武汉协和医院的一位美女小医生突患重病留医，目前仍处在昏迷之中，更是一时语塞。这位小姑娘一个多月前陪家人来京旅游时，还专程前往朝阳医院找我叙叙旧。她既不是呼吸科医生，也不是我的学生，我们是很好的朋友。祈求小姑娘尽快恢复健康。

1988年夏天，我被派往广西玉林地区医院（现称玉林市第一人民医院）进行为期一年的临床实习。临近毕业之际，邹医生主动找到我，诚恳谈起了关于我毕业分配去向的事宜。从前在县医院工作的时候，我在化验室干活，邹医生则是相对更忙碌的外科医生。实际上，我们私下里的交往并不太密切。他是一个言语不多的厚道人，夫人在本院收费处工作，有一对可爱的双胞胎儿子。我知道的就这么多。

邹医生有一位亲戚时任广西医大一附院大外科主任兼某个专科主任，他说他的亲戚或许能够帮助我留在外科工作。邹医生主动要帮我渡过难关，让我感动万千，同时也激动不已。他亲自陪我前往南宁，还一块儿走进外科主任的家里。遗憾的是，我们没有机会见到主任，他恰好出差在外地。我们在家里见到了主任夫人，后来我才知道主任夫人是本院的一名护士长。

当时的通讯不发达，不要说手机，家庭座机也极为罕见。主任家里可能有一部医院配置的三位数电话，但邹医生不知道号码。邹医生和主任之间的亲戚关系可能也不很直接，他完全是硬着头皮想帮我一把。后来，在邹医生的协调下，我独自登门拜访了一次主任的家。我辛辛苦苦双手环抱一个超大的西瓜上楼，结果还是见不到主任。主任夫人不要西瓜，我只得灰溜溜又抱着西瓜下楼。

印象中，我也曾因为分配的事见到了主任，主任当时好像也客气说尽力想办法帮忙。说来说去都是命定的，我的体魄未必适合干外科，个子确实不够高大威猛。有一点倒是可以相信的，要是当年去了一附院的外科，广西必定出了一名著名的外科医生。像我这样的金子，在哪里不闪光？不然不符合天理不是？

后来的事情大伙儿都知道了，我在老肖的操持之下有惊无险地投靠高干科，伙同志羽院长等英雄战天斗地，直到 1991 年永不回头地离开那个科室。过去二十多年以来，我时不时想起邹医生曾经无私施予我的援手。或许是因为毕业之后与天斗、与地斗、与人斗，斗来斗去终日疲于奔命的缘故，我一直没有机会见到邹医生，更没能表示一点点心意，甚至连口头说一声“谢谢”都未曾实现过。无论从哪一方面来说，都是我的不对，简直不通情达理。

如今人到中年，待到有心思来梳理陈年往事之时，邹医生已经仙逝。人总是这样，一些该做的事情，有机会做的时候没去做，到想着手做的时候却没有机会了。

2017 年 9 月 18 日

永不变心的味蕾

“食在广州”这种霸气到处漏的说法早已深入人心，谁要是在广东的大庭广众面前说出与此不一致的意思，怕是不讨好的事。在我的印象中，粤菜是继川菜之后在地球上最受欢迎的中国菜。有中国人的地方就有粤菜，没有中国人的地方也很可能有粤菜。

只是，凡事都得摆事实讲道理。我个人觉得，无论是荤菜或是汤水，广州的煮菜师傅都放入了太多的糖，餐桌上的碗碟几乎都明确偏甜。如果所有的广州菜都不放糖，我必定认为那才完美地适合于我的胃口。整体而言，世界上没有哪一个地方的菜比另一个地方的菜更高级一说，能说的只是对路不对路。一个人婴幼儿时期接触的饮食习惯，必将特异性地造就其人一辈子海枯石烂永不变心的味蕾。

我第一次去广州是在1994年初，要做的事是前往花园酒店办理前往日本学习的签证。当时裤袋里没啥钱，只能入住三人一间的低档宾馆，在路边小店吃便宜的伙食充饥。就从那时起，我就不觉得广州菜有多好吃，这么说，绝非有意要冒犯广州人和广州菜，我真情地感觉到那真不如广西南宁地区的小炒更值得全人类大力推崇。

我对广西“海陆空”之类的浓汤素来不感冒，对广东几乎所有的老火汤也都不感冒。喝老火汤的时候，我总有一种喝糖水的感觉，实在是太甜。就我的习惯而言，汤完全可以不喝，要喝就喝一些清淡的汤。在我看

2017 年,和大学同学在柳州吃夜宵

来,车螺芥菜汤、莲藕排骨汤、萝卜排骨汤、沙虫冬瓜汤、猪脚黄豆汤等就相当不错。

同样是白切鸡,我也觉得两地的风味明显有别。在广西老家吃鸡,我们有把握能吃到用粮食喂大的真土鸡。我在广州吃到的鸡极可能都是用饲料弄大的,品种或许是土鸡系列,但肉质不结实,口感不敢说是好。其实,只要是货真价实的走地土鸡,怎么煮都好吃。如果是白切,辅以酱油、生姜和沙姜就是 100 分。

曾在广州吃过一次油爆酸菜大肠,原以为会和老家的炒法差不多,都是大火生炒,结果大失所望。本该吊人胃口的大肠事先煮熟至大半烂,再和酸菜搅匀,忒咸不说,完全没有脆爽之美感。打那以后,我唯一的正确做法就是,再也不在广州点食酸菜炒大肠。别家餐馆可能也有好的做法,但我能用于浪费的机会不是很多,不想再冒险了。

几天前去了一家广西餐厅吃晚饭,不去还有点残留的幻想,去吃了那些伪广西菜,危重症性失望是必然的,更可怕的是形势逼人生无可恋。想想也是没法子的事，连麦当劳都得改名为“金拱门”这么一个不伦不类的名字，外来正宗好菜如果不本地化成难吃的流宗次品，哪有可能卖得出去？所以，想吃极品美食，还得自个儿在家里勤奋劳动，不然只能委屈凑合。我是一个极度注重生活品质的好男人，很多东西一学就会，一会就精，连日本刺身都能玩到出神入化的崇高境界，世上怎能还有难事？

爱国有多种表现形式，其中爱吃家乡菜是最朴素、最真实、最可靠、最不矫情的一种。

2017年11月12日

孔升三哥

1979年夏天是我人生中的第一个重要年，那一年我初中毕业考上广西卫生学校。开始之前，父亲步行去到16里地之外的公社所在地武陵圩置办了一桌饭菜。那样的饭菜也没几样货色，今天看来不值一提，但在那个时候可是一件很大的事。请来的客人不多，堂哥一家，两三位初中老师，还有一位是孔升三哥。这算是父亲倾其所有为我操办的"入学酒"，动筷之前还燃起了一串哔哔叭叭的鞭炮。

我认识三哥，他不认识我。我之所以认识他，完全是因为他曾当过神勇的"打狗队"队员。当年，我还是一个小孩，跟着"打狗队"在村里四处执法看热闹。村里根据上级指示不许养狗，见到任何一只狗都必须就地木决，过程十分残忍和血腥。我亲眼看到三哥所在的打狗队奉命将村东头一户人家(户主名叫史家)的一只四眼狗打得脑浆迸出，血流一地，冤花乱叫一阵就滚地而亡。几年之后，村里又不允许种植莪术和半夏这两种经济作物，要"割掉资本主义尾巴"。不知道三哥后来是不是还曾当过"铲半夏队"队员？说不定，我家自留地上的两陇半夏青苗就是被他冷酷无情铲掉的。

三哥无数次对我娓娓讲过他鱼跃龙门的成功故事，我没怎么放在心上，记不清了。他高中毕业之后好像曾无限荣光地被招工到一个水库当工人。他在村里有显赫的家庭背景，父母都是村干部。他父亲20世纪80

年代去世的时候，村委会甚至举办过追悼会，真是太神奇。更神奇的是，他的母亲当过妇委会主任，新中国成立初期得以随身携带驳壳大手枪（应该没有子弹）。

后来的事情我就全盘了如指掌了。三哥 1977 年考入广西水电学校水工 77 班，因为带薪读中专，所以是班上的大富豪，当班干部是必须的。两年之后，他之所以来吃我的“入学酒”，是因为他在南宁读书，而我从来没有出过远门，父亲有将我托付给他照看的意思。毕竟，我还是一个身体尚未发育的孩子，入学体检时的体重只有 37 千克。从此，我俩开始长达数十年的兄弟情谊。写到这里，想必诸位已能理解我为什么专程飞回南宁一趟，为的就是喝他家娶儿媳妇的一场喜酒。

我家里穷得叮当响。开学前一天，我用一根小棍子权当扁担，扁担的一头是堂哥送的一个老旧木箱子，另一头是一个塑料提包。记不得那提包是如何弄来的，但肯定不是新买的，哪有钱买这种东西？行李中没啥值钱的货物，只有几套刚刚裁制的新衣裳，还有人生中的第一双皮鞋。那皮鞋是旧的，好像还是三哥送的，此事已不能肯定真伪，详情忘了。

我随着三哥爬上了开往南宁的普快客车，凭录取通知书买的学生票，站票票价 9 毛 5 分钱。我们从捻竹车站上车，在两节车厢的连接处挤站了接近三个钟头之后，在位于南宁前方的长堽岭站下车，我挑着担去三哥所在的集体宿舍。如果将那情景拍照片留念，唯一的解读便是逃荒。当然，我不但不是逃荒，反而是从此开启了“非农业户口”绚丽多姿的人生。

刚开始的第一和第二个学期，我周末无所事事，于是频繁地去找三哥消磨时间，顺便改善改善伙食。水电学校的学生食堂有两个宾阳籍老乡工友，其中一个名叫吴绍善，是个大龄未婚青年。在我的印象中，他很清高，除了三哥之外看不起其他所有的学生同乡。他看得起三哥的原因，首先可能与三哥同是领工资的人有关。老吴经常从食堂偷些好菜回来犒劳几个小同乡，有三哥在，当然就少不了我的份儿。

因为频繁出没于水电学校，我甚至认识了水工 77 班的班主任——麦家乡老师，当时 50 岁出头的样子，如果现在还在人世，该是一位 90 多岁的老人。同样，我清晰记得三哥宿舍所有的同学。住在他下铺的叫杨国清，声音略有沙哑，但喜欢唱歌。记得有一次，杨哥哥在学校的一场文艺活动中表演唱歌，遇到声调比较高的唱段就带节拍跳过，待到声调回落之后接着发音唱回，过程非常自然流畅，其本人并不觉得尴尬，倒是乐坏了观众们。那个时候，唱歌还不遍地开花，而且能唱的歌不多，不外乎“祝酒歌”之类。

我整个冬天就只有一双皮鞋，没有可以换穿的，尼龙袜子总共绝对不超过 3 双。无须赘言，我的汗脚是不能离开鞋子的。李师兄超乾书记尽管双腿雪白，但脚也很臭。我和李师兄之所以情同手足，一个最根本的原因是师兄弟俩的脚在臭这个领域均至极致。不过，现在我的脚不臭了，每天换鞋穿，上下班时间各不相同；而且每天至少换三双袜子。有一次打牌，师兄居然因为脚湿而将皮鞋后跟踩下作拖鞋状。我发现形势不对，便怒目圆睁对他吼道：“你吃了红薯在拉屎吧？”他立马穿好臭鞋，很有礼貌地尬笑：“不好意思。”

有个周六晚上，杨国清去了亲戚家，我因此得以睡上他的铺位。我知道袜子有不可回避的缺陷，所以特地脱下并揣进裤袋里。裤子没有地方搁，就卷好放在床尾。那天晚上连我本人都被熏得睡不着，想必躺在上铺的三哥也深受其苦，但又不好作声。后来终于有一天还是忍不住，问我“怎么不洗脚？”对我来说，临睡洗脚这个动作太有难度。

有一个舍友姓韩，名字没见过，不知是哪两个字，读音是 zi yin，南宁市人，周末都回家，所以我更多的是借用他的床位度过周六夜晚。他的床位在靠门右侧上铺，他下铺的大哥哥名叫黄上额，话不多，脸色黝黑，头发浓密而略卷曲。他们习惯于叫我“小弟”，估计也不知道我的真实姓名，只知道我正在读卫校。

三哥忠厚老实，性格温和，说话有分寸，因此特别有女友缘。还在水电学校读书的时候，有一个来自钦州的女同学对他情有独钟。此事不太翻江倒海，至少他本人从不为此发疯，因为我从来没有见过他俩在一起出双入对。我是若干年之后才知道他曾有这么一段情的，他不否认，看来对于女方至少有过好感。当时刚刚粉碎“四人帮”不久，学生之间谈恋爱大致相当于去做贼。我不知道也不奇怪，但总该有点疯癫的症状不是？

从水电学校毕业之后，三哥回到武陵圩附近的桃园水库工作。我去过那地方，和施村没有啥区别。进省城辛辛苦苦读了3年书，毕业后再回到农村工作，在我看来是不能接受的。他不但乐于接受，还和公社卫生院的一个护士开始谈起了恋爱。估计是经媒婆介绍认识的，据说那姑娘对三哥一万个满意，恨不得三下五除二就去扯证生个娃再说。后来，我每每开起他的玩笑，说三嫂差一点就是一个和我同卫生系统的人。可惜，可惜。

三哥调进县水电局工作之后，在食堂煮饭分菜的一个工人姑娘对三哥垂涎三尺，直到今天我也准确无误地叫得出姑娘的姓名，又矮又难看。要是我，宁愿自绝于人民也不能和她坐到一张凳子上。正常地，三哥也没看上那个手指特别粗糙的姑娘。阴差阳错的是，头先那个护士姑娘也调到了离水电局不远的一家医院工作，不知道两颗破碎的心是否有复合之意。千真万确的是，最终版的三嫂后来带儿子到那家医院打针时，十分担心遇上那护士值班，生怕她不人道地使坏。

不久，三哥又回到南宁读书，在广西大学读一个什么干训班之类的本科课程。这个时候，我已经没有必要每个周末都去找他玩了，只去看过他一次。这不是我想说的，我想说的是，又有一个新的女同学看上了他。不知何故，有情人终不成眷属，只留下一些女方的哭哭啼啼。大学毕业回原单位工作之后，三哥在一次意外事故中受伤，准三嫂还专程前往宾阳县探病。若干年之后，三哥在我面前提起这位前任时，说她当上了一个机关的正处长。如此说来，三哥白白地丧失一个光宗耀祖的称谓，亦即“处长之夫”。

往事如烟。孔升三哥几年前在南宁的一个工程单位退休了，他现在啥事都不需要想，唯一的理想就是早日抱孙子。

2018 年 5 月 9 日

初中同学群

我初中及之前的同学几乎都是施村的同乡人，读到高小之后才有几个来自邻近村庄的小伙伴加盟。譬如说，高小校长郑老师的儿子郑有杰就曾和我同在高小56班和初中11班学习过。最诡异之事件莫过于父亲去世后第三天我听惊雷般得知，另一个异姓同学郑盛范是我家的远房亲戚，因此出其不意地来参加父亲的葬礼。在我们乡下说是参加葬礼，其实只是过来吸烟和吃喝一顿就完事。

上个月回老家扫墓时，就有初中同学在路上告诉说，他们拟定于5月19日将在母校举办初中毕业40周年聚会。这个数字着实叫我惊魂难定，咋就40年了？昨天晚上，我被拉入一个称为“上施十一十二同学群”新组织。这个群中的同学于1978年毕业，是年我休学，一个学期之后转入下一个年级。我转入的班为14班，是最后一届的二年制初中毕业生。因此，我应该有两个初中群，说不定“上施十三十四同学群”明年此时响亮问世。

目前，群里共有47位成员，除了邻屋而居的几个老同学，绝大多数人过去40年间从来不曾谋面，尤其是女同学。如今要是在某一个地方不期而遇，绝对不能够得以互认，即使有人介绍，恐怕也难以回想起来。我记得清他们所有人在初中年代的样子，拿着他们那时候的照片让我辨认，必将百分之百无差错。作为事实，他们当年的样子就是我想象中现在的样子。很遗憾，对照看看一部分人的微信头像或群里的几幅照片，出入实在是太大。最强烈的感受是，我想象中的那个“群”不是这样子的。

最近看梁实秋的《雅舍小品》一书，他在其中的一篇“同学”中写道：“人成年之后怕看到小时候的同学，因为他可能看见过你一脖子泥、鼻涕过河往袖子上抹的那副脏相，他也许看见过你被罚站、打手板的那副窘相。他知道你最怕人知道你的乳名，不是‘大和尚’就是‘二秃子’，不是‘栓子’就是‘大柱子’，他会冷不防地在大庭广众之中猛喊你的乳名。”很有同感，貌似每一个人的写照。

昨晚和今晚的一些时候，我进入群里打个招呼，并将初中毕业的合影放上。从人们的反应来看，恐怕只有我一人保留了这张照片。众所周知，有条不紊地保留各种历史资料几乎是我的本能行为，可以说什么都有，而且有的都是精品。

让人惊奇的是，他们聊天的活跃度简直爆棚，而且几乎是清一色的语音，很少看到有人打字。说起家乡土话，很小的一个宾阳县就有很多地域特色，类似于老北京和密云或怀柔等地人士的口音明显有别。当年，我还在县医院工作时就能感觉到县城里的居民纵然没啥家底，也另眼看待我们那个小地方的人及其口音。我特别自卑和不争气，居然有意学他们说话，久而久之说话就磨掉几乎所有的“施村口音”。说起来，真是太没有文化自信了。

我离开施村整整 39 年，期间当然频繁使用施村话，但是在群里听众人说着熟悉的话，居然插不上一句。不是有意回避，如果个别通电话或者集体当面交流，一点障碍都不会有。平时我们在工作群里有事联络，基本上都是打字，极少使用语音。语言是一个很奇怪的东西，我可以使用普通话讲课，但绝不能在课堂上操宾阳话。譬如说，我无论如何不能以宾阳话说出“恶性胸膜间皮瘤”或“嗜酸性粒细胞”。真的不能，那不是我专业上的语言。

总的说来，因为年代已经十分久远的缘故，同学们谈论的事情和我的现实生活相去甚远，起初两天听起来可能感觉颇为新鲜，也很感亲切。微信拉近了人与人之间的空间距离，加上高铁和航空服务业的高度发达，人们在经济状况改善之后比以往任何时候都渴望交流感情，这是正常的事，也是现代社会给予人们的极端便利。

很有趣，几乎每间隔一段很短的时间，群里就会有同学发放红包，这是我在别的群里极少见过的现象。红包偶尔也有，但总在过年的时候。除了给我家的小孩发红包，我好像没有过发红包的记录，更不会接受别人在群里发的红包，除非事出有因。真有一点点好奇心，想知道群里为什么要发红包？我想，正是生活方式的千差万别构成世界的纷呈精彩。

由于多方面的原因，我无法抽身南下参加初中同学的聚会。不回去可能会有些遗憾，说不定去了也会有意想不到的遗憾。我们都逐渐老去，其中很多人已经儿孙满堂。我有一种潜意识：当初的样子就该是记忆中永远的样子，强行改变是很残酷的。

2018年5月11日

家乡的小菜

作为铁的事实，我脑子里并没有强烈的故乡情怀。看到很多人出门谋生在外头赚些钱，明明不可能再回到村子里去养老等死，却还义无反顾地拿血汗钱回去建起红红绿绿的大房子，我是一万个不理解的。实际上，很多人家的房子建好之后唯一的用处就是空置等待年久失修。由此也可以想象得出，GDP 中的一部分数字即使是真实的，也没有实际意义。

另一个铁的事实也是真的铁，那就是每一个人的味蕾对于家乡的菜都绝对忠诚。尽管离开广西 10 年了，但我基本上仍然不能适应外地的饮食习惯。武汉九省通衢，具有码头文化特征的饮食没有严格意义的特色，我接受起来就没有太大的障碍。北京的情况大相径庭，平时说吃这个吃那个，都是出于客气，要说真喜欢某一碗，这个不能有。可以这样科学下定论：小时候没有吃过的东西，现在全都不喜欢吃，连品尝这个动作都是多余的。

以蔬菜类为例，因为小时候没有见过菠菜、四季豆、胡萝卜、秋葵、大葱等，现在真的咽不下这些在别人看来是不可多得的好货。小时候家里穷，看见母亲将三两颗带壳花生用烧火棍推进退了明火的灶肚子里，待到外壳烧烤至略呈半黑之后取出，剥出花生仁与生辣椒和蒜米以菜刀的把子在小碗里捣碎，搅匀即成一碟压世界的王者美味，专司“送饭送粥”。就这么一点小东西，一年能吃上一回即是奢华。一年之中，我们能吃上一点半肥瘦的猪肉都在逢年过节的时候，譬如农历的三月清明节、四月初七、五月初五、六月初六、七月十四，以及八月十五等。

小时候吃的一些佳肴未必是真的全优，完全是因为当年想吃没能吃得上的缘故，现在老想回味当年的感觉，但真要弄来吃便没有了感觉。譬如说生蒸橄榄果，小时候用铁锅煮饭第一次停火时，将小蝶装着几个以菜刀拍扁的橄榄果置于饭上，焙火三把之后饭熟菜熟。因为不可多得，味道简直是神来一笔，按平日的饭量吃饱之后将橄榄果的黑色汤淋到一满碗米饭搅匀，又能干个碗底朝天。最后，在案板上将橄榄核拦腰砍成两截，以用于生火的草混子撩出细小果仁舔着吃。和这货比，杏仁等所有的仁类都相形见绌。时过境迁，昨天从广西弄来新鲜的蒸橄榄，发现蒸熟之后的味道已经不咋地了。

不过，橄榄干的风韵仍不减当年，其满分的美味只可亲尝不可言传，总之一个字：绝。由橄榄果、生辣椒和蒜米一块捣碎之后晒干装坛，以后分餐加水蒸之，送饭好到极。每年秋季，我都会劳烦老家的人制备一些寄来解馋。我就是靠着这些人间极品才心甘情愿地觉得在首都能吃到的饭菜也有比较好的。

我的母亲是一个普普通通的农村妇女，貌似认得几个字。母亲的优点显而易见，刻苦耐劳，去世之前几年从来没有生过病，反正我从来没有见她吃过一片药。母亲也有缺点，那就是她在生活方面的动手能力比同时代的妇女们都差。她不会缝补衣服，不会做各种农家小食品，如年饼、粉利、糍粑等，甚至不会炒菜。她能做的事，我记忆犹新，其中两件做得比较好，那就是腌制酸菜和晒干头菜。

我们那一带自留地里种出来的头菜的“头”(根茎)比较小，连白萝卜的个头也都特别小，可能是种子的问题，也可能是土地的问题。晒干的头菜装进坛子里，可以吃上一段很长的时间。在我们老家，杀一头猪熬出的猪油可以吃上一年，吃到最后一两个月猪油已出现了酸臭味。谁都知道，出现了不可人的气味和味道之后，猪油是不能再吃了。问题是，能有得油吃就不错了，谁顾得上这么多，谁不知道新鲜的好？捞到埋在油里的几小片油渣，那简直就是饕餮大餐啊！

头菜多半是素蒸，纵然是素蒸也好吃，原因是不常有。如果命好，能加上几小块肥猪肉一块儿蒸，便相当于今天的龙虾刺身。偶尔，父母也能从附近的圩镇买回二三两小鱼干或者虾米干（我们那里称之为鱼乎或虾子乎），和头菜蒸着吃超级搭，属于第二等的绝配。

至于说到萝卜干，那必须是以广西和湖北两地出产者为并列第一。这个全球第一公正的排行榜是内定的，不需要公示，更不接受异议，签署真实姓名举报也不受理。

2018 年 10 月 14 日

回到第一个东家健康扶贫

2018年就只剩下一个月，日子过得实在是太快，还没干成啥事这一年就不见了。我是一个智勇双全的人，于上个月天降神兵地回到我人生中的第一个老东家工作半天，用吴正球院长的话说，算是“健康扶贫”。

1982年8月至1984年8月，我作为检验士在宾阳县人民医院工作了两个春秋。这段化验的工作经历及在此之前的3年中专学习，对于我日后作为临床医生的职业生涯产生了深刻的影响，这是毋庸置疑的。正是这样的专业训练和实际工作经验，使得我从1994年开始的呼吸疾病的免疫学机制研究，无论从实验技术或从研究思路来说，都变得相对得心应手。

作为事实，参加工作之前我就打算只在那儿停留两年，不会久居，再加上我与生俱来的少年狂，有些事情的发生发展并不能如我所愿。后来和老同事开玩笑，她们说要是当年我得以成功地找到女朋友，怕是没有心思复习功课，1984年要考上大学之事就很可能蛋打鸡飞。我不同意这种没有道理的说法。首先，我没有本钱找到女朋友；其次，即使在地做成了连理枝，肯定也会将连理枝一起带到北京来享清福。我是一个不喜新不厌旧的人。

从硬件建设来说，宾阳县医院的发展快得超乎我的想象，这得益于国家“医疗资源下沉”的政策。另一方面，大多数县医院和乡镇卫生院发展面临的一个重大问题便是医疗人才的极度短缺。造成这种困境有多方面的原因:首先,众多医学生大学毕业之后不愿意回乡工作,而他们要在城市里找到工作易如反掌;其次,南宁和其他城市的大医院正在疯狂扩张,自然从各家基层医院挖人,有些县级医院因为人去楼空已难以为继;最后,医学生大学毕业之后必须在三级医院接受为期3年的规培,加重了基层医院的人员短缺的状况。由于县级医院的医生往城市跑,县医院只有恶性循环地从乡镇卫生院挖人,从而造成了后者的空壳化。据说,宾阳县有些乡镇卫生院连一个拥有执业医师资格的医生也没有。他们不能看病,能做的工作只是开展一些与疾病防控有关的拉杂事。

那天,我只见到一位与我同时期工作的老同事。老同事之中有很多位已经作古,有很多位已经退休,有很多位早就调离了医院,目前在工作岗位上的据说只有三四位。掐着手指头算来,我离开医院已经有34年多,这是一段足够漫长的岁月。因为我早就已经成为当地的一个传奇,人们普遍欢迎我回到老东家走一走,我也觉得每隔十年八年回去一趟是挺好的。怎么说都好,我毕竟有两年最风华正茂的青春岁月是在那里度过的。

在此之前,我曾经公开回去过3次,其中一次是在2007年12月1日,我和老肖作为广西医科大学的教授代表回去参加医院成立60周年的庆典活动,广西医科大学一附院为此还出资2000元作为礼金。我这一次回去,主要是想看看刚刚成立的呼吸内科。正如前述,基层医院的发展较快,连一家县级医院都能够成立独立管理的呼吸专科,真的体现了“医疗资源下沉”的国家政策。

我的工作安排比较紧凑,半天时间的上半场是查房,下半场是讲一节课。我是一名专科医生,要讲一节与呼吸疾病有关的内容当然不会有问题。有问题的是，一家基层医院没有足够多的听众需要听专科性很强的讲座。因此，我只能以“基层医院关于支气管哮喘、慢性阻塞性肺疾病的管理”为题展示一段 PPT，实际上不按照上面的内容来发挥，而是东拉西扯。在座的听众多是年轻人，他们几乎不曾见过我真人，但都必定听说过关于我众多神话般的传说。我猜他们都对我离开宾阳之后的奋斗历程感兴趣，所以讲课的大部分时间都花在讲述这些个琐琐碎碎的事情之上。

间隔 11 年之后，为工作的事匆匆忙忙回第一个老东家走一趟，感觉挺好。这种感觉揉进了 34 年前的种种感慨，意味尤觉不一般。匆忙之中，还是品尝到梦中的美食，更感舒心。

2018 年 12 月 1 日

即将正常地休假回广西老家

北京的疫情虽然还不能高枕无忧，但貌似可以松一口气了。这一点，从出入医院西门可以不戴口罩就能轻易蒙混过保安关看得出来。由于罹患严重的过敏性鼻炎，不戴口罩我都难以自由呼吸，拿块塑料布捂着口鼻就更不舒畅。所以，过去数月以来我戴口罩纯粹是为了进到医院里去提高满意度。如果进入电梯不戴口罩，司梯阿姊便如同看到毒蛇张口摇摆，她们直到今天仍然不落实科学发展观地套上能出水的眼罩。

这段时间，被全国网民亲切地誉为"重症疫情八仙"之首仙的童朝晖副院长频繁辗转于北京、武汉、哈尔滨及青岛等地之间，据说目前在北京地坛医院指挥几个危重病例的救治工作。童教授从今年1月18日离开医院之后，就一直战斗在全国各地硝烟最滚滚弥漫的第一排露天战壕里。个人认为，现在是让他回归朝阳医院处理本院日常事务的时候了，全院各族人民100%地需要他。

正因为8月份是相对风平浪静的"窗口期"，我已经在OA办理了请假手续，打算利用本月的最后一周回广西小住。之所以在公众号公开说出这一天大的机密，目的在于告知老家的亲朋好友：如果你愿意和我搞两杯米双或者猜两码，不妨与我在南宁的资深经纪人李师兄超乾教授联系，他负责我所有的行程，尤其是饭粥安排。这是一次公私兼顾之旅，我在广西有一些高新技术的公务需要处理。

在我关注的为数不多公众号之中(从来不超过10个),有一个名叫“宾阳写作沙龙”,由老家宾阳县的写作爱好者打理。我时不时打开浏览其中的某些文章,倒不是因为文章写得有多么深邃或妙趣,而是因为涉及的内容有很多风土人情是我比较熟悉的。看着文章,我倒没有什么好感动的,只是觉得与我的记忆和认知有距离,有种不一样的感觉。

文章的作者大多是当地的中小学老师。我不止一次说过,我非常乐意与中小学老师交朋友,理由是他们的精神风貌相对纯净,与我们这些风雨兼程闯荡江湖的老油条似乎不生活在同一个世界里。作家们留给我这样的印象:他们相信所有的副县长、教育局局长和镇长们都是日夜为老百姓操劳的;他们相信高速公路是不会乱收费的;他们参观铁路水泥构件厂,然后会以最大的热情讴歌那是一家能叱咤风云的现代化大型企业;他们到一个山村采风,然后会毫无杂念地将那里描绘成为人间极品美景。

作为事实,给我留下印象最深的不是家乡老师们的作品,而是他们美好情怀的可爱和单纯,以及他们对于写作的热忱。我每天都会写日记,更多地关注现实世界里真人真事,因而写出来的东西难免不都是正能量,所记录的自身真身的内心感受容易误导一些不读书并疏于思考的人群,导致他们更倾向于看到社会的阴暗面。我从老师们身上感受到了积极而宽容的一面,他们能从更阳光的一面来对待生活中的辛酸和不公正。

我希望今后有机会能和老师们进行面对面的交流,甚至有意给“宾阳写作沙龙”投一些与家乡有关的随笔。我唯一的担心是,有老师在见过面之后会写出与我有关的文章。长期以来,任何与本真人有距离的溢美之词都是我不能忍受的。我的工作和生活只希望由我本人来叙述,不希望由他人包括媒体记者或学校宣传部门的老师来介绍。在我看来,只说优点是对我的误读,只说缺点则是对我的冒犯,所以最好的方式是避免。基于这样的想法，过去12年以来在报章几乎看不到关于我的报道。在媒体里看到关于我所熟知的医生先进事迹的通讯报道，没有一篇经得起推敲，不是夸大工作成绩，就是拔高家国情怀。

每一次回宾阳，总会请求老马或其他朋友提前准备好半边白切地羊、一只白切鹅和一大群白切鸡。如果这一次和钟奇专程去“卢四鹅肉店”吃煮粉，会顺带开发一些新的白切。但是，鸡是不能再切了，近期吃太多，嘴巴已经发麻。由于少小就离开家乡，我对于老家没有特别深厚的思乡情结，唯有对于自幼渴望的特色美食情有独钟。

绝对的，回广西老家真正让我心潮澎湃、激荡万千的终极原因是见到李师兄。这个教授政治站位正确、有担当、输牌从不生气，如果我有5支新冠肺炎疫苗，第5支必定特异性地留给师兄，其他人无论官衔有多高或者与我的私交有多好，连想都不要想。

2020年8月9日

白读了这么多年的书

一想到下个礼拜就能搭飞机，这会儿我的小心脏就像青春期不会累的公鹿一样狂跳个不停。可恨本年度超过三分之二的时光不翼而飞，到今朝已是秋风瑟瑟，树叶泛黄，啥事都没得做只能干着急，让人想到了山鸡村吴老二苦等扶贫干部送来个媳妇那望不穿的一池秋水。

和往年的这个时候都要出走住宾馆一样，我稍晚些时候也还是要出去开个房住上几天。北京太大，打个的动辄要花百来块，这等于白白浪费小半瓶梅酒。所以说，大地方有大地方的不好，小地方有小地方的好。世界上的很多国家、全国除西藏以外所有的省份，我都亲自去过，大体上领略到了各地的风情。仅从如此丰富多彩的阅历来说，走个后门拉拉票套上一个“成功人士”的光环估计不算太突兀。

说起“成功人士”，在我身上也有很多奇妙的故事。俗话说，靠山吃山靠水吃水，但我靠医却无医可吃，倒是老家有不少人希望靠我吃医。直到今天，乡下老家的人不管是在广西最好的医院亦即我的老东家挂不上号，还是想加个塞儿做手术或少交费或要点横什么的，哪怕是连拐 9 个弯也搭不上亲的近亲都能有勇有谋打通我的电话，让我发扬救死扶伤的精神曲线救人。我离开广西 12 年了，众多同时代的老师已不在原岗位上班，大多数奋战在一线的医生都不再熟悉，我能发功的支点已经大大缩水。

如果一定要使出浑身解数找到某一个科室的某一位专家，我当然能做到，顶多拐上一两个弯角就得。最大的障碍在于，来求我办事的人和我之间的关系与我和需要麻烦的老同事之间的关系，不好平衡和定位。你或许可以理解，我辛辛苦苦去求一个人，结果却是为了帮助一个我从来不曾见过面的陌生人，天底下没有这个理不是？所以，我经常对孔升三哥说，你家里有人需要我出面尽管放话过来，但你不能让我出勤劳动去帮你三姨的大伯父的二嫂找一张床位。你当我闲散得吃完晚饭就到工体东门跳广场舞专职勾引老太太去了？

这个都不算出奇，还有更出奇的。因为我在北京当医生，在老家自然而然就成为一个越传越神的神仙级传奇。在很多村民眼里，我可上九天揽月可下五洋捉鳖，要不然怎么能来到北京尽显威风？以下是人们给过我吩咐的基本操作：让我解决他女儿女婿两地分居的工作调动问题，他的女婿在另外一个县的县直机关工作；让我找到南宁多家医院的院长，让院长将医疗器械的购销生意交由他经营（提出此项要求者最多）；让我找到各家医院的院长，让院长将后勤物业交由他管理；至于让我找到院长解决求职、换岗、提干、延迟退休的，就更是多罗罗。

显而易见，这些要求都很 low，绝对不是我可以沾手的事情。虽然不能切实地做到一身正气两袖清风，但基本的斯文还是应该维护的。正因为我从来没有替他们办成过一件这样的荒唐事，就不难理解他们离我越来越远，并大张旗鼓吃吃地嘲笑我白读了这么多年的书。

2020 年 8 月 17 日

成长篇

我的父亲母亲

要使用一段文字来描述我童年和少年时代的生活是十分困难的，也是有点儿痛苦的；而要断定小时候的生活到底是否幸福就更加困难，至少我没有理由感觉到我是幸福的。实际上，我是在一个相当不正常的家庭氛围中出生和成长。有时候我想，我性格当中一些孤僻、时而自卑时而傲慢的复杂成分就是在那种气氛中不幸养成的。

由于贫穷，我童年时代最深刻的烙印就是父母几乎没有一天不吵架。说是吵架，基本上就是父亲选择人世间最恶毒、最不堪入耳的语言来辱骂母亲。母亲作为一名从封建时代走过来的农村妇女，除了忍受别无他路。父亲已经于十年前去世，人死为大。这个时候谈论故人的负面评价，总是不该。作为儿子竟然如此这般，该称得上大逆不道了。

可是，我真的未曾感受到父爱，况且这种可悲的遭遇对我日后的生活造成了深刻的影响。在我的印象中，从小到大的每一场噩梦几乎都与父亲的狰狞面目有关，梦醒时分的后怕甚至更难以忍受。

我从不怀疑我的父母是爱我的，这种爱本质上与天底下所有的父母亲对子女的爱没有丝毫的差别；只是他们的表达方式超乎常理，超出了一般人能够容忍的地步。

与同时代的其他农民一样，父亲具有强烈的封建意识。他目不识丁，却居然能够对小小年纪的我说出"君叫臣死，臣不得不死；父叫子亡，子不得不亡”这样的文字来。而且说的次数几乎是无限的，以至我刻骨铭心终生难忘。一个最典型的例子是，我进城念中专之后给家里写信。如果信开头的称呼是“父母亲”，他就会暴跳如雷，跳骂几天。原因是“母”在家乡土话里的发音与表示“不”意思的字眼相同。因此他将“父母亲”令人啼笑皆非地理解为“父不亲”，而他是无法容忍儿子表达“父不亲”的。其实，他也不能容忍我在信里提到母亲。“在旧时，写信要写‘父亲大人膝下’”，这是他对我这个中专生说过的话，不知是真是假。

我有两个姐姐，大姐比我大 21 岁，二姐比我大 10 岁。大姐在我出生之前就已经出嫁了，我的第一个外甥女只比我小 1 岁。与农村所有的父母一样，养儿防老是我父母亲的基本诉求和最大理想，而他们有幸赶上了最后一班车：我出生的那一年，母亲已经 45 岁，父亲 48 岁。

从我记事的年龄起，我就发现我是在父亲的辱骂中成长的。他嗜酒如命，连想都不用想就会用家里剩下最后一斤米或者最后一毛钱拿去换酒喝，而别的什么事情对他而言全都不重要。他的全部乐趣集中在除了嗜酒就是骂人。他骂人从不需要理由，有时候莫名其妙就叫骂起来。骂起人来不但语言恶毒，而且专挑人最痛苦的地方进攻，其语言凶毒的程度永远超出编写字典或者词典的专家所能想象的范围的上限。

我小时候在外面被别的小孩儿欺负，父亲会在第一时间选择人多的场合公开嘲笑我不中用，绝对不曾考虑过我的感受和自尊，而且那样的数落绝不止一两次。他最大的快乐就是看到因为他的言语，我和母亲感到难堪和痛苦。我生病发热时胃口不好，他会不失时机地数落我装扮成可怜样，而我只是一个不懂事的小孩子。我想，他那样做的潜意识是让母亲和我对他感到害怕，以此维持他作为丈夫和父亲的威严，因为除了这一点，他不再具有其他优势。

至于母亲，我当然爱她，只是她也相当特别。我的个性自小就相当叛逆，纵然父亲对我那样超乎常理的“管教”，我记得我从小就是按照我个人的想法做我想做的事，而从不在乎父亲的想法。父亲唯一的优点就是除了咒骂，一般不打人；偶尔出手也不至于造成大伤。通常总有这么一段时间，父亲肯定成为子女心目中可上九天揽月可下五洋捉鳖的英雄。对于我而言，这段时间十分短暂一闪即过。要崇拜一个人需要理由，而我没有办法在父亲身上找到丁点儿的理由。

我应该是属于那种相当顽皮的小孩儿。小时候最大的乐趣就是欺负势力比我弱和兄弟少的小孩儿，有时候还跑到别人家的自留地里偷点瓜果什么的。最出格的是，先后有两次领着几个小孩儿将邻居家的一窝刚孵化出生不久的小鸡全部活活拍死后进行“解剖”。害得本来就穷得叮当响的家里赔过不少钱。当然，那都是不曾懂事的时候所干过的事。

母亲教育我的方法很是特别，一般都是当着我的面朝河边走去说是去投河自尽，或者找出一根绳子搬来一张凳子装着要上吊。所以，我从小小的时候就掌握了上吊要踢掉凳子的知识。每次母亲这么干的时候，我都感到极大的恐惧。“我死了，看你比狗还贱！”这是她的绝招，此招屡试屡爽。

我就是在这种别人家难以想象的气氛中成长起来的。我从小似乎显现出稍微聪明的样子：读到高小时就自学成才开始干起木匠的活儿，打造的板凳一直使用到我长大成人之后。我想，如果后来我考不上学校当不成“国家干部”，大概会变成进城当装修游击队这样一类的农民工。

我的小学时代正好是“学制要缩短，教育要革命”的年代，我们是不需要讲成绩的。父母亲对我绝对没有过高的期望，在他们眼里，我只要懂得认秤买东西不被人吃秤头就成。当年，村里人最大的出息就是大队干部的子女当上工人,而一般的贫下中农是占不上这个便宜的。

然而,我偏偏就是一个喜欢读书的小孩儿,而且因为读书还吃过不少苦头。记得有一次,父亲看到别人家的小孩儿都到夏收夏种的地里去拾稻穗,而我却在家里看书,他怒火中烧,抢过我的书撕烂扔到一边。

很小的时候,我就亲眼看见乡下人的苦难,一年到头像牛马一般辛苦,到头来还吃不饱穿不暖。所以,在幼小的心灵里就曾深深地埋下了这样的一颗种子:必须离开施村。

2006 年 11 月 1 日

当年境况不太妙

1982 年 8 月，中专毕业后我回到了老家广西宾阳县人民医院工作，日常的工作内容主要是对患者各种临床标本（如血液、大便和小便）等进行化验。工作比较单调，也比较繁忙。

尽管已经成为拥有“粮簿”的国家干部，但生活上的困境仍然没有得到丝毫的改善。当时每个月的工资只有 33.5 元，在医院集体饭堂开饭要花掉 17 元，在支付父亲时常张口讨要的酒钱之后所剩无几。在宾阳县工作的那两年，我基本上没有添置过衣服，做梦都想着买一辆自行车，可就是办不到。真是十分尴尬。

1979 年，我的证件照

十八九岁的年龄该是人类情窦初开的花季。我各方面发育都很正常，自然开始春心涌动。虽不玉树临风，却也四肢齐全，除了左大腿前内侧留有个最大直径为 6 厘米的烫伤瘢痕，实在挑不出什么大毛病。

当时宾阳小县城很奇怪，男女青年之间一般不说话，生怕被人认为生活作风不正派，或者对对方有意思。有时候，我像做贼一样想靠近个把以当时当地眼光来看有几分姿色的姑娘，但很快就发现自己是一个十分不受欢迎的人，她们见到我躲开的速度比水上漂有过之无不及。据说她们在偶然间谈论我的时候，看法全都是负面的，至少没有一个人觉得我这个人值得接触。有几个刚分配来到医院当医生的大学生倒是很抢手，基本上不需要主动出击便可三下五除二搞掂一门亲事。面对这些医生，医院里盼星星盼月亮急着以身相许的妙龄多如牛毛。

我的致命伤首先在于我出身农村，县城里的人家视将女儿嫁给农村人这种事情如瘟疫。那些不幸爱上农村出来参加工作的小伙子的姑娘似乎也总是抬不起头来，千方百计不厌其烦地在亲戚朋友们面前加上“他爸是公办小学老师”之类边角料补足秤头。可怜的我，父亲不但不是公办老师，还目不识丁。我的第二弱点是中专生，而且是检查大小便的化验员，所以处境相当不妙。总之，那个时候县城里的护士小姐们除非长得特别不整齐、严重不对称、极度贫血，甚至多器官功能障碍综合征，否则是不屑和我眉来眼去的。

有一个铁的事实颇能说明我在这方面的绝境。一位比我大两三岁黄姓护理员出于深刻的同情，在一次闲谈中安慰我：“小施，你就找一个也是从农村出来长得差一点的护士吧，这样门当户对不是挺好的吗？”此话绝对原汁原味，当时我还相当感动。毕竟，黄护理员既无恶意，也看我可怜，人间自有真情在。没有这种凄楚的经历，恐怕没有人能够理解我所说的感动的确曾经是那样情真意切。

如果后来我考不上大学的话，恐怕连长得差两点的护士都高攀不上。最可能的结局是：若干年后熬到 30 岁左右饥不择食地与一位刚刚顶职“农转非”在食堂煮饭，或者在街头摆个三块五块一件还管买一送一的低档成衣摊、而其本身一年四季都穿着红红绿绿印花大如洗脚盆的粽叶般的尼龙上衣、长裙盖到踝关节的待业女中青年搭伙组成一个家庭；而我尚有胆开出的唯一的条件就只能是对方还处在育龄阶段，至少尚未停经。

那样的话，一辈子生活的日常内容就是无穷无尽的烦琐和烦恼。工资本来就低，除了灌满父亲的酒瓶，每天还有来自双方的乡下亲戚提着几斤红薯轮番串门，时不时住上三五七日，并提出一大堆无法解决的难题。后来的事实证明了本人极具预见性，和我前后几年分配到医院工作景况与我相似的几位小伙子全数陷于那种境地，无一幸免。

凡事必有两面性。如果当年碰上一位真的“五讲四美”特别是心灵美的姑娘愿意与我在瓜田李下眉目传情发誓要电倒对方，那必将是我这一辈子最大的悲剧，因为我必定要离开宾阳继续念大学，大学毕业之后绝对不可能再回到宾阳县城。这是在参加工作之前就定下了的目标，是不容改变的。因此，那样的一种恋爱关系一般不会维持到我大学毕业，那需要五年的时间。纵然天公作美真的结起婚来，离婚也是迟早的事，除非那女的会武功。

在宾阳工作的两年时间过得很快，我全身心投入到1984年高考的准备之中。期间我得到了宾阳中学物理教研组韦健明老师的大力支持。在他的周旋之下，我经常有机会直接请教各门课程的优秀老师，并与真正的中学生进行面对面的交流，提前感受高考的紧张气氛。

正是在宾阳中学多位老师的指导之下，我学习高中课程的成效非常显著。当然，其中起最主要作用的是我个人的努力，但老师们无私的支持使我的确受益匪浅。另一方面，医院方面对我也不错，就在高考前夕医院领导同意我休假三个月，停工专门复习功课。

如愿以偿，我顺利地通过了1984年的高考，进入广西医科大学临床医学专业继续深造。

2006年11月12日

触景生情

为了增加运动量，我尽可能走路上下班。

学校图书馆二期扩建工程正在紧锣密鼓的施工之中，每天下班回家都可以看到一幕令人感慨的情景：一群满脸沧桑、汗流浃背的农民工兄弟每人端着一大盘米饭和一大碗清汤蹲在路边、坐在树下或者倚在墙角默默地完成他们的一日三餐。我想，他们的营养应该是够的，米饭足有六七两，青菜也不少，就铺盖在饭上面。除了青菜，还有猪腹部的肉，广西人称之为“五花肉”，不知别的地方是什么叫法。看得出来，烹调的手法如出一辙：先煎出一些猪油来煮青菜，然后加入盐和酱油在锅里再熬两熬就成。

我对这些景象太熟悉了。我年幼的时候，父亲就曾经干过类似的活儿养家糊口，不同的是现在叫“农民工”，当年叫“野马”。现在看到这些背井离乡的中年汉子艰难地度日，心里总是一番感慨。要不是 1979 年靠着自己的发奋读书进城，我肯定就是他们当中的一员。这一点，我从来没有怀疑过。

进一步想，我的运气总体来说是不错的。祖上未曾出过一个读书人，世世代代都过着牛马不如的凄惨生活，我今天的幸福生活实在来之不易。自从 1984 年读上大学之后，我走过的路就很通顺，虽然基本格调是与世无争，但总能实现自己一连串小小的愿望。我开始当教授的时候，我大学的同年级同学绝大多数还是讲师或者主治医生。与村子里同龄的小伙伴们比较起来，我的运气就更好些。每次回家看老母亲，都会发现儿时的小伙伴们个个都变成了小老头儿，不是三三两两蹲在屋檐下傻乎乎地重复着父辈们的麻木闲聊，就是耗尽家里最后的一滴油拿去赌六合彩。而且他们中的许多人因为超生早就被结扎了。

我还有什么可抱怨的呢？儿子喜欢打篮球，女儿穿的裙子非常漂亮。

2006 年 12 月 30 日

借　钱

是的，借钱。

打算写这么一个沉重而复杂的话题已经有了不短的时日。我有充分的理由回避这个问题，它带给我的是酸楚的回忆和时隐时现的痛。

我父母历来穷困潦倒、朝不保夕，能吃饱饭就算是不错。父亲嗜酒如命，只要家里还有米，宁可不吃饭也要拿去换酒喝，但有清晰的底线：老人家从不举债喝酒。好在那个时候他有一技之长，能干泥水活，时不时进城跑野马搞点建筑活儿，偶尔能够弄些小钱，所以还不至于活不下去。

母亲具有难以理解的忧患意识，她早在1973年就已经为自己准备好了棺材，那可是34年前的事情啊！这口松木棺材现在就搁置在老屋里。老人家这么做的原因只是：我长大之后一个人挣工分，生活必定十分艰辛，她趁还能干活之时储备一些将来必用的物资。还在这个时候，她为自己准备了一箱足够穿二三十年的土布衣服。最神奇的是她竟然从嘴巴里省出米来盖成了两间半的砖瓦房，良苦的用心估计是为了给将来娶儿媳妇增加秤头。

虽然穷，我父母没有向人借钱的习惯，我从来没有见过他们向人借过一分钱。这一点，每每想起，便肃然起敬。

轮到我过日子，便没有了说“不向人借钱”的底气。我曾经向人借过钱，而且数目庞大。可以这么说，我的整个大学教育就是必须举债才能完成的。关于这段心寒的经历,我在以前的博文中曾有暗示,只是有意回避。现在,这已经成为我永远的心痛,有时还痛得十分难顶。

毫无疑问,没有大姐的资助,我绝对不可能完成大学的教育。大姐一家也非常贫困,上有公婆,下有五个孩子,能够挤出钱来供我念完大学,已是相当艰难,尤显伟大。这也正是我最感痛苦不堪之所在。如果当年就有贷款读书的话,我会毫不犹豫就这么着的。可惜,那时没有。

姐姐的钱虽然可以暂时动用,但那毕竟不是父母的钱,不可以用完就没事。事实上,从接受大姐的第一笔钱之日起,我就已经盘算好了还债的详细计划。无论如何,我永远感激大姐对我的援助。大姐和姐夫都已年过六十,他们的生老病死,我会全部负担。

也是在念大学期间,尽管有大姐的接济,毕竟数目有限,有时难免捉襟见肘。实在难以度日时不得不向几位比我早三两年中专毕业的本家乡亲借些许小钱救急。这一时不时发生的本不该发生的难堪之事串在一起,又是一刀刀直指心尖。如今,我总是想方设法以各种各样的方式予以加倍奉还。比如,春节前登门送上1000元作为过年贺礼等。即使这么做了,心里仍然得不到期待中的平静。我毕竟必须举债才能生存!

当年,不是我没有骨气,不是我喜欢借钱,不借真的不行。所以,我在以前的博文中曾经说过:人在没有钱的时候是不能拥有也不需要尊严的。我对于这个道理的体会刻骨铭心,是不可能一笑了之的,压根就轻松不起来。

1999年从美国学习回来后,来问我借钱的人逐渐热闹起来。我夫妇都靠领工资吃饭,工资本就一般般,生活开支和两个孩子的教育费用都不小,哪里有多少余钱?对于确实有难处的亲朋好友,我们一向是乐于尽力帮扶一把的。这么做也相当自然而然,毕竟我就是在各位亲朋好友的扶助之下度过那些蹉跎岁月的。如今在党的正确领导下日子有如芝麻开花节节高，口袋里时不时有几个铜板叮当作响。需要指出的是，与普天下的劳动大众一样，我的每一分钱都是血汗换来的，我也没有心灵美到乐善好施的崇高境界。与我当年没有白拿别人的钱一样，在一般情况下钱借出去也都还期待着拿回这笔属于我的钱。

总的说来，我们的原则是：救急不救穷。孩子读书学费一时交不起，优先考虑；治病救人的医药费，能借多少就借多少；用于经商目的的借钱，想都不用想；用于改善生活的借钱，不在考虑之列；乡下亲戚用于购买化肥或者口粮的小额借钱，1000 元之内不用还，白给。

进入 2007 年之后，一些半生不熟的人也凑热闹来了。借钱的理由经常莫名其妙，甚至有些荒唐，一般都离不开做生意资金周转暂时不灵或者购买房子还差五六万这类的套路。他们借钱的胃口相当吓人，远远超出我的承受能力，最高纪录是 6 万，通常不低于 3 万。当我表示没有这么多钱时，有人甚至理直气壮地反驳：“报纸上不是说你最近领到了 5 万元奖金吗？”后来，我只能悲惨地搬出万试万灵的看家绝招：“钱都在母老虎那里……”

2007 年 5 月 5 日

作家梦

我想，作家们煞费心机著书立说，其终极目标无非是想卖出尽可能多的砖块。同样，我开了个博客，每间隔一两天便抽空写些小东西，当然也希望有几位和我一样悠闲的品位高尚的朋友踏步过来扫上一眼。

从2007年10月26日雄鸡一唱以来可说风调雨顺，到今天点击次数突破50万。比起名人的博客，这是微不足道的；但与其他同性质的草根博客相比，也有不自卑的本钱。

我还是没有改变原来的观念：玩博客的确十分有趣。最引人入胜的地方在于可以无所顾忌地发表自己对周围世界的看法，而不用考虑任何人的反应。我唱，我吼，我和风细雨地娓娓道来，我脸红脖子粗地拍案叫骂，都是我的高兴。有点像卡拉OK，你可以不喜欢，但你不能说别人唱得不好，天高地大房间多，你可以惹不起躲得起，脚底抹油就是了。没有人望眼欲穿地等待着你说他无聊，也没有人积蓄丰厚的雅致来邀请你痛苦地受罪。

我还有一个体会，那就是博客可以点点滴滴地帮助一个人提高自身的修养。我本人对一些事情的看法历来就倾向于偏颇，有时甚至是偏激，我将其称为独树一帜，并坚信这无所谓好与坏。如果偏颇能够使人对某种目标保持必要的信心，当然具有积极的正面意义。因为博客文章是写给别人看的，当然在不知不觉中注意选择一些中性的字句表达情感强烈的态度，尽量避免可能有直接或者间接联系的阶级兄弟受到无心的伤害。

也就是说，博客促使我更多地考虑别人的感受。随着玩博客的时间逐渐延长，这方面的意识越发有分寸。读书人总得有丝雅气，必须保持起码的斯文底线。

说起写东西，我年幼的时候就曾经梦想成为一名万人敬仰的专业作家。那个时候，我心中崇拜的偶像不是作家就是高能物理学家。可是，我这辈子接受过正规的语文教育就只有初中这样的低水位。如果有机会念高中，我大概会报考文科专业，日后成为作家或者历史学家的可能性非常大，因为我对这些方面的热情从来就不曾衰减过，直到今天。有一点可以肯定，无论如何不会成为今天处境尴尬的白衣天使。

作家梦一直萦绕在我的心头，迄今仍然挥之不去。记得读大学的时候还真的动笔写过小说，而且洋洋大言轻而易举地超过 30 万字。现在想起来倒不觉得难堪，书稿好像还存放在老家的阁楼里。那本小说稿子还往出版社里投过，只是没有人想到会发表那样的文字。小说中的主人公名叫沈一鸣，自然有来头。沈一鸣的女朋友名叫高云，高云有个姐姐叫高月……

我已经考虑过退休后的生活。退休，说快不快，说慢不慢，正常的时序也就是再过 16 年而已。退休之后干什么都可以，就是绝对不能去坐门诊给人看病。果真沦落到没钱买米下锅地步，便蓄起稀疏的山羊胡戴副超大的黑眼镜肩扛一面用墨汁写着“施半仙”的小三角白旗蹲在大树脚给过往行人摸头摸脚占卜算命。总之，只要还有一线生机活路，就绝对不接受返聘坐到门诊楼里去。

当然，应该不会悲惨到那种我不聊生的绝境。我还有点手艺，那就是写点文字，到时候或许可以靠卖字为生并积下够用的棺材本。

2008 年 2 月 11 日

被扣发一年奖金

1982年我18岁，中专毕业之后回到老家广西宾阳县人民医院工作，职称是检验士，专职从事临床检验工作。

那时的工资极低，只有区区的33.5元，连吃饭都成问题。县城街头饮食店里的米粉要卖一块多钱一碗，但是并非想吃就舍得下狠手痛掏腰包，有比米粉更重要的事等着处置。就是在那个步履艰难的蹉跎日子里，我还有一个年度的奖金被医院领导扣发。记得被扣发的金额好像是268元，在当年可是一个巨大的基金。一年的奖金！

现在想起来，医院领导扣掉我的这些血汗钱是有理由的。那段时间我出了两件事，这些事可大可小，全看说事人的分量和态度了。

第一件，我在一次常规的化验工作中用一个5升容量的塑料瓶往酒精灯里加酒精，一时粗心没有注意到灯焰尚未熄灭，结果一声不小的闷响之后是一个小型的火灾。工作台满是火苗，我自己也被轻度烧伤，还住院了两三天。当时，医院恰好刚购买了一台滴答咔嚓直响的手动铅印打字机，很快派上了用场。医院破天荒地以书面形式向全员干部职工公开散发对我的通报批评。

第二件，医院里的一对年轻伴侣(后来没有结成连理枝)向我索取200多克的硝酸银。我当时也没想什么就糊里糊涂地把科室里的一瓶硝酸银倒出一半送给那对恋人。此后事态的发展挺吓人的，上纲上线的话甚至可以被打成现行反革命分子。原因是年轻鸳鸯转身就将硝酸银倒卖给县城一家镜画店的老板，获利应该不小，因此我自然而然就成了盗窃同案犯。化验室主任当然逐级向上报告，据说还惊动了派出所……这事最后不了了之。

为此，我一年的奖金没了，这是一件令人十分心痛的事情，现在想起来仍然心如刀绞。毕竟，这些钱在那个年头可以做成好多事情。

领导扣发我的钱时自始至终没有说明原因。1985 年大学寒假时我还向医院当时的党支部书记问起此事，那位新上任不久的支书声称不关他的事。更令人心寒的是，对我造成长时间伤害的那对恋人从来没有向我直接或者间接表达过歉意。那位女同志数年之后带小孩来到医科大学附属医院看病之时还若无其事地找到我，请求我与主管医生打招呼对其实施多多关照。

2008 年 3 月 1 日

难堪岁月

每一个人在人生长河之中总会有一些或温馨甜蜜，或不堪回首，或五味杂陈的往事。

1981 年，我广西卫校毕业之前被派到南宁市防疫站进行卫生检验专业实习，在那里认识了实习指导老师 L 姐。此后，我们成了很好的朋友。直到 27 年后的今天，L 姐一家和我家仍然保持着非常密切的往来。

L 姐毕业于柳州市卫校，她有一个很要好的同班同学 C 是宾阳人，毕业后回到宾阳县防疫站工作。C 姐姐可能比我大 6 岁左右，个子比较小巧玲珑，相貌一般，至少还差一点才谈得上沉鱼落雁。C 的父母都在宾阳中学工作，父亲是数学老师，母亲是办公室干事。

参加工作后我全力投身于准备 1984 年的高考复习之中，一直渴望认识几位中学老师。经 L 姐介绍，我认识了 C 姐姐。很快，C 姐姐带我到她家认识了她的父亲。

慈祥热心的 C 父随后又介绍了几位老师给我认识。从此，我开始了半工半读的紧张生活。我能够如愿以偿于 1984 年一箭中的考入广西医科大学，当然得益于 C 当初的引荐。毕竟，能够在老师的指导下学习高中的课程是事半功倍的。更重要的是，能够有机会亲临物理实验课，并可以参加各种高考模拟考试。

不好的是，认识 C 后不久便发生一件至今仍然令我惘然的怪事。这件怪事时不时冒上我的心头，让我感到不解、惆怅和无奈。

有一次，我百无聊赖一个人走到县防疫站找C，也没有什么事儿，当时只是想串串门聊聊天。C见到我态度与从前判若两人，一脸不高兴，以一种幅度非常大的动作推开一位同事的宿舍门，公开表示对我的不屑和厌恶。我不明就里，跟着她走进那房间。进得门去，我一下子就发懵了：房间里有几位姑娘本来在谈笑风生，见到我之际所有的声音戛然而止，如同见到格格不入来自桃花岛的黄药师。此时，C走到一个角落气鼓鼓地坐下闷声不响。我如同一个天生的大傻瓜，足足木鸭了五分钟之后才回过神来怏怏地退出。那种情形之下的尴尬和惊恐，也许只有女人偷汉子被本夫捉双之时才有可能与此旗鼓相当。

从那以后，C与我旗帜鲜明地划清界限。对我来说损失不大的是，我已经和宾阳中学的几位老师包括韦健民老师建立了良好的师生关系，所以不再需要烦劳C姐姐。很长的一段时间之后，我写信询问在南宁工作的L姐，到底发生了什么事？一问，哭笑不得。

原来，C的恼火是因为她听到我所供职的宾阳县人民医院里有传言C和我谈起了恋爱，而且是她主动追求我。我不知道当时C是否已经有了男朋友，她显然是受不了那样的一种传言及由此而延伸的一口窝囊气。20世纪80年代初的县城相当闭塞，男女之间不要说像现在这样说说笑笑，稍微有点动静甚至有可能被屈打成招整成“搞坏蛋”(通奸)。

2001年，我作为老职工兼宾阳知名人士应邀回老家参加县医院50周年院庆活动，在一场文艺晚会上甚至目瞪口呆地发现一名主持人笑容可掬地看着自己身材姣好的妻子在一个舞蹈节目中被一个年轻的男舞伴双手握腰端起来，半夹在腋下转了一圈之后搁在地上；接着再端起来举过头顶，累了以后又半轻不重地扔下。在整个气喘吁吁的旋转中，那女的自始至终保持笑容甜美,不是曲出兰花指就是伸张嫩笋臂,整个躯干部分也犹如水蛇摆来摆去。这些眼花缭乱而又令人想入非非的复杂动作在C姐姐生气的那个年代是难以想象的。

我可能和医院里的人提到我认识防疫站的C姐姐,但我敢指天发誓我不需要寻求额外的母爱,也没有想过尝试“姐弟恋”这一新潮的玩法。直到今天,我对于C姐姐的帮助仍然心存感激,岂敢有何非分之想?

与生俱来的探索精神驱使年少气盛的我勤奋工作,希望破开这一扑朔迷离的奇局。根据零星线索汇总的结果,案情很快有了些眉目,虽则算不上水落石出,却也有几分道理,应该有一定的可信度。

原来,医院有一名护士X,当时的年龄可能是25岁左右,刚刚结束与一位到医院实习的大学生的恋情,正在觉得空虚觉得寂寞觉得冷,外加心急如焚,天黑之后最重要的一件事应该就是巴望有一名男性公民前来报到。我们无论如何不能以貌取人,但只要你带着组织家庭的良好愿望看X一眼,你会觉得活在这个世界一点意义也没有,而且肯定会表现出“死去何所道,托体同山阿”那样的铁骨铮铮。

我,一个18岁的无知少男,面临着种种困境,其中最具断肠性的劣势就是出身农村。这一点在前文“当年境况不太妙”之中已有详尽的描述。那个时候,在医院工作的小伙子数量本来就奇缺,偶有几个年龄也都比我大好几岁,而且他们的家大都在县城,下了班就回家。我基本上是一个人孤苦伶仃地出出入入,其状甚是悲凉。有时候寂寞实在难耐,竟然一个人跑到“录像厅”坐着水泥砖伸长脖子观看每场5分钱诸如《霍元甲》之类的电视连续剧。

医院里也有几位和我先后分配来工作的小姑娘。现在回过头来看,她们的眼光怎么说都有点问题,没有及早看穿兄弟我是一座暂时埋没在荒山野岭中的高成度金矿。如果她们中的一位慧眼识英雄，狠下赌本买定我日后成为“广西十大杰出青年”这一优绩股，如今有房有车还开起了博客，当年我就不至于那样如同一只栖宿寒林的孤鸟，纵然高歌一曲，也似病中呻吟。

这个时候，我自然而然和一些年纪比我大得多的姐姐们玩在一起，大家聊聊天总不至于有什么风险。其中，我最感激的一位大姐是已经调回武鸣县工作的W姐姐。很多沮丧的时候，我能够从W姐姐那里得到一些理解和安慰。直到今天，我仍然在不经意之中想到这位心地善良的大姐姐。遗憾的是，1984年我离开宾阳县医院之后就再也没有见过她。我每次路过武鸣县县城都产生隐约想看看W姐姐的念头，可惜不知道她的联系地址。

这个时候X给我的印象也还好，我时不时跑到她的房间里聊聊天。天大地大，容我立足的地方真的不多。我那么天真烂漫，一直没有觉察到X有什么心计。后来的情况明显异样，先是X在医院当内科医生的婶婶恭喜我“有了女朋友”，还“在一起煮饭吃”，然后也不忘提醒我千万要提防“别人吃鸡我扛笠”。这是一句毒性很强的宾阳土话，与此相近的还有一句“开眼喝塘水”，意思是说谈恋爱中的男女青年中的一方已经知道对方(基本上特指女方)在此回合之前曾经当过老战士。说出这两句话中的一句通常便有嘲讽尚未成婚便提前戴上绿帽子之意。

我莫名其妙，在那种穷得叮当响的苦难境地怎么可能有恋爱好谈？当时，我的一个堂兄弟五哥大学毕业之后在一个公社中学教书，谈了一个在圩地(绝对谈不上城镇)长大的女朋友。我的堂兄命好，那位女朋友更命好，她高瞻远瞩地一举成为日后衣食无忧的五嫂。但是谈恋爱期间的惊涛骇浪与今天报纸上经常出现的所谓“风生水起北部湾”等字眼及其蕴含的轰轰烈烈没什么两样。女方的3个兄弟本来也没有什么钱(现在更是窘迫),只是因为生活在“公社所在地”便公开嘲笑五哥为“农村人”,极力阻止那场神圣的自由恋爱。五哥的岳母就更不像话,看起来真的很像梅超风,对还是姑娘尚未结婚的五嫂说:“你要是嫁给农村人,以后就别叫我妈。你想想,你以后还要拿钱出来养活他的那两只雕。”两只雕是指五哥年迈的父母。

我也有两只“老雕”,情形比五哥更为凄惨。五哥到底还有一个当公办教师的亲姐姐,好歹也可以算得上一份补贴。我什么都没有,所以不可能有身体无任何残疾可以过正常日子的姑娘愿意正眼看我一下。这个时候居然有人以一种神神秘秘的口吻说起我喜从天降“有恋爱可谈”了。原来那是X有意放的风声,她甚至故意对人说:“这个‘癫施’经常来敲我的门,我才不想理睬他呢。”

从此,我有了一个十分不高雅的外号,是为“癫施”。这个外号似乎还在一定范围内形成了一股不小的威力,我因此一时间成为人们兴味盎然地嘲笑的对象。按照当时的情势发展下去,我不能不担心很快又会增加诸如“济公”或者“周伯通”之类的美名。据我聪明过人的分析,X妄图让周围的人产生一种错觉:我和她过往甚密,且是我主动投怀送抱,从而形成一种舆论压力逼我就范“扛笠”。

防疫站的C姐姐主动追求我就是X的大手笔。X的意思很明显,让我周围的女性公民都讨厌我,让我孤立无助,永远生活在“无女环境”之中,最后“扛也得扛,不扛也得扛”。

现在想起来,整个事件未免有些荒唐。我经过无数的摸爬滚打熬到今天能够成为一条荡气回肠的铁血汉子,有何可能屈服于一些压根儿就算不上回事的“舆论”?我最大的优点归结起来就只有两条:其一,关于我自己的事绝对不考虑他人的意见，不管是对是错；其二，永远不在乎任何人对我的态度，包括不友善的语言。

后来，X的归宿听说不太好，先是从县城嫁给一个乡镇中小学上了年纪的老师，然后辗转反侧若干年之后才调回县城工作。我曾经有过一两次在县城与X相遇，她还热乎乎地与我打招呼，称我为“阿二”。我在老家排行第二，好多朋友包括医院里的不少职工都习惯叫我“二”。当然，阿二也会陪X姐姐聊上几句。她对我毕竟从无恶意，只是以一种独特的方式希望吃到一把优质的嫩草而已。

至于当年义愤填膺的C姐姐，我离开宾阳之后就再也没有机会见过她，听说结婚嫁到贵县(现在的贵港市)去了。

2008年4月2日

父亲是一个很会享受生活的农民

昨天是清明节，我照例带领妻儿老小回老家拜山扫墓。今年我要申报两个大的项目，心里有一个特别的诉求，祈求先祖在天之灵保佑我一两把，助我更上一个更高的台阶。

“更上一个台阶”，其实也害苦了我。我就不能学学12年前逝去的父亲？他是一个非常会享受当下生活的农民。

父亲是一个文盲，除了养儿防老和养老之外，基本上没有什么特别的想法。要说有，就是喝酒；而且其生活的理念非常简单和实际，那就是：今朝有酒今朝醉。他会毫不犹豫地拿出家里最后的一斤米去换酒喝。有时候，母亲也会嘟囔几句，劝他少喝点酒，因为家里实在太穷。

“现在不喝，等到让人抬过了藕塘谷才喝吗？”这是父亲的名言。藕塘谷淹没我们村子南边一片山脉之中，老家的人死了之后都是埋在村子后面的藕塘谷或者附近一带的土山上。父亲生前只管过好今天的日子，不会过多考虑明天的事情。我有点不幸，没能遗传承接到他的这种良好的处世态度和理念。

现在，我已经不再为穿衣和吃喝而忧愁，还在没头没脑地苦苦追求一些自己也说不清楚的东西，还不能以一种科学的态度面对眼前及将来的许多环节和方面。在日复一日的“奋斗”之中，虽然也有快乐、有成就感，但更多的是压力和累。我真的不知道，我还需要些什么？应该如何才能促使自己更加平和地投入现在已经很好了的生活?

人生在世,不过几十年,不管是快乐,还是悲惨,都是十分短暂的瞬间。人的终结,都是相同的。在城里,一把灰。在乡下,人尚能入土为安,如同父亲现在的居所"有天有地"。那又如何?

既然如此,何苦挣扎?

2008 年 4 月 5 日

情　商

我从来没有机会检测过我的智商，想来十分平庸，决不高于任何一个我所认识的人。1984 年参加高考时数学考分只有 19 分，完全是靠着死记硬背的本领从政治和语文等科目拿下高分才算拉扯上了大学本科分数线，经历多年的磨难之后最终得到了今天的幸福新生活。

今天在家休息无所事事，突发奇想想到了情商。

情商已经算不上一个时髦的名词。那么，我的情商如何呢？我在博客里经常宣称自己书念多了，人也变糊涂了。时不时还说自己单纯得很，不谙人情世故，难于在社会上争得更多的利益。细想起来，那恐怕是我不常使用的谦虚之词，未必完全反映真实情况。再说，这方面的真实情况本身就十分模糊。无论如何，我的情商可能不好一口咬定为极度低下。

还在读高小的时候就已经知道无师自通地弄钱要为自己买一辆自行车。那个时候还在“割资本主义尾巴”，连“半夏”或者“冬虫草”也铲得片甲不留，弄一分钱不容易，但也奇迹般攒够了 50 多块。当然，那是一个奢侈的梦想，单车贵得很，始终买不成，钱也就逐渐成了父亲的下酒菜。

初中的时候，为了讨得老师的喜欢，居然知道利用自己掌握的木匠技术制作几个十分精致的粉笔盒送给几位主课老师。

我本来于 1978 年就该初中毕业，临毕业前几个月猛然一醒：如果与同批基本上没有认真读过书的老同学浑浑噩噩地毕业，充其量只能考取当地的公社中学。那是一点希望也没有的随波逐流。于是，我以身体不适为由请求休学一年，一个学期之后提前插班低年级继续学习。

这一招是我人生的转折点，没有仙姑指路，仅仅凭自己的感觉就知道只此一条生路。一个十三四岁的小孩子就拥有如此远大的目光和实战策略，这是多么的可怕。除了胆识，再加上常人难以理解的吃苦耐劳的铁血精神，还有什么不可以做到的事情？我利用待在家里的半年时间把初中的数理化吃了个透，成绩一夜之间暴升至极。到了1979年中考成绩居全县二年制初中毕业生之首也就是顺理成章的事了。

后来的事就更有理由使我相信自己不属于那些只知道“读死书的废才”。在很多情况下，我们容不得其他情同手足的兄弟日子过得比自己太有滋味，所谓“木秀于林，风必摧之；人秀于群，群必攻之”“枪打出头鸟”……我们对此都不陌生。

有时候，我也想：就情商而言，长期傻乎乎的人真的很难在这个充满奇异和危险的社会里立足。如果能够修炼到百分之百好的心态，心服口服地与世无争或者只是日求三餐夜求一宿，或许不会有太多的人注意，生存的成本也就不会太高。问题是，这样的人有几何？

有时候，我还想：我虽然算不上什么成功人士，但比起多年之前就已经被结扎了的同辈乡下伙伴，我的日子算是好得不得了。更重要的是，我怎么说也都做了不少自己认为值得的事情，我自己经常为此窃喜。我今天还有个山头能够全心全意地为人民服务，本身就说明我的情商还是有点基础值的。

实际上，如果没有丁点的平衡功夫，如果见好不会收，如果不能在充满荆棘和陷阱的长途跋涉中左右逢源，恐怕我在意气风发的新长征路上早就被干掉了，哪里还有机会为祖国的现代化建设贡献自己的力量？

所以，我有什么理由不珍惜现在的美满生活？有什么必要还去冒险？我永远做不成大事，只希望维持现状。如果顺路偶然间有点小惊喜也可以伸手去接，条件是领到这些惊喜不能耗费太多的本金。

说多了。

2008 年 4 月 20 日

历史的脚印

闲来无事，翻出陈年箱底的旧物凝视良久，自是又引出一番思绪。

看到的是我念大学一年级期间的数学作业，老师修改作业的日期是1984年10月29日，那可是24年前的事儿。如果那一年儿子出生，到了现在该是施戈开始谈婚论嫁的年份了。

那是高等数学的作业本，数学历来是我的宿敌，我居然得到了100分，真是奇迹。如果高考时拿到那样高的分数，我肯定用不着学医了。学医不是我当年的理想选择，我的兴趣在于中国文学或者化学。阴差阳错，如今竟然当起了处境尴尬的郎中。

1990年还没有自己的电脑，撰写和修改文章都是一件苦差事。我翻出平生第一篇医学论文的手稿，越看越觉得不可思议。大学毕业后的第二年，我就无师自通地开始组织人马翻阅住院病历，收集冠心病患者血糖、胰岛素和C肽水平的资料，并利用这些回顾性资料撰写成早期的论文发表在《广西医学院》学报之上。

大学毕业的最初两年，我在高干病房当住院医生，接触最多的疾病就是冠心病、慢性阻塞性肺疾病、糖尿病等。当时，人们普遍没有太强烈的科研意识，很少有人想到写论文。大多数情况下，医生们年长之后需要晋升教授时突击写些病例分析的文章就可以应付了事。我基本上是出于本能就想到写这样的文章。

现在回过头来看那样的论文，觉得基本上没有学术价值可言。当然，我还是比较珍视那段起步性质的科研经历的。至少，那是入门的训练，不能忽视这一阶段的基础作用。

2008 年 10 月 12 日

老母亲

我出生的那一年，母亲已经45岁，今年已经是一位89岁的老人。身体还好，很少白发，自己还能到房子后面的菜园子里去干些简单的活儿。

老人家只是在暑假里才愿意到南宁来和我们小住一阵子，为的是看看孙儿孙女。待的时间一长，总是自己闹着要回到乡下去生活。我能够理解老人家的心思，表面上的原因是老母亲和孙儿孙女及周围的人言语不通，出入不方便，其实我心里明白老人家最大的希冀是百年之后入土为安，因为她不得不担心万一在南宁有个三长两短很有可能遭遇她担心的上路方式。这一点，我是能够理解的。

好在在乡下老家也没有什么可以担忧的，现在她的生活尚能自理，待到必须需要有人伺候的时候，尚有堂兄一家可以帮忙。大约15年以前，我就在堂兄家的房子二楼加建了两个房间，算是父母在世之时可以住下的房子，当然，两位老人百年之后两间房子理所当然地归堂兄所有。父亲没等到迁入新居就于80岁的时候(1996年)先走一步。对于农村老大爷来说，闭上眼之前没能看到孙子，那是天大的遗憾。每当想起此事，我似乎觉得有些对不起老人家。

堂兄家现在的生活在村子里算是相当的不错，平常我们自是给予力所能及的接济。我们家有的电器，他家一样不缺，在广西的农村能够有电冰箱和洗衣机的人家可是不多。这么多年来，我们从来没有担心过老母亲在乡下一个人生活有什么不方便，我几乎每一个月都回去看望她一趟，大多数情况下，比如说今天，我都会带上施戈或者美儿回去。

和同时代的农村妇女一样，母亲一辈子含辛茹苦，70 多岁之前几乎没有过上一天的好日子。那些苦是我们无法理解的，有一个例子或许可以说明一些问题：大姐比二姐大 11 岁，二姐比我大 10 岁；可以想象，在我于 1964 年出生之前母亲必须承受着巨大的精神煎熬。据说，我们三个人之间都有若干个小孩夭折。至于生活方面的物质匮乏，那就更是家常了。

1999 年，我们举家赴美学习和生活的时候，母亲极力反对。在她看来，有饭吃有衣穿，生活就无须再好了。只是我们说到只有到了美国才能要第二个小孩的时候，她才松动口气。当然，她的态度对于我们没有决定性作用，只是，我希望她能够在精神方面没有太大的负担。关于正在进行时的工作调动之事，我百分之百地希望老人家永远不知道。问题是，一个人知道就等于全村子的人都知道，要瞒着她是不可能的。今天回家，经过多方面的劝导，说到保证一年会回来看她三四次，老人家的脸上这才真正舒展开来。

“你们一年回来看我一次就行了，回来一次要花很多的钱。”母亲这么一说，我也就稍微放心了一点。再说，我也看不出老人家有太多的难受。

天底下的母亲都希望儿子过上更好的日子。人同此心，心同此理。

2008 年 12 月 13 日

想家了

昨天晚上，科里在汉的医生聚餐，为一位即将赴美深造的年轻医生饯行。倾情祝愿年轻的一代学有所长，快马加鞭晋升正高，拿下博导，多领些津贴回家养儿育女。

我已经有两个多月没有回老家了。有一次回去发现年近91岁的老母亲坐在村头的小桥旁，我问为什么待在那儿，老人家说：昨晚做梦有人告诉我今天你们要回来，就一直在这里等着。

早已轮到我有所牵挂，每天下午五点半一过还没见到施戈和美儿回到家就心烦意乱，不是电话追寻就是下楼徘徊。现在还想象不出，再过几年他们读大学离家之后的感受是何种煎熬。更摧残人身心的是，现在看来他们去海外念书的可能性要比在国内求学大得多。

即使在南宁，老母亲也不愿意和我们长时间生活，至多是暑假期间小住个把月，看看孙儿孙女。尽管老人家没有明说，但我猜测她最大的担心是百年之后不能入土为安，留在乡下老家便没有此种后顾之忧，毕竟已是年近耄耋之年的老人。如今身体状况已大不如前，就算我们有心接老人家来武汉住上几天这样简单的事情也是不可能安排的了。

在广西的时候，全家人每一个月都会回一趟乡下。现在我希望每隔两三个月能够飞回去一次，施戈和妹妹自然只能在暑假和寒假才能成行。我心里明白，也不会有多少年需要回去了。想来心里总有些悲酸。

也有值得高兴的许多方面。

首先，我开始觉得热干面好吃了，有时候甚至去找卖热干面的店铺解馋。这种东西作为早餐真是没得顶。

其次，我家原本是过敏症大户，如今似乎服了水土。以前领导每天早上起床后必定来40个喷嚏，施戈晨起也要花费至少10张的餐巾纸，妹妹的过敏性皮炎更是频繁出现；来到武汉之后，所有这些不好的东西全都顷刻之间烟消云散。

最后，也是最重要的一条，心情大为好转。活了几十年撑到今天才真正领会到“树挪死、人挪活”的博大精深。

2009年6月6日

母亲病重

我的手机 24 小时开通，午休时间也接听医务处或者医院办公室的来电。前天鬼使神差将来电模式设置为振动，而手机放在一旁充电，待到下午 4 点左右才发现里面有 17 个未接电话，都是广西老家的堂哥打来的。回拨一问得知母亲前一天晚上摔了一跤，此后卧床不起。

最后一班飞机半个钟头之后就起飞，火车票也售罄，更急死人的是翌日的机票也因为暑假的关系一张不剩。还好，可以转道广州回南宁。

一路颠沛流离回到南宁家里的时候已经是星期日深夜快要 1 点了，中午时分赶到乡下老家。

母亲老了，因为重病躺在床上蜷缩着，完全没有了一个月前见到的那样有精神。老人家越发消瘦，体重只剩下大概 70 斤，右侧腕关节明显肿胀。神志还好，基本上能够交谈，尽管有些前言不搭后语。

老人家去年曾经有过一次轻微的卒中，但好在没留下后遗症。身体有些发烫，不知道哪里感染了。我电话联系了一位在县医院当院长的学兄兼好朋友，一个小时之后 120 的救护车来到村子里将 88 岁的老人家接到县医院就诊。

头颅 CT 显示陈旧性的腔隙性脑梗死，X 线胸片显示肺炎，除此之外没有发现别的问题。老人家被安排入住内科病房留医，估计在那里点滴几天的抗生素之后应该没有近忧。母亲开始能够吃点稀粥，精神慢慢好转。药物的作用还要等待一段时间，见到了我，老人家的情绪稳定了许多。

俗话说，家有老人不远行。如今我不但远行，还远居，多少有些不好。能够做的只是尽可能多一两次回来看看，难。本月 20—31 日要去北京开会，但愿这段时间不要发生我日夜担心的事情。

施戈和美儿要到月底才能回来探望奶奶。

2009 年 7 月 13 日

梦见已故父亲

昨晚做了一个撕心裂肺的噩梦，梦见了已经去世13年的父亲。

梦境竟然莫名其妙地发生在美国。在以前的夜梦中也经常梦见发生在美国的场景，都是一些很焦急的事情，多半是在实验室里的工作毫无进展，一连几个月拿不出像样的东西向老板交差。急着急着也就憋醒了。

昨晚的噩梦明显地例外。梦中我不知何时将老父亲送到了一家养老院，而我居然有了半年的时间没有去看他老人家一眼。更惨的是，我一时筹措不到足够的路费接老人家回家。

尽管是“美国”的养老院，我进入养老院一看，一切都是中国乡下养老院的布局，相当简陋。我先是问了在那里养老的老人知不知道父亲住在哪里，但没有人理睬我。

随后我看到了令人辛酸的一幕：父亲蹲在屋檐底下吃饭，周围有人晃来晃去。老人家面前的一张低矮的桌子上摆放有两碗米饭，除了饭上有几小段萝卜干之外看不到别的任何菜。父亲一直在低头吃饭，抬起头看我一眼没有任何反应，他罹患老年痴呆症。

这个时候，我顿觉天昏地暗、眼涩鼻酸，开始哭泣起来。梦到这个时候被吓醒，醒来天还没亮，发觉双眼已是湿成一片。尽管他生前我们的父子关系并不融洽，但毕竟血脉相连，心头因此遭受的拷问从来就不曾断过。

做这样的噩梦本来就不少，如今更是越发增多。原因复杂，老母亲年届耄耋，现在病重在老家，我却远在天边谋生而不能床旁尽孝，真是心如刀绞。

虽然姐姐赶回老家专门伺候老人家，生活方面没有太多值得担心的事情，但这不能舒缓我的隐痛。

毫无疑问，母亲一走，我往后的噩梦就更加频繁和痛苦。

2009 年 8 月 9 日

多要你点钱不应该吗

上午出门的时候还必须穿大衣和围围巾，来到机场便将这些东西塞进拉杆箱打包交付托运，进入机舱不久脱下西装上衣，飞行个把小时之后不得不扒下羊绒毛衣，走出机场的时候身上只剩下衬衣还微汗涔涔。

南宁已经到了春天，今天是艳阳天的温暖日子。

回到家里，心情顿时阴沉下来。90多岁的老母亲躺在床上，见到我虽然也还认得，显然麻木了许多，问了一声“你吃过饭了吗？”随即又扳过脸去不言不语。

听一直在床旁照顾母亲的姐姐说，这几天老人家饭量明显减少，动不动就找碴儿生气。其实，过去几个月来母亲一直生活在恍惚之中，时而清醒自言自语时而昏睡。白天的大部分时间都处在睡眠状态，深夜12点便独自起床把柜子里衣服全都翻出来扔在地上，有时将沾有大小便的衣服成堆塞回到衣柜里。夜间气温低，刚刚给她盖好棉被便被她踢到床底，然后缩在床的一角因为寒冷而发抖。一个晚上基本上每间隔一两个钟头便要给她盖一次被子。问她为什么要这样做，她还生气说不关你的事。母亲太老了，老到根本就不知道自己在干什么。

到了晚餐时间情况似乎有所好转，老人家开始从床上坐起来和我聊天。胃口看来还行，能够吃完一碗饭，姐姐说可能是因为我回来的缘故。不知从什么时候开始，母亲已经不能单独吃饭。如果不喂她，她根本不知道该吃饭。

这几天有几位邻里送给我一些腊鱼腊肉，我分了一半拿回南宁。老人一看到我带回来的东西眼睛突然亮了起来，脸上的表情生动了许多。我还特意买了几包显然是小孩子们吃的糖果，她接过去迅速装入一个不大的拉杆箱中。拉杆箱也是我刚刚拿回来的，说是送给她。几分钟之后，拉杆箱连同里面的糖果便被稳妥地安置在床头，上面盖着棉被，不仔细看便认为那里堆放着两床被子。

“您不用收这么好，我们不会偷您的东西。”我说。

“那可说不准。”母亲迅速地回了一句。

“上回给您的钱还见吗？”

“哪有什么钱？一分钱也没有。”

姐姐告诉我，母亲几乎每天都拿出来数了又数然后压在枕头底下，对谁都不放心，而且总是因为给她的钱太少而不停地生气。

“您行动不方便，要买什么想吃什么告诉我们就行，我们肯定会买给您。您要钱干什么？”

“生你这个儿子这么有出息，多要你点钱不应该吗？”

我们谈了很长的时间，这个时候看不到目前有什么思路不清晰的地方。在反驳我的时候甚至会使用一些让人发笑的典故或者俗语，如说劝她白天不要睡太多可以看看电视时，她居然说出连我都惊奇的话来：“一百鸭儿死九十，哪有心情 DDD”。“DDD”是家乡土话呼唤鸭子的象声词发音，表示身体不好没有心情看电视。后来又说到我小的时候为了供我读书，她每天进入深山老林割草并于当日挑到几十里外的地方卖给砖窑。

其实，老人家有许多放不下心的事情。尽管已经神志恍惚，但她深知我家的生活不用操心，需要操心的是两个姐姐。她见我就要钱，而且给多少都嫌少，但从来没有伸手向两个姐姐要过一分钱。据说她这一辈子从来就没有在大姐家吃过一餐饭，原因就是大姐家生活不富裕。我去年听说这样的事情时还觉得十分不可思议。过去10多年来，母亲从我给她的生活费中省吃俭用积攒下来凑足几百一千之后定期接济两个姐姐。因为我不在家，我堂兄平时照看她，她对堂兄也颇为关照。据我所知，她交给堂兄的钱数目最高的一次达到3700元，这让我顿时目瞪口呆。我多次告诉她，堂兄那边我已经支持了不少，但她就是不认账并认为我没有尽到责任。在她看来，我每赚到100元，只有25元属于我自己，其余的必须平分给两个姐姐和堂兄一家。

堂兄11岁的小孙子特别懂事，经常去看望她老人家，有一次看到她病倒在床便放声大哭。就因为这个，母亲后来对我说："以后你要供他读书。"

母亲越说话越多，也越说条理越清晰，谈话的内容逐渐趋于轻松。但是不管说什么，不出三句总是拐回到姐姐和堂哥的小孩生活都很困难，要我多多帮他们一把。她总是不厌其烦地述说周围的人对她是如何如何好，暗示我如果不给他们钱便天理难容。

这一回，母亲给我的感觉似乎没有太大的问题。只是人老了，再也站不起来，更不能行走。老母亲吃了一辈子苦，现在她说什么都是对的。纵然再苦再累，我们心里还真希望她老人家能多活十年八年。

2010年2月6日

有福气的人

今天的行李有点特别。除了一个常规的小小拉杆箱，外加一个比较漂亮的提包，那提包是前些年出国开会发的资料包，虽不名贵却也并非地摊货。特别的是内容物，几斤五色糯米饭，几斤新鲜的空心菜，几块专门用于吃白切鸡的沙姜。本来打算把一些荣耀的大型证书和温馨的大幅照片带到新家挂在墙上，行李太多，暑假再说吧。

机场的安检人员不像往常的那样严肃，有点笑脸。她们要打开装着那些宝贝的提包，问我那一大包硬邦邦的东西是什么，我说糯米饭。她们问糯米饭为什么这么冻，我说昨天下午就开始置于冰箱的冷冻层。估计她们今天算是开了眼界，有机会见识了糯米饭可以如此这般空运。还有一小捆空心菜。

在家里陪 92 岁的老母亲住了几天，老人家精神很好，我也就暂时放心了。

老人家胃口很好，原有的双下肢水肿完全消失，脸色越来越红润，听力甚好，与年轻人几乎没有差别。更难能可贵的是，90 多岁的人还有一头浓密的黑发，白发极少。

除了大小便失禁之外，其他还好。老人家的思路非常清晰，不再说一些令人难受的话。她竟然清清楚楚地记得从前的日子，也知道提醒我尽快回到乡下扫墓。

不管怎么说，母亲是一个有福气的人：一是长寿且儿孙满堂；二是长期卧病时有亲人专职床旁伺候。二姐不再外出工作，唯一的任务就是服侍老人家的日常生活。

这几天在南宁身上穿的都是衬衫，一到武汉还没走出机场已是哆嗦如筛糠。外面的气温是12℃，包里也没有御寒的衣服，只好一直颤抖着回到家中。

晚餐当然要吃蒜蓉炒空心菜，施戈吃得特别多，那是他的至爱。美儿嚷着要吃炒的糯米饭。

2010年4月13日

我的高考

高考眼下正如火如荼地折磨着成千上万的大孩子及他们惶惶不可终日的父母。

和其他必须通过高考才能翻身得解放的劳苦大众一样，我对于高考也有着一种说不清理还乱的情结。由于事不关己，鱼跃龙门之后我就不再关心有关高考的任何动静。随着自家孩子逐渐茁壮成长，这么些年来似乎自觉不自觉地又注意到高考的风吹草动。

我参加高考的那一年是 1984 年，当然如临大敌，现在想起来还心有余悸。

不知道现在还有没有预考。在预考之前我的感觉很好，心里想的全是全国的重点医科院校，如中山医科大学、北京医科大学、同济医科大学等。正式高考两三个月之前的预考一下了就把我给打懵了，试题量之多、难度之大全都超乎我的想象。

预考使我第一次有机会近距离感受高考的残酷氛围。在那以前，我基本上都是自己买来课本自学，不理解的地方想办法请教宾阳中学的老师。最基本的训练当是弄来模拟题慢悠悠地做，最大的失误是从来没有关注时间的限制，认为做对就成。预考让我知道考试的时候是不容思考的——没有时间。每看到一道题必须当即解答，不然往后的试题即使会做也没有时间做。

预考之后，我基本上就只有一颗红心一种准备，那就是要就读广西医学院。后来也就这么着了。

高考地点是我当时工作的县医院附近的宾阳中学，步行10分钟即可到达考场。高考的意义自然十分重大，但三天的战斗期间没有太多的故事，现在也想不起太多的花絮了。值得一提的是，我数学的考分只有19分，不及满分120分的零头。如果能够及格，考上重点院校就不成为问题。

1979年的中考就激动得多。考场在当时的公社所在地，1000多人蜂拥入公社中学赶考。我们大家都很穷，中午可不能有钱上街去吃一碗米粉充饥。我非常清楚地记得，我自己准备的午餐是利用一个平时用来喝冷水的口盅装满米饭，唯一的菜就是两个腌制酸梅。

这一考，我成为当年宾阳县二年制初中毕业生中考成绩的第一名。这么说来，也曾当过一个土状元。

2010年6月8日

儿时的记忆碎片

我无法断定自己到底是从什么时候具有完整的记忆。以下应该是儿时最初的几个记忆片段，现在想起来颇有几分意思。

很小的时候，母亲使用一个背带将我捆在背上，于破晓时分行几里地去到一座山脚下的泉水井挑水回家。由于水质甘甜颇为珍贵只供饮用，洗漱用水则到附近的水井挑取。

只记得当时时醒时睡，母亲似乎和其他几个妇女相约同行。她们一路上不停说着话，至于说些什么我确实记不得了。

有一次，二姐和她的一个同学带着我路过一个生产队的晒谷场，似乎是她们上学或者放学途中。在晒谷场边，一个老头问二姐："这是你的弟弟吗?"二姐回答："是的"。这个情节记得非常清晰，连那个老头的样子似乎还留下一个大概的印象，但记不清上下文了。

家里穷，买不起新衣服，母亲将二姐的一件旧衣服改装成为我的上衣。我本来对此的态度是无所谓，但穿上了结果刚出门就被堂嫂和几个邻居改称为"二姑"(平时叫"二叔")。记得当时还挺难为情的，后来自然不会再穿那样的一件女人衣服。

很小的时候就觉得同龄的小朋友很幼稚没有深度，所以从不喜欢和他们玩在一块儿，一般都和年纪比我长很多的人扎堆。这并不容易，所以幼儿时期更多的时候总是跟着父亲出出入入，包括在村子里收集农家肥。

每每碰到有人当面提及此事，父亲总是如此回应："养了一只小狗。"

最恐怖的一段记忆是，在家里看到一伙人推着一个戴高帽的地主从我家的门前走过，还有很多人跟着看热闹。那地主的家就在离我家不足200米的地方。父亲告诉我地主被带到村旁的山坡上处决，那些处决他的人都是同村的同宗同族兄弟。

2010年11月3日

从前那些穷困潦倒的日子

今天在家里静静地发呆，忽然间想起了从前的苦日子，越想越心酸。

念小学的时候，整个冬天只有一双解放鞋，绝对不会换洗，因为一旦湿水便不再有鞋可穿，所以我们一般不会在冬天将双脚抽出鞋子，除非洗脚的短暂时段，谁也受不了那种气味。这里说的是“我们”，因为大伙儿都很穷。

初中时代的教室位于一座山的山坳，窗口朝北，时有玻璃被打碎，教室里常常见到“北风呼呼地刮”的情景。身上没有贴身的棉内衣，只有又

1980 年，暑假在村头聊天

短又破的旧衣服之外套着当时常见的“卫生衣”(厚棉质),还有数周不能换洗的外衣。没有袜子,双脚尤其是脚趾都会冻得发麻、发红、发肿。几乎每一天,我们都是一边发抖一边听课。

母亲曾经在我面前说过一件让人心如刀绞的事。母亲在一次分娩时,家中竟然没有一粒米,她此后24小时没能吃一口饭,后来是父亲上山砍柴挑去卖,换回一个口袋的玉米熬粥喝。母亲没有说那次生下的是谁,应该不是我。从前,农村生小孩发生新生儿死亡的事件十分频繁,几乎每一家每一户都会碰到这样的不幸。据说我还有一个年长我两岁多的哥哥,很小的时候就夭折了。

人穷志短,马瘦毛长。这个道理,我是非常理解的。为了活命,很多时候顾不上太多的考虑。给我印象很深的一件事是,父亲看到村子里的池塘漂浮着死鱼,很自然就将鱼捞上来拿回家煎了便吃。为了去除异味,必须加进大量的盐。

记不得是高小还是初中的时候了,一次学校组织优秀学生代表到公社所在地看电影《向阳院的故事》。单程16里地,当然是行军往返。除了一张电影票,口袋里没有一分钱,看着圩上有人摆摊卖凉茶(实际上就是井水加色素加白糖)就眼馋得不行。饥渴了一整天,拖着疲倦的身体回到家正好遇上母亲做晚饭,中午的剩饭(因为我没吃)装在一个竹篓摆在灶台旁。我进得门来二话没说,抓起剩饭“生吞”。

上大学时父母年事已高,不再有能力担负我的学杂费和生活费。大一期间,为了省钱,去食堂打饭菜时每餐不敢买肉吃,只买一份青菜和四两米饭。后来大姐和姐夫主动提出愿意资助,经济状况有所好转,甚至有了一辆28英寸凤凰牌自行车。

因为穷过苦过,我特别能够理解乡下那些卖谷卖屋卖牛来求医的贫苦病人。面对这些病人,为了医院或个人的利益而开出一些没有必要性的处方,这种事情,我是干不出来的。从来没有,以后永远也不。

2011 年 2 月 26 日

当年如何学英语

准确地说，我一直到了初二才开始学习少量的英语单词和句子，学到的第一个句子是：Long live Chairman Mao！尽管那时他老人家已经与世长辞。

我们当年的英语老师是一位只是简单地去县城接受几个星期培训的民办老师，教学水平可想而知。还记得那一年，我所在的武陵公社教育站进行检查考试，英语试卷非常简单，不过是要求学生将几个英语单词和句子翻译成为汉语而已。老师事先看过试题，知道要我们真考那是开玩笑。于是乎，就如同今天的小学老师教育学生如何作假对付教育局的检查一样，我们当年的英语老师也有绝招。考卷有一道翻译英语单词的顺序为horse，cock……为了完成答卷，我们因此被要求如此记住中文顺序：一马二公鸡……

不管怎么说，还是开始学英语了，基本上属于自学。我一开始就体会到学习英语绝对没有任何技巧，唯一有效的方法就是死记硬背和多读多练。譬如说，要记住单词，我总是一成不变地一边朗读一边快速反复写出这个单词，如此循环往复数十次。那时家里穷，买不起草稿纸，我只能使用钢笔在一块玻璃板上书写单词，并在墨迹干透之前用抹布擦掉，然后再来。

可以这么说，念中专时学习英语最大的收获便是学会了音标，实际上也没能记住几个单词，真正意义上的英语学习是从大学开始的。我想，每一个人都会有一些遗憾的事情。到了今天，我最大的遗憾就是大学期间没有抓住机会练习好英语口语，这直接酿成了我今天在专业场合多少有些被动的局面。

一方面，我的英语水平就整体而言在全国的同年资医生之中应该属于优秀之列；另一方面，我的英语虽然让我在哮喘、慢性阻塞性肺疾病和胸膜疾病这样的小领域里可以无所顾忌，但软肋也是明摆着的：医学词汇有限，口语欠佳。这似乎不能完全怪我，当年就读的是少数民族地区的普通医学院校，没有压力、没有氛围，因而也就没有学习的动力。当然，我必须为此承担主要责任，因为学习靠的从来都是主动而不是被动。

大学时代，我最应该做而没有做的一件事是：每天抽出一个钟头去校园的某一个角落大声朗读英语课文。那样的话，五年下来我有什么理由落下今天之如此憾事？

2011 年 12 月 29 日

假　如

在家里一边看电影一边想心事，于是乎想起了一连串假如……

假如我没有一点点出息，1979 年初中毕业时考不上中专或者高中，有几种可能：其一，进城当农民工，在建筑工地赚些十分辛苦的血汗钱；其二，在村子里游手好闲，蹲在村头村尾和一群男男女女从早赌到晚；其三，耗尽在广东打工的几个儿女寄回的钱建起几间房子，守着几亩薄地艰难度日，就如同儿时的大多数小伙伴一样。

假如我就读的是高中，几乎可以肯定 1982 年会考入某一个大学的中文系或者历史系，如今应该是一个大学中文系的教授兼全国著名作家；抑或是历史系的教授，在讲授中国历史的同时也会出版大量的畅销书籍。我驾驭文字的好功夫是与生俱来的，有机会接受正统的文学教育之后将更妙笔生花，那是再自然不过的事儿。

假如中专毕业之后没有丝毫的上进心，1984 年不考入医学院，今天仍然作为检验师（中级职称）工作在老家广西宾阳县人民医院的检验科，过着几乎赤贫的生活。日常生活应该是与摆地摊卖便宜鞋袜、俗不可耐、经常不剪指甲、铁定要虐待我父母、丑到可以极度放心的爱妻大打三六九、小打天天有——因为没有钱；还必须痛不欲生地对付双方乡下的穷亲戚们围追堵截式的勒索。

假如大学五年成绩不好，毕业后还是有可能被分配回原单位当医生，不出三个月即被医院里某一个天生丽质的小姑娘挖陷阱活捉，并被持刀胁迫以迅雷不及掩耳之势奉子成婚。因为悔不该当初，原先那些看不起我的老牌姑娘们则回家去找她们越看越不顺眼、要钱没钱、要长相没长相的夫君拳打脚踢，而且踢得天昏地暗，这都是对比度巨大反差惹的祸。

假如大学毕业后安于留校在一附院高干病房当住院医生，不发挥过人的聪明才智杀到大内科当上了呼吸内科专科医生，在高干科混几年看看前途一片暗淡之后，有可能机灵地集资搞到某一个有点儿油水的部门，如总务科的小头目当当，弄些小钱过过日子，成天在外头猜码躺地呕吐唱歌。

假如1994年不去日本学习，不可能开展真正意义的科研工作，只能以糊弄为常规，以混个正高为修成正果，同时招进研究生误人子弟并自娱自乐。作为事实，后来去美国学习就专业提高而言已经没有实际意义，因为在日本学习的一年已经打开了我的心智。美国两年生活的最大收获的是生养第二个孩子，这才是第二次留学真正的目的所在。

假如2009年初不离开广西毅然北上闯荡……有劳各位替我设想设想，情势会是咋样？

2012年2月27日

初中同学

每当听到张三说起他有个同学在某某厅抓人处当处长，听到李四说起他有个同学在某某大队罚款科当科长，听到王五说起他有个女同学因为倒卖土地批条成为富婆，这些时候我总是免不了百感交集，因为我绝对不可能拥有这样的机缘。

我所有的初中同班同学如今几乎全都成为农村的小老头或小老太。

下面的照片是我们初中毕业时全班同学的合影。我已经记不得当年全班有多少同学，到了现在我大概叫不出超过 10 个人的名字，尽管我们基本上都是同一个村子的同族兄弟姐妹。

1979 年，初中毕业照

今年农历正月十二在乡下老家给母亲办理丧事时，一个来帮忙干些杂活儿的中年汉子意外地称呼我为老同学，并言之凿凿地声称和我在初中的同一个班里念书。不要说当时，就算现在我仍然想不起我曾经有过那样的一个同学。

我们的村子很大，据说总人口超过6000人，公认是广西最大的村庄，很多人彼此并不相识。上面毕业合照上除了三两个邻居的同学之外，我1979年离家进城读书之后从来就不曾有机会见过一面。

初中毕业之后我不知道有多少人考进了高中，但有一个事实我相当有把握，那就是全班只有我一个人考上中专或者大学。也就是说，只有我一个人成功地脱离脸朝黄土背朝天的贫苦生活，摇身一变成为"城里人"。或许初中同学当中有少数人做些小本买卖，生活不一定很艰难，但绝大多数人应该活得相当困苦。

好像有一个同学高中毕业之后考上了乡干部，目前在某一个乡镇当个小头目；还有一两个人在县城以"督胆"（坑骗）为生，过着一餐饥一餐饱的日子。

因为我是班长，记得我曾经和班主任去一个同学家里家访，旨在向同学的母亲反映他在学校里表现不是太好。这个同学后来很倒霉，1983年一天晚上到邻村去看电影时伙同其他两个小伙子对一个不认识的小姑娘动手动脚，当时恰好碰上"严打"，结果被判15年有期徒刑。不知道该同学今天的情形如何？

广西的农村很穷，人们的生活很苦。见识过的人无须我赘言；没见过的人，我说了你也很难相信。

2012年4月14日

骨子里的不安分

这会儿在家里想心事，想到了“奋斗”这么一码事。正是一路走来明显具有进攻性的奋斗历程促成一个穷得叮当响的农村娃一步一个脚印地成长为一位温文尔雅、学贯中西的大学正宗教授。

我从来就不怀疑，从小到大我都是一个叛逆、不安分的人。几十年的人生轨迹显示，我不可能安于现状，喜欢干的事情就是视挑战不同的困境为常规。实际上，自从 1979 年 15 岁初中毕业离家之后，我从无在一个岗位不间断停留 5 年或 5 年以上的经历，除了大学阶段。

1979－1982 年就读广西卫校（3 年），1982－1984 年担当检验士（2 年），1984－1989 年就读广西医科大学本科（5 年），1989－1991 年在高干科当住院医生（2 年），1991－1994 年攻读硕士学位（3 年），1994－1995 年赴日本学习（1 年），1995－1997 年在呼吸内科当主治医生（3 年），1997－1999 年赴美国学习（2 年），于 2006 年开始注册在职攻读博士学位（4 年），2000－2003 年在呼吸内科当副主任（4 年），2003－2005 年当 ICU 主任（3 年），2006－2008 年当呼研所所长（3 年），2009 年起就跑得更远了。

对我而言，血气方刚的时代不经历不同的世面那是很悲惨的事。纵然时至今日不再朝气蓬勃，但要我墨守成规并按常理出牌，真的不如去死。在我看来，生活需要激情，而激情必定来自新生事物及不同的环境。

说来有意思，我从未发现身边曾经出现过能够和我一样经得起折腾的伙伴，其中不少人甚至因为看到我乐于折腾而觉得不可思议。人们有时候甚至会搬出可笑的理由在闲谈之中劝说我接受当时已算是不错的现实状况，在他们看来保本小富最为妥当。然而，我不喜欢那样乏味的生活。

迎接挑战、摆平困难能够给人长时间的快感，我一直试图不断地体味这种沁人心肺的畅快。有时候我甚至大胆地设想，或许将来某一天当医生当烦了，说不定我会换一个完全陌生的职业试试。这种想法对于其他同样也快要50岁的人而言基本上是发疯的，不过我心里明白，这对我而言就说不准了，因为我的骨子里本来就有着一种天生的不安分。

2012年8月27日

我的中考

我相信，我的父亲母亲当年不知道我参加中考的时间和地方，因为他们从来没有过问此事，一次也不曾过问。不是他们特别不关心，而是我们乡下那个地方的父母们几乎都是如此。在他们看来，娃初中毕业之后回家务农是顺理成章的事情，只要学会看秤就万事大吉。

全公社中考只有一个考点，考场设在位于公社所在地的“武陵中学”。考场离我家 16 里地，我已经忘记了两天的考试日子是如何解决往返问题的，可能是坐别人的单车后架，也可能是结伴步行。我只记得我的午餐很特别，用一个大号漱口用口盅装满白米饭，自己早早起床备好，早早提着口盅赶往考场。我还记得自始至终，没能喝上一口水。

不要说没有肉吃，就连青菜也来不及煮，两天的午餐除了一盅米饭之外，就只有两个腌制的酸梅。吃饭地点也很有特色，班主任伟毅老师领着我们班同学找到一片种植有竹子的地方或蹲或坐，每人拿出自个儿的冷饭就吃将起来。记得大伙儿有说有笑，其实倒也蛮有情趣。

伟毅老师当然关心我的考场表现，因为我的学习成绩是当仁不让的第一。他有一个好朋友叶老师在公社教育站工作，是整个考场的负责人之一，任何时间都可以随意进出考场的任何一个教室。几乎每一科目的考试过程当中，叶老师都会站在我的旁边长时间观战，然后将我的答题情况在第一时间向伟义老师通风报信。所以，我总是很快得知我每一个科目考试的大概成绩，因为消息大多是正能量的。

实事求是地说，我的命是相当好的。那年头，初中毕业生要考入中专比考进高中需要更高的分数，因为能读中专意味着当上了“国家干部”。毫无疑问，我心底里最强烈的愿望是读高中，我相信自己有能力就读重点大学。

然而，我根本没有选择的余地，要么考上中专，要么回家种地，没有第三条路可走。1979 年，我的父亲母亲已分别是 63 岁和 60 岁的老人，不再有能力从参加生产队的劳动中抢工分养家。也就是说，就算我愿意读高中，那也只是一个梦，而这个梦永远不能成真。

我没有同胞兄弟，两个姐姐都在乡下，她们各自的家庭生活也相当拮据。要是读高中，我三年之后能否考上大学在她们看来还是个未知数。在这种情况下，大姐是下不了决心资助我读书的，她家有两个老人和五个孩子，生活不是一般的困难。

我一直是一个贪玩的农村孩子，初中毕业那一年以前的成绩长年一塌糊涂。几乎是初二那年（我们的初中为二年制），我如有灵光一闪，茅塞顿开，猛然之间明白眼前只有一条路，那就是读中专。后来的故事大家都知道了，我一路走来大多数情况下都能如愿以偿。

在一年的时间里，我的成绩突飞猛进，从一般般纵身一跃成为全县二年制初中毕业生的领头雁。我们的中考有 5 门考试科目：数学、物理、化学、语文和政治。我的总分是 407 分，平均分过了 80 大关，这在当时是很了不起的。

语文总分为 100 分，语文知识只占 30 分，作文占 70 分。这种考试设计显然很不合理，因为偶然性极大的作文分数决定整个语文成绩的命脉。作文考题是“一件小事”。语文包括作文历来就是我的强项，接近满分那是常规动作。直到 35 年之后的今天，我仍然能比较完整地背诵当年在答卷上写成的作文全文。相信那是一篇“中考满分作文”。

1979 年，广西从初中毕业生招生的中专都是卫生学校一类，名字最响亮的是位于南宁市桃源路（当年叫延安路）39 号的广西卫生学校。这个学校后来成为我的母校之一，我当年念的是检验专业，包括卫生检验和临床检验。

2014 年 6 月 25 日

我的小学

我1971年开始上的小学是村办小学的一部分，只有四个教室，左侧的两个窗户即是我们班教室的窗户。我们在这儿上完一年的课之后就搬到另外的一处校址。这些校舍在改革开放后不久就已经分归私人所有。

在上小学之前，我幼小的心灵里就对上学充满了憧憬，看到学生们背着书包放学，感觉犹如英雄凯旋般神气。对老师更是崇拜和羡慕有加，甚至曾有过长大之后当小学老师的理想，因为老师可以事先知道学生的考试成绩。这种羡慕类似于当年对走村串巷的电影放映员的无限羡慕，他们既可以免费反复看电影，又可以大吃大喝村民准备的水库鱼和自酿米酒。

有一位名叫李叶传的老师来自邻村，个子不高，好像是学校负责人，被学生们起了的外号叫“李雉鸡”。他不上我们的课，但我和他打过两次交道。一次是，我被一个心术不良的老师寻开心告知剃了光头不让上学，便专程去伸头给李老师验证头发已经开始长了出来。另一次是，李老师在第一学期的一场小型运动会上点将本人出来参加赛跑。我回家之后将这一令人兴奋的好事向父亲通报，父亲冷不丁抛出这么一句：“赛什么跑？小心摔死你！”

遗憾的是，李老师几个月之后便去世了，据说死因是肝癌。广西是肝癌高发区，有一个扶绥县，成人只要出现右上腹疼痛，医生首先想到的便是肝癌。

小学一年级，总共有三位老师上过我们的课。语文老师是我一个同班同学的父亲，写字非常潦草，大概二十年前死于颅脑疾病，可能是脑出血。老师有过一个令人难堪的过错，而这一过错对于老师这个职业而言是不能原谅的。有一年夏天，老师穿着宽松的膝上短裤上课，讲课过程中居然挪身坐到不高的讲台上。那年头，农村人是不会有底裤穿的，这样一来，老师稍一抬腿其春光即时乍泄无遗，非常不雅观。

数学（当时称为算术）老师便是上面提到的心术不良老师，直到今天，我回到村子里偶遇他，仍然感觉到一股习习阴风扑面而来。

第三位老师便是善良而多才多艺的六哥，教图画和音乐。说是音乐，无非就是领着我们唱几首红歌而已。不到一个学期，六哥便光祖耀祖地、雄赳赳奔赴南宁沙井煤矿当工人去了。

我们小学二年级和三年级之后搬到了今天的“施氏家庙”。当年小学的旧址现在恢复为村子里每逢举办重大活动的主要活动场所。灵台上陈列着施氏家族具有一定影响的先人的牌位，好像“处”以上级别才有可能上位。

当年的教室没有门板，窗口实际上是用砖头错落砌成的镂空墙壁，没有玻璃。冬天室内室外的温度是一样的，风速也是一样的，我们基本上都是一边颤抖一边上课。

班主任廖乃贵老师来自邻近的桥头村，家里好像有两个儿子，大儿子名叫阿九，比我们小一两岁。廖老师毛笔字写得很好，尤其是大字，学校甚或村子里有啥事儿需要写字，一般都会惊动他。

廖老师对我很好，也很有信心。几年之后，他作为监考老师在一次公社教育站组织的初中会考考场里当众对我大加表扬，说我基础知识扎实。

当时还没有印刷的试卷，考题都是由监考老师抄写在黑板上。廖老师教的是语文，不熟悉化学的内容，在描画一个化学反应的器皿时画错了，结果我那一场考试不能得到满分，但已是全公社的最高分。

廖老师嗜酒，平时走路几乎都是典型的“醉步态”。后来听说廖老师一次酒后骑自行车时翻倒跌入乡间公路旁的小沟里，不幸溺水身亡。

结束初小三年的学习之后，我转入“上施生产大队”唯一的一所高小读书，在那里度过了四年级和五年级的小学时代。高小和初中同在一个地方，合称为“宾阳县武陵公社上施高小附中”。

学校所在地称为“山口圩”，几间破败的店铺是我小时候整个大队的黄金地段上最好的房子，目前貌似仍然在服务之中。从这一点可以看出，我小时候生活的是什么样的环境。有时候想想，我心里也是挺满足的：能够逃离那样的生存环境，本身就已是一个巨大的成功了。

位于后方半山腰上的楼房是现在的初中部，原来没有这么好的房子，那是家乡人民在沐浴改革的春风之后才有钱盖起来的教学楼。原先的教室与那些店铺一样残破不堪，一开始就是危房，从前没被砸死也算是命大。

高小那两年，我们的第一要务是参加生产活动、阶级斗争和科学实验，即所谓的“三大实践”。各个年级包括初中的学生每个星期的劳动课是自带农具到学校后背的山上种树。种了很多年，就没有见到过能有一棵树活得下来，都是闹着玩玩而已。有时候，我们还被带到贫下中农的地里大搞农田基本建设。总之，很少有正事干。

那个时候，对学生来说最荣耀的莫过于有幸入选“毛泽东思想文艺宣传队”，因为可以在大队的露天“戏台”参加表演。我五音不全，不会拉二胡，天生腼腆，自是没有那样的才干和福分。这种东西貌似也能遗传，直到今天,施戈和美儿均不能唱出一首完整的歌,我甚至没有听到过他们哼哼。

进城读书之后,尤其是中专阶段,我常常回到学校去和老师们聊聊天。随着岁月的流逝,再加上我们的授课老师逐渐退休老去,其中不少已离开人世,久而久之也就极少回去。最后一次该是 2008 年底,那时即将奔赴湖北安家,心情似有缅怀母校之意。当时我开车到校门,一个人在院子里随意走走,没有见到任何一位老师。

2014 年 10 月 4 日

我的初中

1976 年秋学期后，我开始进入初中（二年制）学习。

当时，全国的教育制度还没有拨乱反正。我对于课堂上的事情并没有太深刻的印象，事实上从来就没有认真学习过。小学课程的五年，我的成绩是一塌糊涂，只因为其他同学念书更不用功，我的分数总体而言还是矮子中的高个儿，经常当班长或学习委员之类的。

日子就在类似的浑浑噩噩中滑溜过去。虽然也在上课，但我对所有的知识都处在一知半解之中，尤其是数理化，几乎不能完整解答出任何一道问答题。一年之后，我进入到了初二阶段。

1977 年恢复高考制度之后，逐渐听到周围有人传说某某人考上大学，某某人考上中专，他们都是多么厉害的人，往后既能吃上“国家粮”，又能光宗耀祖。他们的故事被传为美谈，激励着一大群历届和应届高中毕业生奋发读书，以求彻底摆脱脸朝黄土背朝天的困境。

如果说我一知半解，大多数同学肯定比我更凄惨。我开始感到惊恐，何去何从？如果这样耗下去必定没有好下场，我不想种地，不能贫穷一辈子。大概有将近一个月的时间，我一直在苦苦地思索着，努力寻求解救之道。

后来，我做出了一个扭转乾坤的决定，这个决定彻底改变了我的人生格局：休学一年以恶补先前的学习不足。为了找到休学的理由，我私下里找到大队卫生室的赤脚医生二哥，请求二哥帮忙。二哥当然没有干过这种事，他完全是按照我拟好的草稿在一张白纸上写下我的疾病证明:“兹证明施焕中患上肝炎,建议休学治疗。”接下来的是卫生室的落款和公章。

我拿到疾病证明书之后就径直找到校长郑盛奇老师,郑老师也没经历过如此蹊跷,看到疾病证明书没说什么就同意了我的请求。当时没有学籍管理,谁家孩子上学与否,说一声注个册就行,没有复杂的手续。我休学的事除了向各任课老师口头汇报之外,没有对其他人提起过,包括我的父亲。现在回想起来,我甚至怀疑父亲曾经知道我休学,对他而言,酒瓶子比什么都重大。

我们一直使用的都是广西本地编写的教材,低我们一个年级的学生才首次有机会使用全国统编教材。我遇到了几位很好的老师,他们是教化学的伟毅(施姓,下同)老师,教物理的善楠老师,教数学的叔良老师和荣新老师。伟毅老师是后来我加入的那个新班的班主任。休学之后的第一天,我就通过善楠老师找到所有的统编新课本,开始在家里从头自学所有的课程,这耗费了我整整一个学期的时间。

这几位老师对我的教诲首先不在于指导我如何解答难题,而在于对我上进心和努力的肯定,他们帮助我树立了必胜的信心。这一点,让我终身受益。

这个学期对我来说极其重要,因为我在此期间将初一的课程全部消化完毕。更重要的是,我练就一身强劲的自学本领,为日后的难度更大的奋发图强打好了坚实的基础。说是休学一年,其实就只有半年。一个学期之后,我插班进入初一下学期的一个班继续学习。这个时候,我摇身一变成为了全年级两个班之中成绩数一数二的尖子生。

如果不这样机智地人为留级,我初中毕业的年份应是1978年。正如所料,我原来那个年级的所有同学当中没有一个能考上重点中学(宾阳中学），一个考上了稍微好一点的高中（甘棠中学），十来个考上本公社的中学（武陵中学），大部分人连高中都没考上，直接回家务农抢工分。考上高中的那批同学中后来没有一个能考上大学。

令人欣慰的是，我的成绩自此一直名列前茅，任由风吹雨打而不倒。1979年，我初中毕业时参加中考发挥正常，以全县二年制初中毕业生第一名的成绩考入了广西卫生学校。人生从此翻到了崭新的一页，我稳稳当当地成为"有粮本"的城里人。

我是一个普普通通的农村孩子，祖上历代都是目不识丁的农民，本人肯定不比别的孩子聪明，之所以能够脱离苦海，如今过上平静安康的生活，最根本的原因有三条：其一，我天生一股倔劲儿，认准了死理就果断出手，决不含糊；其二，关键时刻总会遇到贵人相助，各个时期的贵人们都以不同的方式在十字路口或半坡上助我一臂之力；第三，我愿意为自己认定的目标出尽全力，不达到目的誓不罢休。或许可以这么说，这么多年以来，我吃过的苦比同时代周围的人都多，付出的也都多。

就拿初中阶段来说，休学的第一个学期，我夜以继日补习功课，未曾漏网一天。即使在后来，当别的同学出去玩耍的时候，我还在挑灯夜读。我觉得这个世界是很公平的，你有了付出，天必定会有回报，付出多少就回报多少。

善楠老师和伟毅老师多年之前就已经病逝。每每想起初中时代的老师们，我总是心存不尽感激，我能感受到他们作为老师自始至终用心对待学生。这一点，永远值得我学习，尤其是今天我亦为人师。

2014年10月5日

十八岁就当上了国家干部

1982年7月，在我18岁之时从广西卫生学校检验专业毕业，被分配回到老家广西宾阳县医院工作。

那年同一卫校共有5名宾阳籍毕业生，我因为是独子而能回到老家工作，另外一个口腔专业的女同学回到宾阳县，最后分在一个乡镇卫生院（甘棠镇）工作，其他3名检验专业的同学都分配了到其他县。

我有个族兄在县土产公司（好像后来改称生资公司）当经理，资格很老，曾作为志愿军参加过朝鲜战争。他有一个战友上司当时就任宾阳县副县长，主管文教卫生。在族兄的周旋之下，我得以顺利进入县医院工作。要不然，极有可能被下放到乡镇卫生院。当然，是金子在哪里都闪光，我并不惧怕去卫生院垦荒。但我还是希望在县医院上班，因为那里距离宾阳中学很近；我需要与中学老师们接触，为两年之后的高考做准备。

当年穷得叮当响，中专毕业时只有一个提包用来装本来就不多的几件衣服。有不少书籍，其中大部分是高中课本和辅导资料需要运到新单位。没有箱子，只好找来两块长木板将书本夹住，然后用牛皮纸包裹，再以绳子如勒粽子般螺旋形捆绑。后来，我以托运的形式将这些宝贝运回县城，我自己则搭乘同一班车抵达客运站。

直到来到县医院报到的时候，我才知道门诊大楼不再是三年前我考上卫校时参加体检的那幢两层楼房。接待我的是办公室主任苏增辉和党支书廖藏修。苏主任写得一手好字，脾气挺好，数年之后当上了县卫生局局长。廖支书后来不当官了，跑到广西医科大学一附院进修超声，学成归来之后当起了超声医生。都是有故事的人。

尽管都生活在这个很小的乡下地方，我讲宾阳土话与县医院所在地新宾镇的口音还是很不同。我一开口，人民群众一般都会问："武陵公社那边的人吧？"这种情况类似于今天，话不到三句，一些阶级兄弟总是习惯成自然："老家是广西的吧？"

现在想起来真荒唐，当年我居然故意学习和使用新宾的口音，短时间之内难免矫枉过正，听起来经常是不三不四的调调。不过话又说回来，我多少还是有一些语言天赋的，一段时间之后基本能以假乱真。问题是当年太幼稚，其实一开始就没有必要这么无聊。那地方决然与人杰地灵不搭界，我本来就不是那儿的人，实在没有必要拐弯去操那种口音。

怎么说都好，毕竟作为国家干部开始工作了。那两年，有欢乐也有无聊。因为全身心投入到高中理科课程的学习之中，其实我也没有时间和心思来过多思索别的东西。两年之后的1984年8月，我得以如愿以偿按照事先的设想无惊无险地离开那个本不属于我的地方。

2014年11月9日

我是一个孤独的人

除了乐意与相知多年、有真交情、为数不多的老朋友欢聚小酌或者打点小牌，更多的时候我喜欢一个人独处，哪怕凝视马桶盖发呆也没有关系。特别需要指出的是，和陌生人同桌吃饭是一件很无奈、很痛苦的事情，尤其是必须提供免费医疗咨询之时。非不得已，是不为之的。

这种不喜群聚的个性可以追溯到我的童年时代。就读小学之前，我在村子里很少与同年龄的小伙伴们玩在一块儿。这里有两个原因，首当其冲的可能与我是独子有关。在我们那里的农村，独子是要被多子家庭欺凌的。纵然被欺凌，世界上也没有伸张正义的渠道。连成年的村民们都如此，何况小孩乎？

那时候的乡村相当闭塞，几乎没有文化生活。有些时候，“高年资”的小孩会成为一个团队的领军人物，亦即所谓的“孩子王”。孩子王领着一帮相当于“住院医生”级别的小小孩四处游荡。尽管这样的一个个小集团干不出啥坏事，但孩子王还是有很大的权威，看谁不顺眼想孤立谁就发动群众孤立谁。我由于性格天生孤傲，经常成为被“隔离”的对象，那时候颇为受气。现在回想这些小时候的事情，反觉着有些趣味。若干年之后，我得以光宗耀祖地回到村子里，看到当年威风凛凛的孩子王十分落魄的模样，难免有些三十年河东三十年河西的小感慨。

另一个不喜欢与同龄人相处的原因，是我认为周围的小孩都太幼稚，很难与之交流。所以，我从小就喜欢和年龄比我大得多的人来往。这样的情况实际上很难长时间持续，因为这些大龄人士未必愿意和我往来。

父亲当年有一门手艺，亦即所谓的“砌砖建房”。他每年总有一些时候伙同他人进城当农民工，赚些辛苦钱，找不到活儿干的时候就赋闲在家。今天的“农民工”在那个年代有一个非常 cheap 的名字，是为“野马”。我从来没见过父亲参加生产队的重体力劳动，毕竟是快要六十岁的人。但他也不是什么都不干，帮生产队放牛、养鸭子这种事还是可以干的。

父亲干得更多的是扛着一个篾制的泥基不停地在村里的巷子里走动，看到猪粪就收集。父亲每天傍晚时分将收集到的农家肥交到指定的地点，在那里有专人负责称重并依据重量折算成工分。我逐渐长大之后，也曾干过这样的事，即每天将家里的农家肥挑去交公。这样下来，我家每年从不超支，还能从生产队拿到几十元“分红”钱。

我小时候经常找不到合适的玩伴，只能整天就跟在父亲后面，陪着他捡拾猪粪。父亲总是含笑对遇见的邻居们说：“看看，去到哪儿就跟到哪儿，好像一条好狗似的。”这样的日子应该有三四年的时间。去到人多的地方，父亲就会将劳动工具放在一边，找到一个地方坐下与人聊天。我则习惯成自然地坐在他旁边，头枕着他的大腿躺下睡觉。这个时候，他又说开了：“怎么搞的？好像没有骨头一样。”在我的印象中，我的体质从小就不很强壮。

我想，今天我无限钟情于独来独往是有历史渊源的，是一种从小养成的习惯。和人们在一起有时候得找话说，有时候得应付别人的话茬，两种情况都不有趣。当然，这不等于说我是一个木讷的木桩子。必须圆场的时候，我大概也不至于傻乎乎的什么都不懂，勉强对付得了各种局面。

但是，我还是愿意选择独来独往，那样可以纵情胡思乱想。

2015 年 11 月 29 日

想起了老母亲

位于西雅图附近的 Tacoma 时差比北京晚 16 个小时。我在飞机上没睡好，住进宾馆之后睡了几乎整个白天，现在却神采奕奕。天亮之后，又该昏昏欲睡了。

我这几天的心情自是低气压连绵阴雨，总是自觉不自觉地为施戈已经来临的留学之路担心。这种担心应该见于所有的父母，尤其是孩子第一次出远门之时。这让我自然而然想起了我的老母亲。老人家已于 2012 年正月十一那天驾鹤西去，走的时候 93 岁。

1979 年我初中毕业进城读书时，母亲不说什么，因为这是公认的好事。尽管她是一个文盲，但也知道“当同志”（当时，广西的农村人认为只有国家干部才配称“同志”）是很光宗耀祖的，尤其是全村都还没有其他动静的情况之下。

1994 年去日本留学前夕，或许因为那段时间我回乡下都在忙于办理婚宴事宜，没有见到母亲对我出国学习有何怨言。当时，能够出国留学在广西还是一件很大的事儿，想必周围有不少村民不停地向父母道贺。现在想起来，老人家是不愿意看到我出远门的。我似乎猛然之间明白，天底下所有的父母都不希望自己的孩子远行。人同此心，心同此理。

1997 年赴美学习之前，我回乡下向母亲辞行。这个时候，老人家明确提出反对意见:“你现在有吃有穿,还要出国干什么?”她真心认为,做人能够不愁吃不愁穿就已经算是很不错了。我说:“在国内只能生一个孩子,出去是为了多生一个女儿。”这么说着,老人家才慢慢释然。

在农村,能够看孙子一眼之后才去世,这是人们最大的愿望和福气。遗憾的是,父亲在施戈出生的前一年就走了。难怪他走的时候双眼是睁开着的。大姐在一旁说:“您安心去吧,没有事情需要您挂念。”稍后,我们才能用手将父亲的双眼合上。

2008年底,我们将搬家到武汉的事向母亲说了。这个对我们来说是很好的事儿,对她来说却是一个致命的打击。老人家最大的担心是,她走的时候我们不在身旁送终。事实上,在我们动身之前,村子里就有人向她报说此事。农村人文化低,说的时候难免说一些让人难受的话。

自然,母亲极力反对我们背井离乡。当她得知她的意见不起作用的时候,精神就开始垮了。母亲身体没有什么毛病,直到2012年临终时所有的拍片包括头颅CT和胸片,以及常规生化化验结果都是正常的。我到武汉上班后不久就接到堂兄的电话说,母亲快不行了。

正是因为母亲的身体每况愈下,我们才将老人家接到南宁,住在我家位于广西医科大学校园的房子里,生活起居由二姐专人照顾。不管怎么说,老人家走之前的两三年得到了良好的照顾。从这一点来说,她本人及作为子女的我们都没啥遗憾。

有一点应该是比较确切的,那就是如果我们不离开广西,母亲或许可以多活几年。她的家族中有长寿基因,八个姐妹一个活得比一个长。母亲走的时候,她最小的妹妹89岁,几乎是跑着步来参加她葬礼的。

今天,轮到了我必须操同样的心。我的孩子居然在不经意之间到了出远门求学的年龄。这几天是我的艰难时刻,我甚至不能做到在博客中记录此时此刻的真实心思。有时候，我刻意不去想这方面的事，但事与愿违。人，不是说不想，就可以不想。

2015 年 12 月 21 日

不敢轻言励志

早在2000年初，因为于1999年底被包装成“广西十大杰出青年”，我被广西壮族自治区团委邀请作为某种名堂的宣讲团成员，去到各大学作“先进事迹报告”。还好，我天生有自知之明，知道有些事玩玩开心就好，可不能玩得太大。

在广西也好湖北也好，我经常被人邀请要去给各级学生做所谓的“励志报告”，我从未为之所动。我坚持认为干那种活儿不该是我这样的厚道人家该沾染的事，那些不能干实事而只会忽悠的人生导师才适合于这一工种。让我死不要脸地教导他人如何为中华之崛起而读书、如何先天下之忧而忧、如何以医院为家、如何将发高烧的孩子置于家中不闻不问而去给别人看病、如何不说人话、如何做不正常人类……这样的非人行径，我无论如何做不到啊！

我说话做事历来实打实，决不可涉及高尚的情操。一句话：我只是不坏，但从不很好。我工作首先是为了领取工资养家糊口；至于在工作中经常取得好成绩，完全是因为对工作本身有激情。

作为事实，我从小到大读书都是顶呱呱的，历来是邻居们用以教育他们没出息的孩子 good good study 的好榜样。到了今天，我在广西宾阳县老家自然是一个通过读书逆袭的成功代表，应该属于小有名气一类。恩师韦健明老师多次动员我回到宾阳中学给中学生们做一场“励志报告”，这就不好回绝了。

于是乎，我利用上个月回广西探亲的机会，偷空于 2016 年 11 月 22 日下午回到宾阳中学做了一场那样的报告。我第一次做这样的事，实在没有经验，简单地利用 PPT 就如下五个方面谈谈我个人的想法和做法：①人活着，没有理由不奋发图强；②努力了，你就有勇气迎接挑战；③重细节，没人能随随便便成功；④不抱怨，这个世界不欠你什么；⑤有付出，人生不可能没有回报。

自然，我所讲的内容都是我的亲身经历和切身体会。初衷只有一个，那就是鼓励高中学生，尤其是毕业班学生发奋读书，激情迎接即将到来的高考。我希望他们明白，接受大学教育已经不再是一种优势，而是开始更好人生的重要经历和基础条件。

不知道我的演讲是否得到了同学们的理解和认可。如果对于帮助他们树立人生的目标，勇于接受未来的挑战有一点点正能量的作用，那么，我的这一堂课也就算达到了目的。

我想，恐怕以后我不会在任何场合再做这样的“励志报告”。这破天荒的一次，算是作为一份小小的心意报答宾阳中学多位老师当年对我的苦心栽培之恩。

2016 年 12 月 18 日

提醒自己尽可能善良

我家人口众多，但现阶段暂时没有人与“六一”相关。因为心中有些许失落感，情难自已又想起苦难的童年。想起那个时代，想起那个时代的人，窘境在于很少能想到温情，几乎所有的往事都不堪回首。我肯定做不到有能力粉饰不好的人和事，必须实事求是地说，我自幼难以在周围绝大多数人身上感受到善良。

阿八年龄与我相仿，他有一个弟弟，兄弟俩自幼丧父。阿八 10 岁左右的时候，寡居几年的母亲毅然扔下两个孤儿不管，改嫁到外村去了。兄弟俩完全没有求生存的能力，病残的奶奶已至高龄，早就不能争抢工分。过去几十年以来，阿八一家三口人绝望的眼神时常浮现在我的脑海里，我甚至不能想象他们是如何不饿死的。

还在年幼的时候，我就百思不得其解：是什么样的邪恶力量能促成阿八的母亲下得了狠心置他们的生死于不顾？十年的母子情怎么可以顷刻之间灰飞烟灭？离开之后，一个中年妇女的心可以平静度过余生吗？显然，既然选择了离开，想必她是可以心安理得的。能够心安理得的原因恐怕只有一个，就是那人没有善良之念。

阿四的父亲是盲人，因为盲而穷，因为穷就娶不上正常的亲，要娶也必须娶某一种残疾人。非常合情合理，阿四的母亲也是盲人。父母双盲，家徒四壁，那是很自然的事。因为阿四家穷，而且父母都是残疾人，村子里的小孩子也就经常成群结队欺凌他们一家。我亲眼看见阿四父亲痛苦地发出绝望的怒吼:“难道你们要取人命吗?”这丝毫也不能打动一群害人为乐的小孩冰冷的心。那样令人发指的害人情景本来只应存在于动物世界,却不幸真实地发生在人与人之间。这不是某一个或几个小孩品德天生特别坏的问题,那是一种族群文化现象,这种文化及其背后的本性可以轻而易举地逼人窒息。

很多年以后,阿四的几个姐姐陆续出嫁,留下他一个永远无婚可结的弟弟在村子里孤苦度日。到了20世纪80年代,阿四因为取水灌溉农田的事仍然必须接受邻居的百般凌辱。

我读大学之后放假回到村里,听说远邻二哥刚刚年过四十就暴病而亡,留下几个年幼的孩子。很快,一个本来没有任何交往的堂兄弟气势汹汹地冲过来霸占他家的责任田,完全不顾一家孤儿寡母的死活。换句话说,有人明目张胆地将孤儿寡母往绝路上驱赶。

不只是乡下农民才表现出难以想象的麻木和不善良,城里貌似也有不善良的高级知识分子。多年前,有年富力强的专家为了阻止某教授连任一家大型医院的院长,便于半夜鸡叫时分打电话到每一个病房,对值班护士说我是某教授,咱们找个时间出去开房好吗?某教授本来是有机会连任的,事情已闹大,上面明知道没有这回事,为了息事宁人只好放弃某教授,反正谁当都可以是全国优秀院长。

某一年度,一家大型医院决定停办职称申报工作,原因是巡视组进驻医院办公。医院领导担心各位申报者互相举报,说不定会扯出萝卜带出泥,要是回头看时看出一些问题来,可不就坏了大事吗?也就是说,领导心知肚明,部分医生相互之间缺乏足够的善良之心。

我从小耳濡目染种种不善良的行径,参加工作之后见识的地雷、手榴弹、红缨枪就更加浩荡而一望无际。所有这些留给我的心灵阴影是难以磨灭的,对我过去多年来的思维和做事方式产生了深刻的影响。很多时候,我非常茫然。

写此文的目的在于提醒自己尽可能善良,千万不要做出不利于他人的事。如果要动手做害人之事,万一做成事了呢?不可怕吗?

2017 年 6 月 1 日

少年时代的照片

因为与父亲的关系非常糟糕，现在很难找到老人家生前的照片。在我的印象中，家里成山的旧影集里应该有一两张，总有一天会意外地发现。母亲一直活到2012年，她去世之前我们家的生活已经发生了翻天覆地的幸福变化，得以留下众多的彩色照片。几乎所有的照片都是在老人家不知道的情况下偷偷拍下的，大部分照片她本人没有见过。

不少朋友看到了我居然能够拿出好多少年时代的黑白照片，感到煞是惊奇，断言我家"非富即贵"。我小时候爱好广泛，而且非常贪玩，绝对不是一个乖孩子，以闯祸给家里添乱为常规动作。譬如说，组织小伙伴们宰杀邻居的一窝小鸡，这么做单纯为了好玩；常常流窜到社员们的自留地偷盗甘蔗、香瓜、莲藕等来玩耍，完全没有家教。

另一方面，我小时候好像比较聪明，想法与一般的同龄孩子绝对不一样。读小学的时候，看到邻居家有人做工匠活，回到家无师自通地捣鼓出几张十分像样的小椅子，这些小椅子后来用了一二十年。因为父亲曾经外出跑"野马"搞建筑，用今天的话来说就是进城的农民工。不知什么原因，家里就有了几样简单的木工工具。恰好堂嫂的娘家在山里，每年总能搬回一些木料。心灵手巧的我，就能一鸣惊人地动手做些木工了。

我的爱好非常广泛，农村孩子常玩的我都会，尽管不都是高手。回想起来，我特别感兴趣的该是与光学有关的一切，甚至梦想自己制造一部电影放映机。当时，能够做的只是到河里挖来泥巴按照公社电影放映队放映机的模样捏出一个样子，挖空泥巴将一个小蜡烛放进去，关灯之后居然在墙上看到一束光影。用毛笔在玻璃片上写字，插在泥巴放映机开孔的一侧，希望能在墙上看到字幕。

几年以后，另一个让我更痴狂的爱好便是摄影。初中毕业那学期，班主任请来摄影师使用一个 120 照相机为我们拍毕业照，我盯着照相机就深感那东西真是神奇。和所有的农村孩子一样，即使对那玩意儿发疯，也只能发干疯而已，连碰一下手的机会也没有。不要说农村家庭，纵然是城里人家的孩子，要玩照相机也是不可能的事。

这种状况待到我于 1979 年进城读卫校之后有了改善，我能从本来就非常拮据的生活开支中挤出一点点口粮买胶卷，借来老乡的 120 或 135 照相机开始玩起了摄影。我去新华书店找有关的书籍，除了发现几本简单的摄影作品集，没找到一本教人拍照技巧的小册子，所以我完全是自摸起家的。可想而知，所有的进步都是通过浪费胶卷作为交费换来的。那年头浪费一张胶片能让人有多心痛，我很有锥心的体会。

因为对摄影着了魔，所以书包里常备有一个照相机，只要有一点点余钱就去买胶卷，狂热程度不亚于酒徒之于酒精、也不亚于赌徒之于“赌三公”。只要有机会，我就会架起照相机取景调焦，将快门扳到“自动”模式，然后进入预先定好的位置，12 秒的空当足够我从容摆拍。所有在乡下干农活的照片都是我在暑假或寒假里如此炮制出来的，那时我已经逃离了农村，变成了“城里人”。

中专毕业之后由于工资很低，没钱买胶卷；更由于准备高考，没有时间来照顾业余爱好，久而久之对摄影的热情不再像往日那样疯狂，只是偶尔玩玩。几年前甚至买过一个昂贵的单反，但从来就不曾摸过那个贵东

1980 年，在生产队的晒场上晒谷子

西。现在几乎没有业余爱好而言，有一点点遗憾。

即使不再爱好摄影，时不时掏出小小的数码照相机或者手机随时随地拍照，这种习惯本能地出于小时候的狂热兴趣。想想也不错，以后有足够的回忆线索和资料。

2019 年 1 月 3 日

寻找父亲的遗照

小时候，我是一个狂热的摄影爱好者。大学毕业之后一心一意扑在工作上，对拍照就不那么上心了。待到近几年应用手机随手拍摄的技术日臻成熟之后，青少年时代唯一的业余爱好又才出现虚弱的起死回生。不过，再也算不得发烧友，我甚至不曾想过要买一部单反，即使买了怕也不会摸它几次。至于扛着长枪短炮到处去拍鸟，或者高雅地创作唯美人体摄影，都不可能与我有关了。

在我的印象中，父亲只拍过两次照片。第一次是在 1980－1981 年间，我借来一个十分简陋的 135 照相机，父亲抱着我的堂侄子摆拍的黑白照片。那个时候，光圈和距离都是估计和手调的，再加上初涉摄坛全无经验，拍出来的照片十分模糊。很遗憾，那一张模糊的照片不知什么时候弄丢了。

还记得父亲曾经在不知道的情况下被我偷偷拍过一张近距离的照片，彩色的，照片应该还在，只是不知道夹在哪一个相册里。家里的相册实在太多，几乎占满了一整个大型的书柜。众多的相册里的照片成千上万张，要翻箱倒柜翻出那张照片真不是简单的劳动。原本并不很在意父亲唯一的那张照片，只是随着年岁的增长，心里越来越希望能找出来，那是我和父亲之间仅存的唯一联系。我现在的家里居然没有一件与父亲有关的物件，想想真是个悲剧。

除了偶尔进城打工，父亲一辈子没有离开过村庄。父亲每次离家，我没有特别的感觉。一段时间之后见到他挑着铺盖回来，当然也很高兴，尽管从来未曾有过小小的纪念品或者糖果之类。现在我非常理解，进城农民工的生活多半是很惨淡的，住的是简陋的工棚，干的是苦力活，吃的是粗菜淡饭。四五十年前的农民过得是啥日子，想必更是悲惨到人类能够忍受的最低极限。纵然如此，父亲和其他农民还经常被驱赶，并被蔑称为"搞资本主义的野马"。

不出去当"野马"，连找到半个铜钱的门都没有。小的时候，我看到父亲有一个牛皮纸做成的钱夹子，最高纪录见过里面有几张 10 元面值的票子。那时觉得能有这些钱是相当富有的。现在可以理解了，那几十块钱是父亲用苦力和尊严苦熬换回来的。

我们那里的农村今天已经不再需要为吃穿发愁，但新的社会问题接踵而来。现在，人们正在越发广泛地为重男轻女愚昧的思想付出代价并接受惩罚，很多家庭都有男丁娶不上媳妇，根本的原因就是男女性别比例严重失调。同样不可理喻的是，乡下赌博成风，基本上男女老少齐上阵，不参与赌博反而成为少数派。

父亲作为一个文盲农民，他当初无论如何是想不到我能够摆脱像他那样的穷困命运的。重要的是，我离开了；而且，一走走到今天已满整整 40 年。

任何时候回首往事，都是一番五味杂陈的感慨。此时，总是希望能尽快能找出父亲那张唯一的照片，我坚信照片就收藏在某一本相册里。

2019 年 5 月 27 日

谁的日子更好过

表面上，和幼时的小伙伴们相比，我今天的日子看起来挺风光。实事求是地说，当年在广西医疗卫生界同行的眼中，我简直就是个神一样的存在。别人这么说，我早就不再羞羞答答。我要是这么说，相信广西全境没有一个在岗的医生有异议，包括那些看我不顺眼的亲戚朋友们。问题来了，我如今的日子过得好吗？

上个月底，当年的一个小伙伴来微信说，他们要在今天举办一场史无前例的"同年聚会"。所谓同年，就是村子里同一年出生的男丁群体。我们都是1964年出生的，在6月4日这一天聚会有点儿凑彩头的意思。不管在城里还是下乡，一帮有某段共同经历的人搞聚会，核心环节当是来一顿大吃大喝。头一次有人张罗这一届的同年聚会，要有时间回去，我是不会刻意排斥的。

和小时候的伙伴们拉拉家常，了解他们的生活应该是很难得的体验，尤其是在我远离家乡长达40年之后。40年间，尽管我每年都会回去，但总是来去匆匆，顾不上和任何一个同年聊天。他们中的某些人也只在自己或者家人身体不舒服之时，才会找到我看看病或者帮忙联系其他专科的医生。大多数情况下，我都能帮上忙。毕竟，我在医院里的关系是他们没有的。

后来得知，只有小部分同年参加了聚会。从他们发的照片来看，聚会相当热闹,也很喜庆,只是大多数人已经认不出来。从脸上的笑容来看,他们的日子都过得相当滋润。当今世界,只要在身强力壮之时愿意吃苦耐劳,只要不吸毒不赌博(这两个问题在广西农村有点儿严重),谁都能过上不愁吃不愁穿的小日子。都是快要年满60岁的人,不少同年当上了爷爷。儿子有出息的,每月都有了固定的酒钱进账。

广西的农村还有少数生活负担相当沉重的贫困人口,人们仍然为一日三餐而疲于奔命,但这已不是普遍的现象。同年中的少数在县城或乡镇当干部,他们的生活和大城市里的居民实际上没有太大的区别。

每个人的生活都不一样,在温饱问题得到解决之后是否快乐,那就全看心态了。初中毕业之后,同年们不需要念这么多书,不需要挤破头往独木桥上艰难前行,不需要和太多的人打交道,不需要在社会上历练太多的规则。因此,他们的生活是简单的,简单的生活很容易得到满足,满足便是快乐的感受。对我来说,回头的路是没有的,我的人生不可能像从头开始那样的简单。从离开施村的那一天开始,我也不愿意放弃已经获得的另一种全新的生活方式,所以只能按照预先铺设好的道路往前走下去。毫无疑问,我的经济收入比他们中的大多数人多,而且多得很多,但是我的生活未必就比他们快乐。他们一辈子的挣扎和艰辛,我都了解;而我面临的险阻和烦恼,他们则不可能理解。

医院里的情况本质上也差不多。熬到一定年资之后,主任们没能当领导的希望能当院长助理,当上院长助理的期待当副院长,当上副院长的谋求继续上进当正职。一个非常重要的问题是:当上领导之后人生就一定很快乐吗?我从来不这么想,岗位越重要,责任跟着就越巨大。我的优秀师兄龙学明老院长曾发自肺腑地对我说过,医院里日子过得最舒爽的是主任们。咱没有当过领导,不能体会到领导们的苦衷,但凭科学的逻辑思维判断，他们承受的种种压力不是一般人能够理解和承受的。因此，我真心实意地同意龙师兄发现的那一条无限正确的真理。

谁的人生都有精彩，谁的人生都有无奈。精彩在眼前，再有深度的人都免不了喜形于色；遭遇无奈或者挫折，心态再好的人也都会忧郁和沮丧，这都是人的正常情感。这么说来，人生还是简单一点的好，快乐时就开怀大笑，悲伤时就找一个僻静的地方沉默一阵子。

如果施村的同年来年再度召集聚会，只要不在炎热的夏季，安排在周末，我还是有可能回去一趟的。这种远离了我实际生活的聚会，我从心底里还是想参与的。

2019 年 6 月 4 日

父亲唯一的照片

我知道总会有一天能在家里数以万计的照片中找出父亲那张唯一的照片。我家 2003 年及以前所有的黑白和彩色照片都保存在影集里，此后的照片则都是数码的，绝对安全地保存在电脑中。2019 年 12 月 28 日，我利用周末时间在家里整理影集，果真在一本的影集里发现这一张珍贵的照片。我当即招呼在家欢度寒假的施戈和美儿，他们凑过来看了一眼爷爷的照片转身就走，反应形同路人。

我不知道父亲确切的年龄，只知道他于 1996 年 9 月 5 日病逝。现在，可以从他去世那年的岁数推断出他的出生年份。父亲去世的那一年

1995 年，父亲留下唯一的一张照片

80岁，应该出生于1916年。母亲2012年2月2日去世的时候93岁，应该出生于1919年，只比父亲小3岁。我一直以来被告知，我出生的时候父亲51岁，母亲47岁，这会儿简单推算一下便发现各种版本的说法有很大的出入。如果父母去世那年的年龄都是准确的，那么我出生的那年，父亲应该只有48岁，母亲只有45岁。这么说来，民间所有的说法（包括水烧开两次不再能喝）多半是靠不住的，有必要认真依靠常识和简单测算审核一下。

在今天看来，48岁父亲和45岁母亲生育小孩已是司空见惯的事情，但1964年在广西的一个穷乡僻壤绝对是个奇迹。那时候普遍吃不饱穿不暖，在营养不良的状态下生养孩子无异于上青天。如今要求孕产妇零死亡率，但在20世纪60年代则完全是另外一个世界。在我们乡下，咒骂小孩一个非常恶毒的习惯用语是“死剩货”。言下之意，被骂的小孩夭折本来就属于大概率事件，眼下只是“还没有死掉而暂时剩下来的”。这样的骂人话还有隐喻活不长的意思。那个年代孕产妇、胎儿、新生儿，以及婴幼儿的病死率非常高，以至于我们都是名副其实的“死剩货”。因此，“死剩货”虽然极其恶毒，但由于骂得多了，而且基本上符合事实，通常不会引起剧烈的反应。人们的普遍观念是，能生几个就生几个，能养活哪一个就养哪一个。

很幸运，我不但能够存在下来，而且居然能拥有一个能读书的脑子，这种情况在当时的广西农村是不多见的。我的两个姐姐都没有读到小学毕业就辍学了，我居然可以不经过高中阶段就能于1984年考上大学。这种美好的结局大大超出了父母亲的期望值，也大大超出了那个时代的习惯思维。

现在看到父亲的照片，我也没有太特别的情绪变化，只是感到欣慰，因为找回了一张久违的照片。父亲已经走了24年,而且是在年届八十之时寿终正寝,虽然也曾留下一些遗憾,但他的人生算得上接近圆满。

父亲个性乖戾,至少比我乖戾一千万倍。一般说来,个性乖戾的人日常说话的用语都相当刻薄,伤人几乎是常见的事情。在我的印象中,他在几乎所有的时间里都是独来独往的,跟人最多的交往就是冬天夜晚到住在比较远的人家和几位老人烤火聊天。由于性格有几分相似,我与父亲相处不好几乎是一个必然的宿命。实际上,就在他去世之前的几年时间里,我几乎没有和他说过话。这样的事情说起来,当然多半是我的不对。问题在于,直到今天我仍然不后悔这么做。

父子关系不和谐,双方可能都无所谓对无所谓错,只是彼此不能容忍对方。我大学毕业参加工作之后,经济状况逐步得到改善,父亲的晚年是在衣食无忧的生活中度过的。从这一点来说,他享受到了一个乡下农民非常富足和满足的生活。

小的时候,我就厌恶被父亲念叨。他也知道我绝对不会考虑他的半点意见,但完全是出于本能就絮叨个没完没了。这一天大的错误对我最大的影响是,我终于开始意识到必须注意与儿女之间的相处之道。就在昨天晚上,我对美儿说以后我要是去你家做客,就算看到满屋是垃圾、满地是蟑螂,我也绝对不会多嘴一句。实际上,从2019年夏天开始,我基本上不再对施戈和妹妹说具有建议性的言语。

2020年1月2日

高考给了我体面的生活

据说明天就是全国高考的第一天。高考从来就是一年一度的头等大事，尤其是那些家有考生的家庭。考生的妈妈或爸爸会不约而同地围守在各个考场的四周，真是可怜天下父母心啊！

几天前的高考顶替事件前所未有地将高考话题提到空前绝后的高度和广度。本来没有任何心情关注那样伤天害理的黑事情，但看到网上有人高呼严办，我这才开始吃瓜。因为吃了瓜，我自然顺带想起了我自己当年的高考。关于1984年高考的一些细节，我在前文已经有了比较详尽的描述。今天想到了要是我不参加高考，今天过的会是怎样的生活？

对我们那一代人来说，高考无疑是改变命运的最佳之桥。尤其是像我这样的农村孩子，高考则几乎是唯一的桥。20世纪80年代考上大学的人，即使在后来的变幻风云中下岗，比例应该不会太高。

1979年初中毕业考上中专，这让我摆脱祖祖辈辈脸朝黄土背朝天的农民生活。摆脱农村值得炫耀吗？不值得，但很重要。1984年的高考，则让我有机会从广西走向全国。离开广西很厉害吗？不厉害，但这是我想要的路径。无论沿途有多少风风雨雨，高考改变我的人生、高考让我过上非常体面的生活，这是毫无疑义的。

高考是改变命运的独木桥，但对我本人而言未必是唯一的独木桥，我

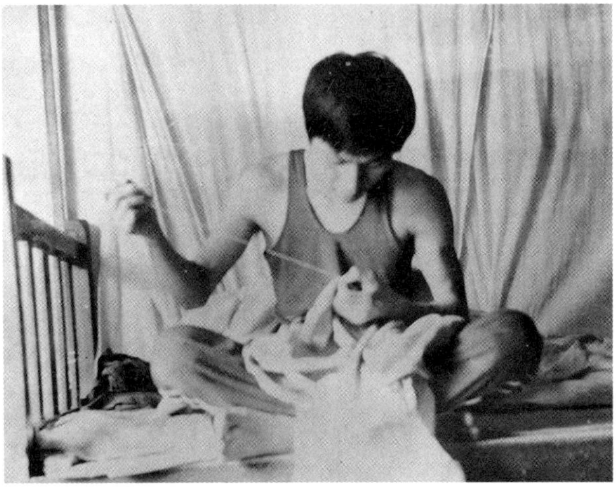

1985 年，大学时代的我缝补衣服

可能有两座或以上的独木桥。这个问题是我常常思考的。中专毕业之后要是像全国 99.9％具有相同经历的人那样不参加高考，我会不会就在老家县医院里守着菲薄的工资苦度一生呢？我自始至终认为，这种可能性微乎其微。我是一个天生能折腾的人，不管从哪一方面来说，都不会满足于端着一块中专的牌子终老。不会的，那不是我。

以我奋斗不止的天性，纵然在工作两年之后考不上大学，很快就会在单位上班的同时做起投机倒把的生意。如果悟性未到，在后来的下海大潮中应该是第一批停薪留职的有为青年。以我的情商、以我的毅力、以我的刻苦耐劳、以我灵活的脑筋，有何理由赚不到钱？有何理由长期挨穷？我现在苦打苦战拼搏得来的好生活，试问有几人能吃得起这份苦？每一分钱不都是我用智慧和汗水换来的吗？有谁白白送过一份获奖证书给我吗？

2018 年，杀猪庆祝教师节

现在说我的情商高，千万不要以为我在自嘲。没有高端入云霄的情商，能在职业上活到今天而秋毫无损吗？死读书能一直读书？实事求是地说，我通过常人难以忍受的埋头苦干，一年一年积累了稳扎的生存基金，一路上无须继续看别人的脸色讨生活。我有个体会：任何时候都不能停止脚步，任何时候都必须拿出成绩，不然就只能拿情商说事，不然就只能整天打探别人今明两天的心情是不是不太好。

我的高考是我津津乐道的人生大手笔。没读过高中就能一次性考进大学，我真有理由引以为豪。

2020 年 7 月 6 日

生活篇

回乡下探望母亲

今天请假回宾阳老家探望母亲。每次回老家，心情都特别沉重。

老人家身体已大不如前，罹患多种疾病，其中主要的竟然是慢性阻塞性肺疾病，属于我的专业范畴，是我去年编写《慢性阻塞性肺疾病》一书60余万字唯一阐述的内容。其他的并发症包括高血压，前段时间还出现过轻微的卒中。现在看来虽然不会在短时间内出现意外，由于身体日渐衰弱，估计时间也不会太长了。

和所有乡下妇女一样，母亲一辈子含辛茹苦，70岁以前好像就没过

2007年，我的老母亲

上一天的好日子。我大学毕业领到工资之后，家里的窘境才算缓解了一些。她本人生活真正的改善却是1996年我父亲去世之后的事。老人家曾经和我说过一件令人辛酸的往事：20世纪50年代，她在一次产后居然24小时没有吃上一粒米饭，后来是父亲上山砍柴卖了才换回两口袋（衣服上的）的玉米粒……

我现在是争取每个月回去看老人家一次，一般都带上小孩一同回去，让她看看孙子孙女。可惜，两个小孩都不会说家乡土话，基本上不能交谈。不过，只是看看，老人家已是心满意足。用她自己的话说，走的时候也可以闭上眼睛了。

希望老人家能够多活几年，拖到90岁以上。

2007年1月19日

相亲经历

相亲是一件妙不可言的事情。施戈和美儿的母亲就是我在最后一次美滋滋的淘宝中相回来的。

本来，我对中国月下老人的看法如同东北二人转中的媒婆形象一样相当固定：她们往往叼着旱烟袋，百分之百的巧舌如簧。如果姑娘没长鼻子，她们会打擦边球说“姑娘什么都好，只是‘眼下’没什么”，然后就是等着拿公鸡和猪头。自从“母老虎”进门之后，我对月下老人无时不毕恭毕敬，从心底里确信她们的心灵美得不得了。

促成我们好事的媒婆在我见到女方之前最常挂嘴边一个秀气逼人的成语是“亭亭玉立”，后来我认为她是世界上最诚实的媒婆。媒婆是我的宾阳老乡，平时我们交谈说的都是宾阳方言。如果媒婆操普通话说出“亭亭玉立”，我可能也没有特别的感觉；问题是她说出这个成语的时候使用的是家乡土话，而我们在说土话时极少言及成语。所以，当年媒婆认真地介绍“亭亭玉立”之时道出的家乡话既清新又动人，至今仍然时时回响在耳边。

在此之前，我还有过几次相亲的经历，都是一些平淡无奇的安排，不是人家看不出我是英雄，就是我认为女方太有才。在相过亲的姑娘中，基本上没有第二次见面者，要是今生有缘再聚首的话我也记不起她们当年的芳姿了。

1989年，和媳妇去公园玩

大学毕业之后的头两年我在高干病房当住院医生。广西老干局的一位领导来到高干病房看望住院的老干部，看到我文质彬彬想必当场惊为天人，立马牵线将其外甥女隆重推出。姑娘中专毕业，在市内一家计量单位当技术员。晚上看不清长相，只记得身材一流，身高大概与我相当，配上高跟鞋，我就是施大郎。“小鸟依人”永远是男女之间最美好的格局和境界，问题是旁人分不清谁是小鸟。

另一次谋面的是一位小学老师，接头地点是肿瘤医院放疗科的一位老师家里。中小学老师历来就是我的首选，不需要和医生护士一样熬夜班，有更多的时间可以照顾后代。遗憾的是，缘分未到，看来双方互不感冒，记得谈话持续了一短阵之后就尴尬地各散西东，从此再无下文。

自行车是那个时候最奢侈的交通工具，和第三位姑娘接触的全过程几乎都是在自行车上非浪漫度过的。媒婆（其实是媒公）是我的一位老同学，准女朋友是他老婆的同事。在媒公婆的撮合之下见过面双方就跨上单车蹬个不停。于是乎，两个各怀鬼胎的青年男女心事重重地在市区的一些街道地段上晃来晃去。当时，南宁刚刚有了第一座高架桥，那座土里土气的高架桥连接邕江大桥的北端。和那位老师晃到高架桥桥底的时候，我早已人困马乏实在坚持不下去了，深感不结婚也罢。后来，老同学责怪我不懂人情世故，至少还应该多串一两条街道。其实，他不知道我辛苦，要是手摇铃铛收购纸箱旧报纸的话，我俩也该开门红创造了骄人的利润。

2008 年 7 月 22 日

结婚15周年

不知不觉,结婚已经整整十五年啦,今天正好是俺两口结婚十五周年的纪念日。

尽管我情深似海,但和大多数优秀而大大咧咧的爷们一样,我并不十分在乎结婚纪念日,原因可能与还没有老到那个份儿上有关。倒是拙荆年年念念不忘,今天还特意买回了一个暖洋洋的纪念蛋糕。

这么多年来,无论在外面如何鼻青脸肿、如何身心疲惫,一旦回到家里静静坐在书房里闭目养神,或是斜靠在客厅沙发上似看非看盯着电视,或是一个人在家餐厅里喝碗稀饭……只有在这个时候,心里才感到踏实。原来,比起家里的静谧,外面的太多方面显得多么没有意义。

毫无疑问,我这一辈子最伟大的成就便是生养一双可爱的儿女。因为他们,我甚至不能容忍自己出差超过一周的时间。几乎每一天下午我都提前十来分钟下班,为的是赶在施戈和美儿放学之前能够等在家里。给他们开门,看着他们背着书包进家门,叫上一声"爸爸好",这种感觉无与伦比。这个时候再去谈别的显得多么纯粹的弱智。

今天的晚餐是妹妹和我们出去吃"洞庭湖大鱼头",施戈去同学家参加同学的生日聚会。"我们晚饭只吃烧卖和饺子",这是施戈回来之后告诉我们最大的事情。而他最迫不及待要落实的重大问题就是追问美儿:"你喝了什么饮料,快说!"

我们对所有的国产饮料都不放心，大多数情况下他们只能喝水，施戈非常担心他不在场时妹妹享有特权。

“只能喝水，不信你问妈妈。”美儿说的当然是实话。

2008年11月29日

年过九旬的老母亲

这几天一直感到愧疚。

二姐打来电话说，老母亲于我回武汉后的第二天在卫生间里又摔了一跤，此后卧床不起，诉说下肢疼痛，一天就只能吃下几口稀粥。对于 91 岁的老人家而言，啥事都有可能随时发生，尤其是在这寒冷的冬季。

在家的两天看着老人家的一些行为越来越像小孩，应该可以诊断为老年痴呆症。有时候刚刚给她穿上外套，几分钟后便步履蹒跚走到衣柜前将衣服脱下挂到衣架上。有时候她把刚刚套上的被褥拆出，接着让二姐又给她套上，如此反复。更糟糕的是，近来基本上处于大小便失禁状态，以至于房间里到处随时都有可能被弄脏。

尽管神志经常不很清楚，但老人家对于钱却是很敏感。这一点倒是她始终没有改变的态度，这可能是由于一辈子穷怕了的缘故。自从我参加工作领到了工资之时算起，她最开心的时刻就是看着我掏钱交给她。一般情况下，老人家不会主动提出要钱，但无论是给她多少钱，她总是嫌不够，甚至埋怨我太小气。

我们给她的钱绝对超出她的实际需要。在她眼里，我的生活已经不再需要操心，使她牵肠挂肚的是我的两个姐姐。实际上，她总是省吃俭用省下不少的钱定期接济姐姐。姐姐们的孩子都已成家立业，生活并不太拮据。在来南宁之前，老人家的生活已经不能自理，但仍然将 3500 元钱交给我堂哥。

老人家当然也知道入土为安的习俗，长期以来一直愿意待在乡下，但却在病重的时候乐于离开故里，随二姐来到南宁生活，还在临走前一天对村子里的人表示“再也不会回来了。”可以想象，她近年来的生活实际上不能得到很好的照顾。

自从二姐回来照顾母亲之后，我就不再直接把钱交到母亲手里而是交给二姐。这使得母亲感到焦虑不安，前几天见到我的第一句话便是开口就要钱，说是要“买水果吃”，而她早就不能单独行走了。老母亲想得最多的还是她认为生活很是困难的姐姐，她甚至说到把我不穿的衣服改一改，好让大姐拿去给她的公公穿，而大姐的公公在十几年前就已经去世了。

我对老人家说，钱都在二姐手里，想吃什么跟二姐说就行，二姐在一旁也表达同样的意思，但这丝毫没有能够打动她。她反而说出一些前言不搭后语的话来，诸如“养儿子有什么用?”“靠不住啊!”等。待到她清醒一些的时候也知道交代:“过年时你就别回来了，省点钱也好。”

我现在的负疚是当时没有考虑到老人家的心愿，总是认为她的神志已不再正常，没有必要言听计从，也就是没有必要把钱直接交给她本人。问题也就来了，自从我离开之后她的情绪就极度低落，拒绝进食，还可能就是因此而摔了一跤。后来，我在电话中交代二姐拿出200元钱交到老人家手里，听二姐说老人家的双眼顿时光亮起来，并将钱死死攥在手里，开始喝点稀粥。再后来，我又请求岳父帮忙再送300元钱到家里，老母亲拿到钱稳稳收好放在床头，开始吃些干饭。

人一老，就变成小孩儿了。

2009年11月27日

能不离就不离

尽管我酷爱我的专业痴迷我的工作，但若然某一天当医生实在当不下去或者烦透顶了，我就发挥另一个特长去开一家“婚姻拯救有限公司”，专门给那些考虑离婚的伉俪尤其是养育了孩子的苦命鸳鸯排忧解难，让他们在极短的时间内重新眉目传情。

事实上，我在此方面有过辉煌的工作积累，曾经仅凭三寸不烂之舌就以迅雷不及掩耳之势挽救了一段濒死的姻缘。如今那对无时不卿卿我我的佳偶一见到我就双双行大礼，视我为再生父母。

因为我素来心肠好特别可靠，那位年轻的女同事好几年前闹离婚时将一切苦闷全都向我倾诉。在了解了事情的来龙去脉之后，我对症下猛药：“我知道你一直崇拜我，但你不能拿我来当成模板去要求你的丈夫，那样不是把他往绝路上赶吗？”结果自是拨开乌云见太阳，小姑娘从此对夫君百依百顺，好日子绵延至今从无间断。

毫无疑问，不能一概而论断定所有的离婚都属于不负责任的不良行为。一个贤良淑德的女子如果不幸误跳火坑嫁与一个罪该问斩的流氓恶棍，那是应该尽早逃离苦海的。反之亦然。但是，如果男女双方都属好人之列，尤其是有了孩子之后离婚一事就该慎之又慎。只要见到对方尚未严重到阿-斯综合征发作就该冷静再冷静，拖一拖或许还有得救。

我们国家现阶段的法制尚未完善，无法保证孩子不经常受到家庭暴力的摧残。在现实生活中，未成年孩子频繁地遭受继父或者继母毫无原因的毒打并不是少见的事件。即将离婚的年轻父母不妨设想一下：那一块从你身上掉下来的心头肉很快就要在你的眼皮底下成为他人辱骂和毒打的对象，他/她还只是一个没有反抗和自我保护能力的孩子！而你本人也爱莫能助，为什么还要离婚？

我们国家还没有建立起起码的社会保障体系，孩子是否有饭吃有衣穿、能否接受教育完全取决于父母亲。离婚之后你的孩子纵然幸免于日常毒打，在生活拮据的时候饭碗里的米饭首先被掏空的不会是其他人，只能是你的孩子！你怎么可以忍心看着你的孩子顷刻之间就变得面黄肌瘦？

更加可怕的是当你和第二个人有了新的孩子之后，原来那个小红太阳极有可能在继父/继母恶毒的煽动之下成为你憎恨的敌人，而你也有可能逐渐堕落成为参与凌辱孩子的坚强份子。

同样可怕的是家庭软暴力。你的孩子将丧失作为孩子本该拥有的全部灵性，人们总是轻而易举地从一大帮在一块玩耍的孩子当中辨别出哪一个孩子来自单亲家庭或者重新组合的拼装家庭。你的孩子将长年在空荡荡的房间内独自闷坐而日渐孤僻，他的性格再健全也难以和那些生活在正常氛围家庭里的孩子相比。如果你的孩子因为你们的离婚而成为社会的负担，你又于心何忍？

当然，上述的情况都可能是极端的例子，但你有理由排除这些可能性吗？你能相信一个孩子离开亲生双亲的呵护生活会有真正的幸福吗？你能相信这样的孩子可以拥有和其他孩子同样灿烂的未来吗？如果不，你为什么要漠视孩子一生的幸福？你不需要对他/她的将来负一点点道义上的责任吗？

另一方面，你必须离开那个曾经让你愿意为他/她去死的人吗？纵然你下定了决心要离开，会有一个你期待的人在半路上等着你吗？如果他/她真有这么优秀，为什么会在那里？他/她周围的正常人有什么理由可以容忍一个值得信赖的人在路上孤单？就是为了等待你离婚吗？

很多时候，你提出离婚的理由正是那人被扫地出门的同一理由。这样一来，孩子将要葬送一生幸福生活的原因就只是你那莫名其妙咽不下的一口气。实在不值得。

很多时候，给对方一条生路就是给爱一条生路，更是给孩子一条活路。

2010年2月16日

假日免谈工作

南宁的天气很闷热，穿着短袖衬衣出门仍然可以焗出一身黏汗来。不过还好，在医院工作的职业人士，即使出汗也经常不很臭，因为这里的人们每天洗澡和换洗衬衣。

在武汉生活一年多之后回到南宁，全家人尤其是两个小孩的脸色居然变得红红白白很多，或许是与两地的气候和紫外线强度不同有关。

老母亲的身体似乎越来越好，看到孙儿孙女竟然哭了起来。当然，完了也还知道伸手问我要钱。她早就不能出门，要钱只是出于永不磨灭的本能意识。

本来一直打算回广西后去一趟柳州，当听说桂柳高速全程正在大规模翻修没修建多长时间的路，本来 2 个多钟头的车程变成了 4 个多小时。正是节假日车更多，一个人开车太长的时间怕是顶不住，不敢贸然出击。去柳州只是想看看一个老朋友，好久不见，总想聊聊天。下个月中旬不是还要去一趟桂林讲个小课赚点小钱吗？到时再抽空顺道，应该可以补救。人生不能留下太多的遗憾。

10 月 2 日和两位老兄专门回老家宾阳县城找人打了半天的牌，当然赢了。然后与人吃饭聊天，回到家的时候已是凌晨 4 点多。

10 月 3 日一觉便睡到 12 点，带领小的们出去吃饭。回家，他们做作业我睡觉，睡够了，精神了，又去到嘉年华酒店见龙师兄，打牌。晚餐几家人在医科大学对面的“大八仙”解决。餐馆的里里外外看起来不咋地，但饭菜味道还算可以。

放下碗筷，和C教授约好来到明湖茶庄小坐到快要12点。再约老朋友J出来，随便找个地方一直聊到肚子饿。凌晨2点多去到中山路各买了一碗粉吃，吃完回家洗睡，回头看墙上的挂钟：4点30分。

刚刚睡醒，一个学生送来自酿的葡萄酒。于是乎，喝着小酒，写着小字，很是清爽。节假日不是谈工作的时刻，应该怎么爽就怎么欢度。

2010年10月4日

都是贫穷惹的祸吗

昨天和一个小姑娘拉拉家常，短暂的交谈之后我必须对她肃然起敬，还深感中华民族还是大有希望的。

小姑娘说她每隔两个月就会回到乡下去看望爷爷，奶奶不久前已经去世了。每一次回去，除了给老人家买油买盐等生活必需品之外都会留下足够的钱作为日常开销。她告诉我说爷爷有四个儿子：一个大伯，她爸爸，两个叔叔。她爸爸常年在外地谋生，老人留在村子里的三个儿子从来没有过问过他的生活，连最基本的口粮也不愿意供给。这种情况非常普遍，绝非某一户的个别现象。小姑娘的爷爷还算有福气，摊上了一个孝顺的孙女接受过良好的教育，拥有一份固定的收入。

小姑娘还告诉我，村子里一个 90 多岁的老人当年当过村干部，曾经很风光，如今身体对于他这个年龄而言还算很好，却被几个儿子赶到一个尚未通电的偏僻房子里孤独居住，饥一餐饱一餐，饿的时候只能敲敲其中一个儿子的家门看看能不能吃上一碗饭。

作为生于农村长于农村的人，即使小姑娘不说我也知道农村可怕的现状，尤其是老年人的困境。毫无疑问，我们国家无论是乡村还是城镇都有着众多善良的民众。但是，很多时候如果不问青红皂白就轻率地使用一些诸如憨厚、善良、淳朴等褒义的词来形容所有的人，我不知道各位有什么样的想法。要是有人像人口普查一样来敲门征询我个人的意见，我有可能出于良知不会同意这种说法,因为如此不符合我从小到大看到的实际情况。如果你不糊涂,如果你愿意正视现实,如果你愿意说真话,你便应该有一个正确的认识,至少在心里。

多子多福吗?未必。几个儿子中的每一个最大的担忧就是他这一家提供给父母的份额多于其他兄弟,他不能太吃亏。每一个儿子都这么盘算的结果是老人家所得到的分量远远不能满足生活的实际需要。

都是因为贫穷吗?不全是。现在的农村虽然不能和城里比,但肯定都比以前好过了很多倍。每一个人每个月拿出十块八块补贴年老父母绝对不再是难题,但是这样的事情一般不会发生。另一方面,村民们在赌桌上相对于他们的经济能力而言那是相当阔绰的,几百,上千,都是常事。不单是男的赌,女的也不含糊。一次回老家乡下,我亲眼看见一个妇女在露天赌摊上一边出牌一边撩起衣服当众给小孩喂奶。她本人这么做的时候毫无羞耻之感,周围的男女老少同样没有现出任何不自在。

听朋友说他家邻居是个 70 多岁的老太太,生养三个儿子,生活一般。他每次回乡下,她都会登门索要 10 元钱。她每次接过钱之后总是神速地收藏妥当,脸上是意外满足的神情。由于次数太多,以至于朋友的感觉不太好,似乎是他欠了她的债。他当然可以理解她需要帮助,问题是她有三个儿子,断不至于通过这种方式来改善生活。

多年前听说我高小的一个同班同学去到广东做贼拦路抢劫,劫得许多不义之财之后有一年回来过春节,一时心血来潮拿出几百元赃款作为奖金组织全村的篮球比赛。此事一时间被全村男女老少传为美谈,说这个兄弟有情有义,发了大财仍不忘记邻里乡情。其实谁都明白这些钱从何而来,但没有人关心这个。

一个没有信仰的民族,其希望和出路在哪里?一个健全社会的安定和发展除了依靠法律的尊严之外,还需要仰仗道德的力量。或许我们不应该过多地责怪生活还不富裕的农民,然而很多事情与贫穷从来就没有关系的呀!实际情况是,那里的很多社会问题日趋触目惊心,比如说农村老人的养老问题。我们该责怪哪一个方面呢?

千百年来普遍麻木不仁的传统,几百年来的积弱受辱,不应该反思出一个内因吗?我们动辄习惯于将不良事件归罪于坏的体制,但好的体制只会存在于普遍有责任心和公民意识的族群之中!我们大家明白这个道理吗?

到农村去走走,会发现更多的不理解。

2010 年 10 月 29 日

元宵佳节

今天是元宵佳节，这会儿窗外还是一阵一阵的鞭炮声，让人心烦意乱。虽说祖宗的传统不可以丢，喜庆的气氛也需要营造，但这种东西毕竟不是什么好玩意儿，从消防、卫生、文明等几乎所有的社会角度来看，均无法找到燃放鞭炮的正面效应。

春节回老家过年期间心情就不太爽朗，不少时候很是六神无主。原因多方面，看到母亲老年痴呆症状日趋严重，白天睡觉，晚上喃喃自语，连我本人都快要不认识了，心情自然不会轻松。

过了旧历年，母亲已是一个93岁的老人。最近两年来，二姐一直在身边照顾老人家，从早到晚找不到一个人说说话，除了照料一个完全没有生活自理能力的老人之外，啥事也没有，时间一久任何人都会不耐烦，所谓久病床前无孝子。二姐自己也有一家一当，听说儿媳妇已经怀孕，很快便要分娩，到时候要忙的事就更多。

不得已，我们甚至考虑到将老人家接来武汉和我们一块住，请家庭护工帮忙照顾。这样也带来新的问题，老人家一来也就意味着不再有机会回去，不能入土为安本身已不是小事，我们在武汉无亲无故，老人家去世的时候也太过冷清……在南宁，我们至少可以给老人家安排一个场面很大的葬礼。在农村，这是很重要的环节。

还有其他同样心烦的事……家家都有一本难念的经。其实，每次回老家多多少少都不自在，多个心事串在一块，让人好生郁闷。今后纵然要回去，不会再待上好几天，顶多停留个一两天。

2011 年 2 月 17 日

如何孝敬婆婆

今天有点感慨，激发因素是阿B昨天回了老家去做和谐工作。阿B弟弟的老婆和阿B的老妈正在闹战争。大致过程如下：B弟前几天花80元给老太太买了一台电风扇，儿媳妇对此不满并长时间嘟嘟囔囔。儿媳妇似乎也有一点道理，说她在街上摆摊谋生晒死热死也没有想过买来风扇给自己吹一下。B弟一时冲动，对其妻左右抡巴掌一直打到脑震荡并住进了医院留医。

一年多以前，一位处在水深火热之中挣扎的红颜知己对善于倾听群众呼声的施教授抱怨说：辛辛苦苦一天下班回到家只希望能消停一下，婆婆虽然没有什么坏心眼，但就是嘴巴碎杂，总是唠叨个没完，很让人心烦。我接着就反问：你们为什么不搬出去自己住？回答说：那不行，没有人帮忙照看小孩儿。原来，婆婆手中握有王牌。

几天前，一位靓丽的小姑娘说她现在很担心日后会碰上一个不能很好相处的婆婆，那样的日子可怎么过？

婆媳关系从来就是中国永恒的历史课题，这种千百年持续残害中国妇女的枷锁其实也是中国独特文化的一部分。有个说法“多年的媳妇熬成婆”，可见女人只有熬到拥有婆婆资格之后才能过上幸福的生活，因为只有从这一天起才有可能将从前任婆婆哪里承载过来的无端凌辱转移到下一代妇女身上，从而完成这一罪恶的宿命轮回。

这个世界本来就很简单,破解这一残局的招数其实也不复杂,从来就不需要过人的智慧,人们只需要记住"距离产生和维持亲情"就万事大吉了。儿子长大成人,从结婚的那一刻开始就拥有了自己的家庭,而他一直生活的家因而就成为"父母的家"。两个家庭的成员如果不死要脸皮地捆绑住在一所房子里,天不就亮堂了吗?还有什么可能会产生矛盾?还有什么婆媳关系紧张可言?

强烈的社会责任感驱使我积极地寻求这方面的解药并力求促成全国的小媳妇们的尽早获救,今天我将从我自己充满智慧的成功经验出发总结出一套不可能失败的必杀技。各位小姐妹们大可放心地在实际生活中推广应用,绝对万试万灵,因为这就是 Guideline。

首先,我们必须理解老太太操劳了一辈子,或许从前也未曾过上几天好日子,她们嘴巴再多也不至于会有害人的心理。只是,理解一个人并不意味着我们可以日复一日地容忍其不厚道。具体而言,各位儿媳妇必须恪守尊重长辈的传统美德,在此基础上心平气和地选择下列八条语录(暂且称之为"施八条")中的一条,然后面带笑容地对婆婆开诚布公。

1. 婆婆,由于教育背景和经历不一样,我们的想法不可能完全一致,我喜欢我现在的生活方式。您能不能不要求我改变什么?

2. 婆婆,我这么做并不意味着不尊重您老人家,再说这么做不会给您带来任何损失。更重要的是,不这么做我会很痛苦。您能不能允许我保持一直以来的生活习惯?

3. 婆婆,我喜欢饭后休息35分钟再洗碗,您看不顺眼可以不看,但能不能不说得太多?您实在看不下去,可以不来或者少来我家,我可以到您家去看望您老人家。

4. 婆婆,我们总会找到更恰当的话题聊天,但我建议您尽可能避免说出对我具有指导性或者建议性的话，因为我喜欢按照我自己的意思生活。

5. 婆婆，我从来不曾接受过其他人的劝导，包括我父母。现在您来我家说得这么多，除了增加我的烦恼之外不可能还会有别的作用。您看，以后能不能不再就这方面发表看法？

6. 婆婆，如果我需要您本人的咨询意见，我肯定会直接向您本人提出。也就是说，如果我不那样做就说明我还不需要您的口头指导。

7. 婆婆，要是您实在憋不住，可以抽出您对我说的话中的95%对您的儿子说去，相信他会向我转述其中确实有意义的那一小部分。我在外面上班真的很累，回到家就想透透气。如果您反复对这个问题陈述同样的意见，必将影响我对您的继续敬重和持有孝心。

8. 婆婆，如果您再不终止这种没有意义的唠叨，我将无法说服我自己在您年纪更大时、行动不再方便时伺候您的生活起居。我真的不希望我们的关系糟糕到这个地步，但这一切都由您决定。

“施八条”表面上乍一听似乎不近人情，但只要你仔细一想条条都符合科学原理。科学并非都能一贯地得到人们的接受，但科学终归会给人类带来社会文明和进步。我相信，这个世界上的婆婆讲道理的还是大多数，一些开始糊涂的婆婆在听完作为晚辈的你道出“施八条”中的一条苦口良言之后应该都会有所觉悟。毕竟，她们都不傻，她们没有转变过来，就说明你的工作还没有做到家。

当然，世界上总会存在着一小撮蛮横不讲理的婆婆。如果你一再忍让、再三委曲求全，她总还要无耻地骑在你的头上作威作福；更可怕的是，如果她的儿子、你的丈夫也一味采取窝囊的愚孝态度，不停地充当恶婆的帮凶持久地伤害你，那么，你就无须再矜持。

我制定的 Guildeline 最后一句话是：当机立断，换了那不通人性的婆婆。施教授认识不少年轻有为、收入颇丰、心中有正义的现任单身大夫。据我所知，他们的妈妈无一 BT(变态)。

2011 年 6 月 27 日

从老家回武汉带些啥

利用周末和科里的同事来到明朝嘉靖皇帝当年的故乡钟祥买累，拍了不少浴汗爬山的照片，这会儿和施戈待在房间里无所事事。

岁月不饶人哪！真的有些累了，没有精神看书，只好胡乱写点东西。

我出门向来喜欢因陋就简，能不带的东西绝不沾手，以免过重太累。譬如说，会议发的包包再漂亮也坚定不移地扔个一干二净。近些年来，由于考虑到要照顾施戈施妹，经常不经意之间从外地带些特色小吃回家，结果发现他们极少买账，我总是吃力不讨好。往后，我将与时俱进地不再干类似的糊涂事。

但每一次去广西，他们总会央求我带些家乡的风味，妹妹说她最想要的是一碗“老友粉”，这就难为老爹了。不过，带些其他的东西还是可以考虑的，而且我越来越倾向于不介意这么做，因为我本人也需要解解馋。

有一次清明节回去祭祖，回来的时候拉着一大袋煮好的糯米饭，那是一个了不起的创举。糯米饭本身没啥特别，清明节乡下家家户户都会准备，街上也有得卖。我从小就喜欢吃糯米饭和粽子，那天带的糯米饭是南宁常规的五色饭，回武汉前一天置于冰箱的冰冻层冷冻。我就这样用手提着那包大概 10 千克重冰冷的硬饭团出入，经过机场时安检工作人员问我那是什么，我说糯米饭，安检人员甚为惊讶，大概没见过什么世面，要我打开检查，我说打开了就不能要了，再说打开后遇高气温冒水珠后滴水弄脏机舱可不好。看来人都是可以讲道理的，安检人员看着我典型的良好市民形象也就不坚持为难。

那一袋糯米饭回到武汉之后仍然没有彻底解冻，我们将其放在冰箱里继续冷冻不定期地享受那种美好的口味，前后足有三个月。

最近一次带的是狗肉和鹅肉，为此我专程在前一天跑回家乡宾阳县城采购，在南宁可能也可以买到狗肉和鹅肉，但我就喜欢吃家乡的白切狗和白切鹅。这样的狗肉和鹅肉都是整只狗或鹅清水煮熟，除了适量的盐，绝对不可以放入任何一种调料，否则便不可吃。同样，分割成半斤重一块的白切狗肉和鹅肉提前冷冻备好，第二天再用塑料袋装好便挑在肩上兴冲冲地搬回家。直到今天，冰箱里还保存着部分那样的人间极品。

吃法非常简单，拿出一块解冻切成小块，加入少许姜末和酱油蒸热即可美美地“叹世界”。

过去两年半以来，我们勤劳地从广西带回武汉的好东西包括：岳母做的叉烧牛肉、腌制酸梅和柠檬，施戈姑妈做的粽子和萝卜干，还有乡下的白切鸡、宾阳酸菜、横县咸头菜、梧州龟苓膏、容县沙田柚、百色杧果、南宁龙眼和荔枝……每一次带的都是一大堆。

下一回，我准备带一笼白切鸡。在武汉的任何一个菜市都买不到没有下过蛋的嫩鸡，这里的人们只吃老母鸡或老公鸡，而且越老越值钱。在广西人们买母鸡时唯一要做的动作就是对着鸡屁股吹个不停，一旦发现那圆圈过宽连价钱都懒得问，因为没有人对下过蛋的母鸡感兴趣。

还要带南宁的烧鸭，想着都会垂涎三尺。

2011 年 8 月 20 日

科学地与丈母娘相处

作为一个追求真理的人，我觉得很重要的一条准则就是为人处世都尽可能符合科学原理，否则不是浪费资源就是不停不断地干尽地球上所有的傻事。

在工作和生活中接听电话同样是一门博大精深的学问，不可以不严谨。譬如说，大概五年之前我就在博客上公开说过“不在病房接听电话”。实际上，这么做远远不止 15 年，因为在办公室里接电话只有麻烦，没有好处。浪费时间从事无效益的工作从来就不符合科学精神。

新婚不久的那阵子，我时不时去岳父母家吃晚饭。众所周知，我不擅长干家务活儿，在等待吃饭的时间里我一般都会坐在客厅的沙发上看书或者看电视。岳母家的电话机就安放在长沙发靠近墙角一端的一张小茶几上。每当电话铃声响起，我就当没听见，从来就不曾接过一次电话。后来的事情都是一个样：岳母听到电话铃声之后从厨房里走过来接电话。

尽管岳母对我这个百里挑一的女婿是一百个满意，从一开始就打心底里越看越喜欢，但时间一长就对我从来不在她家接听电话感到有些不解。由于岳母没有直接问我到底为啥如此懒惰，连电话都不愿意接，所以在很长的一段时间我都没有机会向岳母进行关于接电话的科普教育。

从理论上说，我在任何人家里包括岳父家接听电话都是没有必要的，甚至是有失体统的，因为绝对不会发生有人打电话到岳母家里来找我这样的破天荒事件。打电话者要找的人不是岳父就是岳母，或者两者均可。如果不科学地拿起话筒，我能够问的话只有一句："您好，请问您找谁?"然后对岳母说："妈，有电话找您"。我坚持认为这是十足的多余动作，因为电话铃声本身就彻底地具有"妈，有电话找您"这句话的全部功能。

岳母是一个热心肠的老人，我们的关系非常良好，因为一开始我就严格遵循科学的原则与老人家相处。我家离她家不远，所以她经常到我家里来走走，就当是散步。老人家来到我家时每当碰到电话铃声响起，她总是自然而然地拿起话筒说着与上述双引号中基本相似的话，亦即最后都是"小施，有人找你"。

后来，我找到一个恰到好处的机会非常礼貌地对岳母说道："妈，打到我家里来的电话肯定是找我，您其实没有必要接听，房子不大，我不会错过铃声。"实际上，我还有一层意思没有对岳母说：我并非任何时候都愿意接听电话，有时候我很累，有时候我需要清静。

经过我动之以情，晓之以理的解说，岳母很快就接受了我的科学思想，从那以后既不暗地里责怪我在她家不接听电话，也不再在我家接听电话。

2011 年 9 月 27 日

久病床前无孝子

兄妹俩随妈妈到黄山上去庆祝国庆节了，我一个人跑回南宁探望老母亲。

受到强台风的影响，国庆前两三天连续下起了暴风雨。回来那天走出机场时天还在下雨，机场高速公路旁有的大型广告牌被强风吹刮得有些翻乱。广西局部地区还出现了险情，需要关心人民群众的财产安全。

回到家，看到老母亲蜷缩在床上，老人家听到我的声音还能认出我来。

没有罹患明确的疾病，所有的常规化验结果都正常，只是因为太老，92岁的老人家这样在床上生活已经两年多了。现在双目失明，进食量越来越少，双下肢出现水肿，前几天静脉点滴能量合剂之后精神好转了许多。

姐姐每一次给她盖上被子只要人一离开房间，几分钟之内就被掀开。很快便要进入冬天，按照目前的情况预测老人家怕是熬不过这个冬季了。虽说人老了终归是要走的，但想着还是有些心里难受。另一方面，我的心情也很复杂，到了这个时候离去对老人家而言是一种解脱，对作为子女的我们来说也是。

有了些空闲时间之后，我亲切地接见了李师兄，本次谈话内容主要涉及申报特等奖填表方面需要注意的细节问题。有点让我生气的是，他表现出了一丝丝不科学的倾向，令人担忧。他说因为喝了某种自己发掘的茶，头发越来越乌黑，原来已经发白了的头发甚至“黑了回来”。

关于报奖的事情，他说学校领导很支持，只是有领导担心作者排名顺序不好摆平。我说这是毫无道理的多余担忧，因为所有的排名都是按照实际贡献大小由天意确定的，岂有不公正之理？在宾馆的餐厅共进午餐时我对师兄说：“啥也别说了，把表填好交到科研处，然后静候佳音。”

晚上当然安排有牌局，少不了龙师兄和覃寿明，本来也有李师兄的份儿，我看他那天有点儿嚣张也就不让他知道这个世界上真的愉快，算是一个小小的警戒。看来这人真的会变老，在一个湖北人开的工夫茶店玩牌到凌晨 3 点大家都扛不住了，都心服口服地愿意半途而废，从前可不是这样子。

接到村子里的乡亲打来一个电话，说是后天要举行一个“开发旅游”的剪彩仪式，问我是否有空回去捧场。我被告知，用于“开发”的项目是村子里的“施氏家庙”。我小时候就读的小学就建设在家庙的几间旧房子里。当年还可以看到家庙有许多屋檐雕刻有动物图案，如今早已损毁，要开发旅游怕是难度重重。

李伟同学告诉我他现在已经拥有了驾驶执照，经常开车出出入入，感觉到开车还是有些方便。他说：“我开车直来直去前进和后退都没有问题，就是倒车进停车位时有困难”。我反问：“如果连前进和后退都有问题，那你还能开什么车？”说着说着，两人便哈哈大笑起来。

生活之中到处都充满着简单的哲理。

2011 年 10 月 4 日

不吃特色

我发现一个有趣的现象：隔三岔五就在外面吃饭喝酒的人一般都没有太多的家庭责任感；另一个极端，几乎不在外面应酬的人大多没什么出息。后者除非惊动岳母出征助阵，否则很难晋升到副主任医师这一级别。

很多时候，我们多年的同事或者朋友圈子里有人喜从天降之时，诸如升官发财、破格晋升职称、荣获科技进步奖、迎来龙凤胎儿女出生等，都会主动做东邀请大伙儿出去撮一顿。每当这个时候，我总是一半期待一半担忧。期待的是有可能吃到一桌符合卫生要求的饭菜，担忧的是惧怕被忽悠到一个幽暗的地方以热情的名义吃上一顿恶心的“特色”。

现如今，只要听到有人提议组团出去吃“特色”或者“农家菜”，我的头皮就发麻，脑海里立马浮现出这样的一番景象：那破地方一般都设在脏乱差的小巷或者近郊农舍；雅座包厢的地板到处是前一拨同样寒酸的饭客留下的猪骨和苍蝇；餐桌上摆放的是不知用了多少回的“一次性”酒杯和牙签样筷子；服务员的表情永远麻木犹如梅超风，而且出入从不知应该随手关门。这些都还是皮毛，如果你愿意走到满屋油迹和烟尘的厨房一看，你绝对会看到厨师衣着油黑发亮，大厨不时往地上擤出两筒黄绿色的鼻涕，十个手指甲床的那一堆弧形黑泥足够就地激发你痛恨提议来吃此种“特色”的那个出不了台面的守财奴。必须清醒地认识到，“特色”的唯一特色就是劣质和忽悠。

我人生的第一个15年吃够了"农家菜",吃得我人比黄花瘦,少年时代最原始最朴素的理想就是终身不再需要吃"农家菜"。奋斗几十年终于在城里站稳了脚跟,如今还要没有头脑地返回到原来的起点,发疯了吗?

在此之前,我曾经有过数次无知上当受骗的经历。我可以绝对百分之百负责任地说,我从来没有吃过一顿让我感觉到满意的"特色"或者"农家菜",一餐也不。所有的菜都是咸得死去活来,水煮熟的肉熬到几乎黏烂才停火,油炸的东西则基本上烧煳,青菜没有炒的概念,都是大锅炖熟后捞起倒入大碗……总之,真的很难吃。

我说过我本来就不能喝酒,只不过江湖上以讹传讹的缘故,有些很糊涂的人误以为我能喝下三两个匙羹的量。不过从前在南宁有好日子过的时候偶尔也喝点小酒,只是要喝也会喝某些像话的酒,一般只限于3种。过去将近3年来,我只能以非常客气和低调的口气表明我不能喝酒……和听到"吃特色"一样,我最怕听到有人提出"喝当地酒",而且越来越怕,怕得要命。

不知道是谁第一个说出"酒逢知己千杯少"这样低品位的话,不管是谁,我都不喜欢他。知己在一起可以不喝酒,一定要喝就应当喝好的。什么当地不当地,喝下去就喉辣、头痛、耳鸣还谈什么知己?凑不足酒钱可以暂时待在家里望着天花板想象着数星星。或者,本来打算出去吃10餐,改为一餐,将10顿便宜饭菜的餐费凑为一瓶好酒的钱,折磨10天不如痛快一回。

总而言之,从今往后不吃"特色",远离"农家菜",不喝劣等酒,谁叫也不去,除非组织部里有实权的领导,副职免谈。

2011年11月28日

俺娘说话比我幽默风趣

经过昨天晚上一夜充足的睡眠之后，今天的精神颇为饱满。早上起床之后和小女儿步行到桃源路的“舒记米粉店”吃一碗早餐兼午餐的米粉。父女俩本想进附近的南湖公园走走，但一时没了兴致，便回到宾馆的房间里想心事。妹妹后来随妈妈和哥哥出去看电影，我一个人留在房间里尝试着修改即将投稿的一篇文章。

昨晚几次惊醒，迷糊之间总是不由自主地想到母亲生前的某些生活片段。从前在南宁生活偶尔也随朋友们去歌厅，但一般只斗酒不唱歌，因为歌喉并不嘹亮。如今在武汉因为除了认识本单位的同事及其他单位的工作伙伴，不再有任何可以促膝谈心的亲戚和朋友，万般无聊之中去歌厅的次数似乎略微增多，居然开始吼点小歌，但唱来唱去也就会吼那么几首粤语歌曲，其中包括唯一跑调不那么遥远的《念亲恩》。完全因为这是一首唱给母亲的歌，我好像每一场都必须唱上一曲《念亲恩》。

母亲走了，不知道以后还会不会唱这么一首令人伤感的歌。

母亲有着长寿基因的家族背景。她一共有 7 个姐妹，在此之前我只认识她的一个姐姐，活到了 93 岁才离开人世。目前，母亲尚有 3 个妹妹健在，最小的一个已经 76 岁，我也是昨天才第一次见到这位小姨妈。

在我的印象中，母亲不是一个心灵手巧的人。一般农村妇女会干的家务针线细活她似乎都不会，即使会也干不好。譬如说，她不会做从前乡下妇女都会做的年糕，她做的粽子样子都不规整，她很少会缝补衣服。不过，母亲应该算得上一个“知识分子”，听大姐说母亲认得的字数大致相当于今天小学一年级学生的水平。她之所以认字，只是因为解放初期曾经上过几次扫盲夜班。

我很小的时候曾亲眼见证母亲可以认字。有一天晚上，村子里放电影，按惯例在正片之前都有一点幻灯片，我就看见母亲看着银幕读出的一些字句，其中她读出的“春秋”二字至今历历在目。我现在才想起来，她对于知识是有渴望的，因为每逢见到我翻看那个年代特有的小人书时总是询问不认得的字，而我总是不耐烦不合作，后来也就不见她为着这事儿烦我了。

母亲尽管有浓重的忧患意识，但算得上一个幽默风趣的人，而且反应敏捷。以下几个例子是过去两年间发生的事儿，都是二姐告诉我的。

有亲戚从宾阳县去到南宁探望母亲，聊天中亲戚安慰她说：“您别担心，好好养病，过几天坐飞机去武汉看阿二。”不想母亲脱口而出：“看来只能坐木飞机去了。”

因为胃口不好，二姐劝她多吃两口饭，她说：“一百鸭儿死九十，哪有心机 DDD?”“DDD”是乡下老家人呼唤小鸭子的叫声。

看到自己的身体日渐衰竭，老人家反过来安慰照顾她的二姐说：“下大雨也有个天晴的时候……”

早在 40 多年前，母亲就对自己的后事有了安排，20 世纪 70 年代初居然还省吃俭用花掉 30 多元钱给自己购买到一口棺材。30 元钱在那个年代是个大数目，需要积攒一年多的工分。

母亲长寿，有儿有女，有孙儿有孙女，非常有福气，走的时候基本上没有牵挂。我们也基本上按照老人的心愿给她办了后事，先是亲朋好友在南宁举行了遗体告别仪式,然后将老人家的遗骨送回老家,按照乡下的规矩举行繁杂的习俗仪式之后下葬。

为人子女,我们做到了我们该做的一切,我们好好地生活就是对母亲在天之灵最大的告慰。

2012年2月6日

一件尘封了22年的大事

现如今我有出息了，还调到北京来过上了幸福的新生活，这就有机缘听到一些从来不曾听说过的陈年往事。要是我继续活得很窝囊的话，想必不会有人跑老远来对我窃窃私语，很多重大事件最终将会成为历史的暗角。

那天傍晚下着雨，一位出差来京的广西老朋友探望我时严肃地问我："你认识我们医院的张小台吗？"我回答："不认识。"朋友说："她说你是她老公的妹妹的追求者。"

尽管没有明显的语病，但以"某某人的老公的妹妹的追求者"来形容施教授很反常态，也是头一回听说的新鲜事。朝气蓬勃的年轻人这个喜欢那个，那个喜欢这个，都是很平常和正常的事儿，或许朋友说的是事实，我当时不觉得吃惊。尽管不吃惊，我还是觉得有意义，于是便研究了起来。起初颇费周折，因为朋友既不知道那个老公姓甚名谁，也不知道在哪个单位得过且过，就更不用说认识那个老公的妹妹了。

众所周知，我是一个热爱探索未知世界的人，不揪出"她老公的妹妹的追求者"的追求对象来，不可算是一个有事业心的知识分子。这难不倒我，当年我穷得叮当响，有恶胆追求的育龄妇女绝对不超过7人，其中肯定有一半以上身体不太健康，包括血清谷丙转氨酶3倍增高并出现胆酶分离或者胸腔积液CEA达到108纳克/毫升，否则便没有成功的可能性。

基于这个清醒的认识，几乎所有我熟悉的适龄女青年都被排除在外。

自以为施教授奋发图强去追求的姑娘到底是哪家的千金呢？该名女子应该不曾接受过高等教育，否则不会如此轻薄。如此轻薄之人有可能长得还算整齐，很可能就生活在我工作单位的院子里。一阵苦思冥想之后，我顿时灵光一闪，一拍大腿就惊叫起来："你同事的老公是不是李成泰?"回答："对对对，正是。"

原来是李成泰的妹妹李如花！不会吧？我从来没有想过要追求她呀，她有什么理由产生如此大的错觉呢？这让我想起了一件发生在22年前的往事，此事或许有关联。

如花的妈妈是学校里的老教授，是我当住院医生时代的高年资医生。1990年的一天，老教授爱才心切，将志羽院长和我两个有志青年请到了家里吃饭。现在回过来想，或许老教授有意从我们两人之中钓出个金龟婿。从发展前途来看，我们两人都是不可以有争议的有为青年，至于愿意钓哪一个那就要看看如花的心水了。从老教授那一方来说，如果能够有幸招进本青年成为乘龙快婿，那可是一桩本小利大、高枕无忧、延年益寿的美事。

天公不作美，好事难成。自打和志羽院长去老教授家吃过一顿饭之后，我本人没再登过如花家的门。以后路上也曾碰到过如花一两次，但全都是擦肩而过，甚至连招呼也都不打，硬要说我是她的追求者，这绝对是千古奇冤。

直到今天，在处理很多重要而严肃的事情时，我都铁面无私地奉行以貌取人的最高原则，譬如说聘请小孩的保姆或者家里的清洁钟点工等，都必须严格把关，不能够掉以轻心。虽然在为未来的孩子们寻找妈妈的过程中可以不那么讲究，差不多得了，但也不能一点也不负责任是吧？

2005 年，兄妹俩和妈妈在施村留影

另一方面，我全然不了解如花姑娘，但仅凭扫视一眼即可精准地判断出该姑娘脾气不大好。万一终成眷属，最可能的结局是：如花一三五牵我来当马骑，二四六则将我吊起来拳打脚踢。可怜的我，能够做的就是像《武林外传》中的钱掌柜那样不停地向组织解释：被风刮撞到墙上，弹回来又撞到门了。

说是追求者，这个真没有。

2012 年 10 月 24 日

男人不能糊涂

很久之前，我就无师自通地知道必须自觉开展学习群众路线教育实践活动，这使得我深受各界群众的信赖，其中几位甚至向我敞开心扉，有分寸地向我吐露一些烦恼，旨在希望能够得到我睿智的指导。

其中最令姐妹们深感困惑甚至痛苦不堪的便是恶劣的婆媳关系。关于这个家庭难题，我曾经无比正确地给出过万试万灵的“施八条”。各位处在水深火热之中的弱势儿媳们不妨照搬不误，之后必定拨开乌云见日出，从此享受欢乐无边的幸福生活。

两个女人在一块儿时间一久不可能相安无事，百分之百地总会因为某些琐细到不能再琐细的事儿爆发战争。一个姑娘家长大到了一定的年岁，连跟自己的亲娘都会吵得天昏地暗，何况是一个没有血缘关系、纯粹是因为丈夫的关系才硬要住进一间屋子的婆婆？很现实的情况是，婆婆和儿媳的教育背景、经历，尤其是年龄都千差万别，有什么理由全都可以不谋而合？

今天想要批评的便是那些糊涂一世聪明一时的丈夫们。

一位年轻有为的女医生生宝宝之后和婆婆的关系颇为紧张。从乡下进城帮忙照顾宝宝的婆婆以过来人的身份处处摆老资格，甚至流露出要接受过高等教育的儿媳妇凡事必须服从她的意思。有一回，宝宝患感冒出现高热，对于医生而言自有规范的医护方法。问题是目不识丁的乡下婆婆使用厚重的棉被裹住宝宝，并说用厚被子将宝宝捂出一身大汗之后病就会好了。

战斗随即打响。女医生自然不会让自己发热的孩子遭受二遍罪，而婆婆也要继续发婆威。问题在于，夹在中间的丈夫这个时候选择了愚孝之路，转向支持自己的母亲而背叛媳妇儿。这只是一个不聪明的例子，一连串的类似事件最终使得媳妇心灰意冷，夫妻感情日积月累地逐渐受到减损。

我自己也有体会。母亲生前尽管没有长时间和我们生活在一起，但暑假也曾到我家小住一阵子，目的是看看孙儿孙女。让我感到惊诧不已的是，年过八旬的老母亲居然妄图要在城里长大的儿媳妇面前摆点小威风。最具有代表意义的一句话是："我花我儿子的钱，又不是你的钱。"母亲说这句话的时候我不在场，不知道出自怎样的语境。

作为儿子和丈夫的男人，这个时候的态度就显得很重要，只要明白一些简单事理就能处理好所有的关系。

第一，从结婚那天起这个家就是你和你妻子的家，妻子作为女主人的地位是不容撼动的。你的母亲是另一个家的女主人，那个家就是你尚未拥有自己的家之前的家。你母亲来到你家已经成为事实上的客人。纵然是你的母亲，这种身份也不能发生改变，改变的结果只有一种，那就是伤害你的妻子。也就是说，家里的所有事务都应该以你们夫妻的意见为主，任何人包括夫妻任何一方父母的意见都只能作为参考。如果老人们不理解这些道理，那是他们自己糊涂，但你不能跟着糊涂。

第二，毫无疑问，双方父母都会自然而然地希望自己的子女过上幸福安康的日子，但生活本身是纷繁复杂的。任何两个人对待不同事物的意见都不可能总是一致，何况婆媳？儿子和自己妈妈的沟通永远是天底下最容易处理的事情，那么帮助她老人家正确认清形势无疑是处理婆媳关系的关键所在。作为儿子，最不聪明的做法是，为了显示孝顺而联合母亲来镇压自己的老婆，尤其是在明知老婆没做错事的情况之下。

第三，最有效的长久之计是在同一小区购买不在同一幢楼里的一套房子供你的父母居住，任何时候都可以你来我往，但用不着一定非要住在同一套房子里。那样可以避免看谁都不顺眼，只要分开，所有的问题都将不是问题。

所谓清官难断家务事，其实这种事不需要动用清官，只要作为男人的你不那么糊涂就万事大吉。如果长时间执迷不悟，受伤害的除了本来就充满敌意的婆媳，最后也会轮到你头上。你想，作为女主人的妻子在她自己的家中长期饱受打击、压抑和痛苦，她必定想方设法在别的角落寻求安慰和解脱。

男人糊涂，那是很危险的事情。

2013 年 10 月 13 日

无须经常回老家

岁月不饶人啊！这是越来越经常的伤感。怎么说都好，毕竟是快要五十岁的人了。

我显然是一个念旧的人，或许更适合于做一名考古学家。有时候甚至想，要是真的从事考古工作，我或许时不时能在 *Nature* 这样的期刊露露脸，因为运气好的时候总会碰到一块陈年老头骨。

上周六找个机会跑回一趟武汉，最高兴的事莫过于和原来科室的老同事举杯痛饮。除了出差和值班的人，在武汉的伙伴们几乎全数现身，到场率与吃年夜饭旗鼓相当。让人感到特别美好的是，我离开才一年多一点的时间，居然有三个小姑娘医生狂喜地嫁作人妇，其中一个新媳妇还带着喜糖和刚刚超越耻骨联合上缘的子宫前来欢腾。

以前在武汉工作的时候很少有机会遇见广西老家的人，见过的英雄来来去去就是超乾师兄、秦超主任等好汉。让人意想不到的是，来到北京之后见到广西的老同事一夜之间就多如过江之鲫。原因很简单，他们来北京出差的机会大大地多于去任何一个城市，而且基本上不需要去武汉公干，顶多在合适的某一个周末去武汉开个会什么的。

另一个重要的原因是，我家就住潘家园，步行五分钟即可到达广西大厦。老友们来北京出差驻扎在广西大厦的机会很多，尤其是陪领导来办事的时候。和我关系本来就密切的伙伴自不用说，只要没有特别的怪人在场，他们都喜欢叫上我过去斟上三两杯。同样温馨的是，少数当年和我交往不太多的性情中人时不时也会发来热情难挡的邀请，说是要当面敬仰我这个很有出息的人。

遇上这样美好的场合，我从不含糊，总是三步并作两步飞奔而去，大伙儿叙叙旧本来就很让人感到踏实。更重要的是，平时风里来雨里去吃的都是北方的饭菜，腹部时常不舒服；如今在叙旧的同时又能解决民生问题，当然乐而为之。还有，心灵特别美的朋友还会随身携带几个荔浦芋头、杧果、酸豆角、萝卜干等稀世珍品，着实令人倍感温暖。

这样一来，我心里头基本上就不再有回南宁的愿望。实际上，每次回去都住在邕江宾馆，极少会回到原来工作的医院里去，和老师、同学或朋友们相聚的地点都是约定好的餐厅或者茶庄。也就说，我和他们的见面不管是在北京还是在南宁，情形其实都一个样：吃饭、喝茶、打牌、K歌、扯八卦……

这样的好事几乎每个月都有，有时候一个月还不止一次。譬如说，上个礼拜我在武汉期间超乾师兄就搬来了一大堆粉粉的芋头。尽管没有见上面，但心里头仍是很高兴，希望下一回这个可爱的人能够顺手捎来一个龙州砧板。再譬如说，志羽院长今天中午又拉来了四大箱芋头，我看我都可以在京城开个芋头铺子了。

2013年11月12日

在岳丈八十大寿庆祝晚宴上的讲话

亲爱的爸爸妈妈、尊敬的各位亲朋好友：

大家晚上好！

首先，我作为儿孙辈向爸爸送上最真诚、最温馨的祝福，祝愿爸爸福如东海、寿比南山！

风风雨雨八十年，爸爸阅尽人间沧桑，他一生慈爱善良，热心公益，为了养育儿女操碎了心，也迎来了今天幸福的晚年生活。

还在1993年成为爸爸的女婿之前很长的一段时间，我就认识爸爸，尽管那个时候老人家还不认识我。

爸爸慈爱善良。爸爸退休前一直在医科大学一附院工作，很多时候在院子里听到有人说宾阳话，就会主动走上前去询问他们是否需要帮助。人们经常看到爸爸领着三三两两的病人排队挂号、看病、缴费、取药，然后目送他们离去。爸爸这么做的时候，不图回报，只是想帮他们一把，因为他认为他们从老家来南宁看病相当不容易。

爸爸热心公益。在我的印象中，爸爸长时间担任医院工会的干部，这个不是什么官儿，但爸爸乐此不疲。后来我才知道，爸爸夏天帮助工会组织象棋比赛时，会在自己的家里熬好绿豆粥，然后送到比赛地点供选手们享用，连碗筷都还使用自家的。还有，直到退休之前不久，爸爸还很乐意在各种晚会上拉拉舞台的幕布。他认为，总得有人默默做好这些工作。

爸爸天生有一副好心肠，一辈子从来没有和任何一位乡亲、任何一位近邻、任何一位同事红过脸，总是善待他人。正因为如此，苍天也给予了爸爸良好的回报，让他老人家拥有平和的心态及健康的身体。过去几十年以来，爸爸每天总是乐呵呵的，很少生病。这就应了那句老话：好人有好报，好人一生平安。

如今爸爸妈妈年事已高，我们请老人们放心，我们肯定会把孝心献给父母，让他们老有所依、老有所乐。同时也会教育我们的孩子，让他们不辜负外公外婆的殷切希望。回去之后我就鼓励施戈奋发向上，争取让外公在90大寿的庆祝晚宴上亲眼看到曾外孙。

此时此刻，千言万语，我们只想说一声，谢谢您，爸爸！祝您生日快乐！您的健康长寿就是子女们最大的福分。

最后，也衷心祝愿在座的各位亲朋好友生活如意、多福多寿。谢谢大家！

2013年12月28日

老同事印光主任

昨天晚上的一通电话勾起了我对 30 年前一段往事的回忆。

纵然一直默默无闻，但我在家乡当地局部地区的医疗卫生系统或许也还算得上一个小土豪，与我有关的传闻在人们的八卦生活中有时候是一种趣味盎然的谈资。喜欢我的人热衷于以过程直视者的身份，高谈阔论我那不可复制的奋斗历程和离经叛道的各种趣事；憎恨我的人则要努力证明自身比我优秀得多，同时对我偶然的失足冷嘲热讽并幸灾乐祸。毫无疑问，后者通常是心胸狭窄的失败者，人数远远少于前者，总数可能只有五六丁人马。

昨晚打来电话的是老同事谭印光主任，他现在的官职是人大某个委员会的主任。印光主任打来电话时我正与读硕士时的室友梁兄在同一张餐桌上。到了今天，广西相当多学医的人碰到同样也是学医的宾阳老乡；或者说，相当多的人碰到广西医大一附院有了一定年资的医生，人们问上一句"你认识施焕中吗?"应该是高频率事件。

当年的印光主任是一个有朝气、人缘好、积极向上的年轻人，好像毕业于南宁市卫生学校，好像也是农村出身，但家里就在县医院所在的新宾镇附近。相对于我的尴尬而言，他最大的优势就是当医生，尽管不是大学毕业，但有处方权在那个时候还是很重要的。实际上，印光主任早早就找到了意中人，这让医院里吃不到好葡萄的众护理员们气不打一处来。和我的情形颇为相似，关于他的负面八卦也是雨后春笋。

我的命很好，1984 年就雄鸡破晓般读大学去了。印光主任的命更好，就在我离开宾阳后不久便吉星高照地被提拔为县卫生局副局长，此时他还不到 30 岁。这样的年龄当上副局长，在那个年代、那个地方可谓石破天惊斗秋雨。

由于有能力、工作极端出色，印光主任后来进入南宁市一医院就任办公室主任，再后来一路高升至另一家市属医院稳坐院长一椅，干了两届之后升迁至南宁市卫生局副局长的位置，如今挪窝到人大到处扶贫和视察工作。

有时候我想，要是我的这位朋友当年拥有一张大学本科文凭，当上领导之后向别的领导学习买一个假的硕士甚或博士学位，以他的实战工作能力，在官场上一定更加顺风顺水，一定收获更大的硕果。尽管今天已经十分不错，但当官毕竟是越大越有收成。

虽然同在南宁工作，我和印光主任见面的机会不是太多，平时各忙各的头等大事，仅在有事需要互相照应时通个电话或什么的。印光主任是一个重感情的人，曾经两次组织过已经调到南宁工作的宾阳老同事大吃大喝，其中一次在南宁百货大楼的某一层餐厅。

那一次聚会，大伙儿都很开心，其中有些人多年来都不曾有机会见面。也是在那一次聚会上，我得知当年与我大致同龄的许多人都逃离了那个小小的县医院。在逃离的人士中，至少在他们看来我的动作是最漂亮和最有影响力的。

由于那一次的聚会很有情谊，印光主任不久又趁热打铁组织了第二场。或许是因为都四五十岁的人了，多年不见之后来这么一个回合的惊喜，所有的人可能都会感到温暖。但是，毕竟时过境迁、物是人非，我们中的许多人貌似不再有第一次聚会时的那股激情。酝酿多时的第三次聚会直至今天也没有能够办成，每一个人各自都拥有了另一片更加精彩的天空。

实际上，我和几个老同事的来往还是比较频繁的，已经不能算是一般关系的老同事，而是朋友了。我调到武汉工作之后回老家探亲时，三三两两也都有良好的见面和欢叙。到北京之后，一来回去的机会大大减少，二来每次回去的日程大大缩短，几乎不再有可能安排叙旧的活动。

印光主任在昨晚的电话中一再嘱托，我下一次回广西一定要事前与他联系，一定要再搞一回“宾阳县医院老同事恳谈会”。我当然愿意看到这样热闹而欢乐的场面，但总觉得那样的可能性微乎其微。我下一次回广西去应该就在清明节之后的第一个周末，几乎每一年都是这般安排。每年的这个时候，无论在哪儿，我肯定会回乡下老家扫墓祭祖。我是独子，不能缺席这一仪式。

多年来，回家祭祖的日程安排相当固定：周五晚上回到南宁，周六上午回到村子，放下行李径直上山扫墓，下午回到堂哥家吃饭，然后赶往南宁和医科大的几个不同组合的老同事轮班沟通，周日离开广西返回工作岗位。这样一来，尽管我很想见见 30 年前的老同事，真的是分身乏术。

2001 年，宾阳医院曾经操办过 50 周年院庆庆典，没有听说 2011 年 60 周年大庆之事，我倒是希望他们于 2016 年筹办 65 周年院庆活动。如果那样，我一定会安排行程，到时肯定会和印光主任及其他老同事们好好聊一聊，好好乐一乐。

最后，祝愿印光主任身体健康、心情舒畅。

2014 年 3 月 15 日

物是人非事事休

发小E和我一样，都是从农村通过发奋读书这一对我们而言畅通无阻的独木桥，一举改变了祖祖辈辈苦逼命运的凤凰暖男，不但在城里逐渐站稳了脚跟，还骄傲地娶了个城里姑娘结婚生子。我的命还不错，但E的家庭后来有了变故。他若干年前离了婚，生活是相当的不如意，说多了都是泪。

E结婚之前曾经处过一个对象，名叫李月娥。月娥当年在县城里应该算是一枝花，和E同在一个国家公务系统工作。两个人的感情之路本来也比较通顺，几乎要到了谈婚论嫁的时节。正如预料的那样，月娥家里因为E农村出身而极力反对这门本来可以走到底的婚事。看来女方家里的教育十分成功，月娥后来对E越看越觉得显土、越看越不顺眼，最终头也不回就去嫁给一个中看不中用的小伙子。

双方各自婚后的生活都不幸福，月娥离婚的日子比E还早……东边不亮西边亮，E在工作上混得相当不错，经济收入更比月娥的前夫多得多。工作上的成功使得他精神越来越饱满，看上去就是一个意气风发的人。由于成功，月娥若干年前躲躲闪闪地找到我，希望通过我转告E说，她多年以来在心里一直留有他的尊位，提请E考虑破镜重圆之美事，以重拾当年短暂的柔情蜜意。

天是不公平的。整个中年时代对于男人来说分明是活脱脱的灿烂花期，光鲜而有深度，连啤酒肚都能显现出数学之美。相比之下，女同胞就不能享受这样的幸福感，甚至可能会因为看到鱼的尾巴就立马触景生情而伤悲。另一方面，天又是公平的，让女人活得比男人长寿，而且70岁之后显得比同龄男人年轻而健康。

我当然不会向E转发月娥隔空传递过来充满爱意的一瓶橄榄油，因为年轮已经将当年的月娥姑娘摧残成为现如今的小阿婆，而E依然是走路脚底生风的男神，两人已经不再般配。有道是：物是人非事事休，往事不再提当年。

毫无疑问，如果两个人从头一路走到今天，岁月无论如何老去，脸上的深沟沟无论如何触目惊心，都是患难真情中的鸳鸯，都不可以互相遗弃。E和李月娥的尴尬情况显然与此迥然有别。当年月娥仗着自己是城镇姑娘要价太高，终因嫌弃E没出息拂袖而去，今天因生活不如意而妄想再续昔日温馨旧情，太难办了。

斗胆提个良心小意见：看到男人偶有失足，譬如混迹江湖多年而总是升不上官或者更严重一些，女方家长切不可冷嘲热讽，更不能将如意郎君推出门外，门外的彩旗正在迎风招展，巴不得你干傻事。很多时候，给对方一条生路就是给爱一条生路，也是给家一条活路。

最近，南方传来喜讯说，E不费吹灰之力就淘宝到了一个比女明星还会要嗲儿的“狐狸精”，如今两口子正在卿卿我我。E虽然活得关灯之后有点儿力不从心，但整体而言精神却是很好，眼下正在办理准生证，幸福至极。

2014年4月6日

我的婚事

我曾先后于 2007 年和 2008 年以无限远大的目光浓情写下了“女儿的婚事”和“儿子的婚事”两篇光辉四射的文章。时隔多年之后，我今天想写写他们的父亲那一桩普普通通而甜甜蜜蜜的婚事。其实，这一幸福每一天的美好姻缘在七年前的博文“相亲经历”中已有简短而精彩的描述。

人世间的婚姻可以分为两种：其一是闪婚；其二是不闪婚。我熟知世界上最幸福的一桩闪婚是两个医学博士之间的甜蜜爱情，他们从经媒婆牵红线认识到正式领证结婚只有一周的超短极限时间。在这一个几乎不可能的“闪の周”里，两只好命的鸳鸯经历了认识－对视－碰手－试婚－完婚的所有程序。此乃人间奇迹，而且乃是超级幸福的奇迹。

我的婚事则是另一个极端，几乎是不闪婚中的一个经典慢标本。我于 1991 年就读硕士研究生之前半年就认识“呆头鹅”，风里来雨里去折腾了三年多，直到 1994 年研究生毕业前的不久才成亲，淡定的岁月绵延三年多。

见面之前，口才几乎能和北京人媲美的南宁媒婆在我面前提得最为频繁的词汇是成语“亭亭玉立”。铁的事实证明，媒婆的的确确没有讲大话。25 年前说亭亭玉立是没有语病，也是基本符合事实的。媒婆撒谎的地方，在于向女方家长如是吹嘘未来的姑爷：“一匹靓仔，马上读研究生！”

那个时候，党校还没有招收在职研究生，几乎所有的研究生都是正宗的研究生，水货极少，至少不像今天大江南北处处鱼龙混杂。我这个“马上读研究生”的青年才俊，任何年代在半文盲岳母那边当然都是上等的选择。当初，想必我哪怕单眼或者少一条胳膊也能轻易通过岳母那一关。何况我五官端正、四肢齐全？

我们决定不在南宁举办婚礼，而只是简单地回到乡下老家席开二十来桌婚宴，招呼附近的叔伯兄弟和近房亲戚。父母早已年迈，婚礼所需要的一切费用是我事前专门送回去的。那会儿，我还在读研究生，工资很低，好在农村请喜酒花费不了几个钱。

举办婚宴的那一天是 1994 年 3 月 28 日。婚礼前一天，我和“呆头鹅”及她的三个好姐妹一起乘车回到乡下。天公不作美，连日下小雨，乡下泥泞的道路不好走，出入都相当不方便。因为下雨，场面似乎也不怎么热闹，人们冒雨前来大吃大喝，吃完打包拎菜撒腿就撤。

没有新房，也没有为结婚添置任何家具。婚礼结束之后回到南宁，我们借住在朋友的一间空房子里，这就开始了新婚生活。一个多月后，我于 1994 年 5 月中旬前往日本爱媛大学医学部学习。

岳父是一个厚道的老实人，退休前是我所在医院专门负责血气分析的技师，副高职称，与我算是同事。据说，血气分析室曾经是呼吸内科的一个小分支单位，那样与我的工作关系往密切方向更近一层。不过，我大学毕业参加工作之后似乎没有亲眼看见过这么一回事。

由于不善言辞，岳父直到今天也没有和我这个贤婿好好促膝谈心过一回。我不知道能和他谈些什么，他好像也没有需要和我商量的事。2009 年初，我们即将动身前往武汉定居前几天，我意外地收到一封“呆头鹅”转交的信。信是岳父写的，他不能以口头表达对于我们离家的复杂心情，转而求助于书面形式。岳父在信中说，他和岳母支持我们去外地工作和生活，并提出让我们不要挂念他们。文字虽然平淡，但可以想象出老人家心里自是五味杂陈，说不出的离别苦楚。

我结婚那年是三十岁，婚后三年施戈才出生。那一年，我父亲已经去世一年多了。在广西农村，老人家看到孙子哪怕只看一眼，才会安乐离世。从这一点来说，我隐约有一种对不起老人家的感觉。毕竟，那时我已老大不小，而父亲走的时候已是八十高龄。

时间飞逝太快，转眼间结婚已经21年了。

2015年1月19日

北京生活

无论是在南疆、中部，还是北方，我的应酬都不多，尤其是为了认识朋友而有意出去找饭吃，这种事情不会发生在我身上。只是既然还活着，总得吃个饭啥的，吃来吃去，最喜欢凑热闹的还是和性情相近的几个朋友间隔三两个礼拜，去离单位不远的简易餐馆小聚一聚。

南北有别，餐桌上的风格更是迥然不同。譬如说，南宁的饭局，只要你喝了一杯酒，同桌肯定会有英雄向你劝酒，而且劝酒的力度非常大，你非得喝不可。如果不喝，英雄什么样难听的话都说得出口，酿成不愉快并非罕见。北京也劝酒，但如果你真心表明今晚不想多喝，即使有人知道你的酒量气壮山河，也不会出现“不喝不是朋友”如此索命般的架势。总之，南宁的劝酒渗透着“你不醉我就不爽”的狼兵习俗；而北京的劝酒似有行政性质的走过场作风：我敬酒了，盖不盖公章随你。

任何人对故乡最忠诚的莫过于他的胃口，背井离乡的人最渴望的是能够吃上家乡的风味。北京到处都有各地特色餐厅，想吃什么派系的菜都不难做到。问题是，几乎所有的“外地菜”都是京化了的外地菜。我走进过数不清的粤菜馆，从来没有吃过一道让我心甘情愿地认可是粤菜的“粤菜”。比方说白切鸡，充其量是白切的鸡，口感与“白切鸡”相差至少五十年，有些时候甚至根本就不是鸡！

在北京吃的桂菜也是貌合神离，“老友粉”只有粉而没有老友，“炒猪杂"只有肥肉而没有猪杂。这也不能怪谁,能够吃上正宗桂菜的只有在广西当地才有可能,要不然便不正常了。所以,到了今天我在北京宁愿吃北京菜,也不再一定要吃广西菜。

北京菜之中,我首推涮羊肉,原因是可以清淡,可以自己挑选调料。对我来说,饭菜最重要的一条要求是不能太咸。我不怕辣,不怕膻,就怕酱油和盐放得太多。在医院食堂里,我最常吃的只有这么几种:①面条,因为可以兑水;②馒头,因为不需要放盐;③羊汤,因为可以请师傅现场少放盐。

北京有很多风味小吃,不经常吃的话还是挺好吃的。每次都有朋友向我介绍各种甜点的名称,迄今为止除了记住"驴打滚",我没能记住任何一样别的名称。我之所以记住了"驴打滚",完全是因为在武汉吃过,而且我觉得汉版驴打滚甚至比京产驴打滚味道更胜一筹。记不住那些特色风味的名称不能全怪我记忆力不行,根本的原因在于那些个名称大都古里古怪。

同样古怪的还有北京的地名,古怪的程度几近不正常。我家现在住的这个地方叫作"英家坟",有一个很平常的村落叫作"奶子房"。至于一些诸如"五棵松""骚子营""北京西客站南广场东"等诸如此类,那都还算是平常的。

小孩变化比大人快得多。施戈每次回广西基本上不再专门去吃广西的特色。他本来就不喜欢吃中餐,如今更是强调主食最好不吃米饭,而吃面食。妹妹在电话中和我对话时基本上是一口标准的普通话,只是面谈时受语境影响难免带有南宁用语习惯。说来真是神奇。

我本人最显著的变化是已经完全适应了北京的干燥气候,咽喉部已无任何不适,皮肤过敏状态倒是比原先严重一些。到了今天,倒反是回到南宁不再适应那里的潮湿和闷热，以至于我们最近卖掉南宁的房子时没有丝毫的不舍情结。

2015 年 3 月 7 日

大孝子

谁都能断定，我和印光主任是两个慈眉善目的中年成功人士，这样憨厚老实的男人永远不会算计别人，而且几乎不介意被他人算计。这是我们的好命，拥有这样好命的男人必定长寿。再过33年，我们会依照同样的布局再约合照，那个时候我们将是鹤发童颜的耄耋老者。

说起这个世界真是小得不靠谱，印光主任居然是老肖家的远房亲戚。他俩似乎从小就认识，因为印光主任留给老肖家族一个妙趣横生的小名。20世纪90年代，每当听到老肖亲切地称呼他的小名时，我百思不得其解，只是觉得甚是有趣。我估计老肖也说不出一个所以然来，只不过随着家里人习惯成自然地叫开去而已。无论如何，这肯定是一个亲善的家里人说法，不然不会那样浓情弥漫满山冈。

真所谓同人不同命。尽管印光主任和我都出身于吃不饱穿不暖的农村，但他于20世纪80年代居然傻人有傻福地寻觅到了真爱。他的女朋友好像姓吴，是一位小学老师，数年之后生米煮成熟饭自然变成了谭大嫂。吴老师贤良淑德、秀外慧中，总分甚高，气煞当年医院里的不少小姑娘。相反，几乎处于绝地的我，每天晚上除了形影相吊地去到新宾邮电所尿骚冲天的简陋录像厅，伸长脖子观看五分钱一集的电视连续剧《霍元甲》之外，经常无所事事，其状甚是悲凉。

1982年8月至1984年8月，如果我像当今社会某些倒霉的老人一样跌倒在新宾镇街头，即使被来自医院里的同龄姑娘们碰巧遇见，相信她们当中绝不会有一个愿意出手将我扶起，理由为我是从农村闯荡出来的穷青年。她们倒不是担心我会像歹毒的老太太一样讹钱，而是懒得理睬我，任由我磕伤伏地直至股骨头坏死。人世间的道理永远是那样清晰而简单：她们不可能对我有好感。尽管我是一个胸怀祖国、放眼世界的有为青年，但她们看不出来。她们只捉现贼，不抓逃兵。

印光主任比我年长几岁，和我一样均为正常人。所以，我猜他在遇见毫无缺点的吴老师之前或许也曾为医院里的某个女神神魂颠倒过。如果吴老师看到这篇文章，千万别生气，你战胜了医院里所有看走眼的姑娘，你赢了。据我所知，那些姑娘的夫君们到了今天无一人的收入能和印光主任的工资＋出差补助相提并论。

至于印光主任青春好梦中的清新女神，可能真的有个把。印光主任的酒量非我能及，虽不至于千杯不醉，但百来杯不醉的实力怕是有的。每次聚餐酒过三巡，总能见到他掏出手机拨通当年一个小姑娘（如今应该已是经常不洗手的祖母或者外祖母）的电话，说一些从前的趣事。当然，这些趣事都是真的趣事，绝无不正当之言。

印光主任绝对没有故意伤害人家的心思，更无示威或暗示女神"你该后悔了"之意，或许那段岁月不经意之间的一丝丝遥想在他心目中仍然有一点点暖意。此乃人之常情。

作为有福之人，印光主任和我一样都是十足的大孝子。他告诉我说，他的母亲已是一位 90 多岁的老人，他只要有时间就会驱车回到乡下看望老人家，尽可能多陪老人家多聊些时日。这些事情，也正是我当年常常做的。如此说来，广西宾阳县有两位幸福吉祥的农村老太太，她们目不识丁却含辛茹苦地各自养育出了一个有大出息的孝顺儿子。

印光主任也玩微信，其风格与我的微信迥然不同。他微信里的照片点滴记录回家探望老母亲或者自己下乡扶贫工作的感人瞬间，而文字则是转发名家的一些心灵鸡汤。我的微信则以转发自己的精彩博文和胡诌的“韩老六”系列见长。

多少有些惆怅，我在北方，印光主任在南方，不能常常见面。

2015年9月29日

又必须借点钱了

刚刚打飞的赶回家，洗过澡，吃了一碗糯米饭和一根腊肠，坐下来写点东西，然后睡觉，养足精神明天赏雪景。

生活的重担是异常沉重的，压得我积劳成疾断续出现了气道高反应性的相关症状，如干咳和轻微喘息等。想当年，成家立业之后、进京工作之前，我从来没有感受到金钱短缺的压力，吃穿住行不愁，而且样样都越来越上档次。北京的生活成本太高，日子过得略微有些艰难，不过这种艰难不会导致我感到不愉快，因为我是一个积极向上的人。

我变卖了所有的房子，并耗光了所有积蓄才换来了位于医院附近的一套三居室房子。就房子本身而言，整体可住性远远比不上我家原先在武汉或南宁的房子。目前，我施白劳每个月向黄世仁家交的地租就足以在老家养活数十个穷苦的乡亲。

因为急着用钱做一桩事关施家千秋万代的大事，我不得不再次向亲朋好友借钱，而且数目不菲，好几十万元。借钱是一个天大的学问，其博大精深不输周易八卦。我属于正常人中最正常的那一小部分正常人，再好的朋友开口向我借几十万，我绝对是不能轻易下决定的。即使我这一关勉强闯过去，“母老虎”那一关更具有鬼门特征，活着滑过去的可能性微乎其微。

每个人都会有很多朋友，我也不例外。有些很好的朋友，家里的余钱不多。他们和我一样依靠领工资吃饭，各有各的大支出，要说拿出十万八万现金谁都没有太大的难度。大难度在于，世界上所有的“母老虎”都不好惹，所以，这一部分好朋友是不可以为难他们的，否则他们很快便会生死不明。

一些做生意的朋友，表面上摊子挺大，光房子就有七八套，自己开办的公司有几十号员工，营业额也相当可观。但是，我相信他们手头上能够周转的资金恐怕还不如我多。不是我的钱多，而是他们的机动现金太少。所以，这一部分好朋友也是爱莫能助，向他们开口唯一的结果就是加剧其忧郁的症状。

和我有血缘关系的亲戚都生活在广西农村，个个都穷得叮当大响。不要说向他们借几十万，就是借几十块也全无可能。实际上，只要他们不连珠炮般向我借钱，我就认为人世间无限美好，遍地欢声笑语。

这不等于说我一点办法都没有，办法还是有的。我打出的借钱电话只有三个，电话连通的当然都是我心里有底的好朋友。其中一个大哥的钱全都套在充满血腥的股市里，面对我的求援欲哭无泪，发不了功。其他两个当即以迅雷不及掩耳之势凑够了我所需要的数额。这笔钱将解我燃眉之急，助我苦渡难关。

看来，生养施翩的事只能在梦里实施了。我身体很棒，但确实没有那么多钱承担施翩成长过程中的教育费用。现在，我已经不敢再奢想第三胎，开始喜气洋洋地憧憬早日抱孙子的美事。

2015 年 11 月 21 日

普通话大有进步

下午下班之前，我就郑重其事地电话告诉小的们说：CCTV2 晚上 8:30 的“经济信息频道”将播放他们的家长就雾霾对呼吸道的影响发表专业观点。我神气活现地说这事的时候，没有人表现出惊喜。待到我在外面搞了一点点微小的腐败晚餐回到家时，发现电视根本就没有打开，施戈和妹妹各干各的事。此时此刻，我真有一种不是亲爹的感觉。

我的手机里已经下载好了已经播出的两档节目，于是招呼后代们前来围观。除了上述 CCTV2 的节目，还有上午 11:25 前后 CCTV13“新闻直播间”播出的另一个访谈节目。有点慰藉的是，施妹大体欣赏完我飞扬的神采，而施戈负隅顽抗到底，一眼也不斜视。还是原来那句话：养女儿的好处多过养儿子。

我问施妹：“爸爸的普通话是不是已经相当不错？”施妹和我一样实诚，回答道：“确实有进步，但有点不太自然。为了讲究发音正确而显得犹豫，有点儿磕巴。”能够得到满口京腔的妹妹一个不很负面的评判，为父已经很知足。

作为一个在广西土生土长、15 岁之前不曾说过普通话的人，尽管三年多以前才有机会日常听到标准普通话，我坚持夜郎自大地认为我的普通话不能算是差的。实际上，过去几年以来我一直在为此努力，会随时随地向北京本地人请教拿捏不准的发音。到了现在，大部分的常用字发音基本上不再有大问题，最有待改进的环节在于说话的“调调”尚未脱离南宁普通话的韵味。

我曾说过，我的语言能力是相当强大的，一些略微糊涂的人甚至断言“我的英语说得比普通话还好”。除了壮语不懂，我能百分之百地听懂广西各地所有的方言，包括客家话。我在桂林市区说桂林话，连的士大佬都不相信我不是桂林人。我在南宁说白话，基本上就是西关路土著“七黑肺”的底蕴。

三年多前，相信有不少同事不能完全听懂我所说的话。今天，我不相信还有这样不食人间烟火的人。不是我的北京普通话逆天性大改观，就是他们已经习惯了倾听广西普通话。十余天前，一位属龙的同事科学地下结论：我的普通话提高了 20%。三年就能改善 20%，也算奇迹不是？

由于已舌硬，我本辈子不再有可能将普通话玩出北京老胡同那种连绵翻卷舌根的神奇，但不断进步那是必须的。我希望能说出比较标准的普通话，目的很单纯，就是希望能说出比较标准的普通话。操一口浓郁的南宁腔调当然没有啥不好意思的，但毕竟不标准。

有一个非常有意思的现象：一旦回到南宁，无论我如何努力就是发不出 zhi、chi、shi 等卷舌音。可见，语言环境实在至关重要。

2015 年 12 月 9 日

老人的心

几天之前，我在机场的停车场里等人时突然接到了老岳父的电话。岳父电话的内容在我看来不太重要，但从中可以感受到老人对我们的牵挂，这让我心生诸多感慨。

平日里，我和老人家沟通的机会不多，即使我每年多次回广西探望他，双方的话也不多。相对而言，我和岳母说的话略多一些，尽管和岳母说的话也不是很多。总的说来，我和自己的父母相处得不是太好，与隔了一层的岳父母相处不是世界上最好的那种级别，但还算正常。每年的寒暑假，我们都会带着施戈和美儿回去看看老人家。

都说父辈的心是一口古井，井的深度是子女丈量不出来的。可能不是子女丈量不出来，而是懒得去丈量，或者说没有想到要去探测。但是，不管你丈量与否，井都会守候在那里，无时无刻不关注子女的一举一动。

到了今天，我对施戈和妹妹是有意见的。他们离家之后从来没有主动打过一次电话给他们牵肠挂肚的父亲，每天的电话都是我打过去的。有时候，我略表不满，明问为什么没有主动打回电话，他们的回答总是振振有词：没事打什么电话？反正你会打过来。

没有别的解释，只能说我们的教育是一代接一代的失败。想当年，我从来没有和自己的父母交换过任何意见，更不要说商量某一件具体的事情。我自己人生中的事情，全都百分之百地出自我一个人的感觉和谋划。

岳父在年前(腊月廿九)的电话中,以少见的坚定口气让我们马上叫美儿回到国内继续读高中。今年八十有二的岳父在给我打电话之前显然做了许多功课,他提出很多理由:①两个子女都不在身边,我们年老之后会很孤独;②美儿成绩很好,在国内考上重点大学甚至清华都没有问题;③中国留学生在美国太多,他们只敢欺负自己的中国同胞,女孩子漂泊在海外是不安全的……

岳父可能担心我没有耐心听他说完,所以语速特别快,后面的话没听太清楚。我诚恳地倾听着,不时还附和几句简短的客气回话,但不知道应该如何向老人家解释。我只能希望,老人家能够尽快放下心来。

结婚之后所有的大动作,我本人都不曾与岳父母商量过,都是"母老虎"回去向老人家告知我的决定。于情于理,我可能没有将事情做到最合适,现在想起来,确实有值得反思的地方。这些应该事先沟通而从来没有做到的事包括:1994 年去日本留学、1997 年去美国留学、2007 年贷款购买别墅、2009 年调往武汉工作、2012 年调来北京工作、不久前将孩子们送出国门学习。

可以肯定的是,老人心里十分希望知道我们的一切。如果我自己能够亲自和他们说一声,他们将更加放心和舒心。当然,他们早就明白我不可能考虑别人的意见,尤其是他们两位老人的意见,因为不曾有过先例。

我心里很清楚,岳父从来就不曾停止过对我们的关注。19 年前,在施戈出生之前,老人家从施戈妈妈口中得知我已经为即将出生的儿子取名"施戈"时,岳父有些急了。"戈"字广西宾阳县的土话里发"锅"音,"施锅"叫出口不雅听。岳父 20 多年前就已退休,原与我在同一家医院工作,退休前是专门负责血气分析的副主任技师。他工作勤勤恳恳,但看书不多。在给孩子起名的问题上,我当然不可能和老人家商量,更不可能听取他的意见。

老人家不依不饶，甚至提出将“施戈”改为“施柯”，这样算是照顾到了我的想法，因为“柯”的普通话发音与“戈”相近。我不便多做解释，只是笑而不语。岳父为此事揪心了很长的时间，施戈妈妈一次在我离开之后对岳父说：“这个名字他想了很多年，怎么可能会听您的意见？”此后，才没有听到老人家继续为给外孙起名的事操心。

如今，我自己也已经变成了在小孩面前嘴巴越来越多、越来越碎的老父亲。有些时候、有些事情本来也知道对儿女们多说无益，但无论如何就是控制不住，总是担心他们这也做不好、那也做不好。尽管我明白，说了也是白说，但白说也还得继续说下去。

对子女来说，父母一开始就是古董的老人；对父母来说，子女是永远需要操心的幼童。

2016 年 2 月 9 日

凤凰男的婚恋死穴

我必须抢先旗帜鲜明地表明我无限正确的观点：我必定无所不用其极地反对我的宝贝女儿将来要嫁给一个凤凰男，即使比我更优秀也不行。如果那样痛苦率几近100%的坏事真的发生，我没有理由不痛苦。作为一个标配的凤凰男，我理所当然地了解凤凰男的思维习惯及其背后的乡亲讹钱团。

除了“凤凰男”一词，好像没有“凤凰女”一说。有没有都没有关系，反正，我也必须旗帜鲜明地反对我的儿子将来与凤凰女谈成亲事。这样的悲剧是不可以发生的。

如上所述，我是一个标配的凤凰男。1982年中专毕业参加工作之后，我也曾希望找一个像点模样的女朋友，但这事比登天还难。我一开始就是一个以貌取人的正常小伙子，而长得略有几分姿色的姑娘无一不是城镇户口。我当年的悲情全都展现在前文《当年境况不太妙》里了，说多了都是泪。直到今天，我仍然时不时翻出这篇文章自个儿从头读到尾。每一次阅读，都免不了心生诸多感慨。乡下人，哪怕是已经从乡下通过奋斗杀进城里的乡下人（比如我），与城里人之间的鸿沟自始至终是存在的。我的好运气在于，这道鸿沟从来就不是太深。

我家“母老虎”是一个贤良淑德的南宁姑娘，是国家机关的公务员。必须实事求是地承认，她的心灵真的很美。她婚后告诉我说当初和我谈恋爱时，可以明显感受到有些女性亲朋好友看待她找一个凤凰男的眼神有些飘忽。尽管没有人好意思明说不妙，但不屑的口吻是掩饰不住的。

说我的运气很好，不如说我的个性不一般。我的想法从小就与周围的人大相径庭，绝对不在乎别人对我持什么样的态度。从小到大都这个样，永远不会改变。我并不认为我身上有太多的乡土气息，我从来没有因为出生于农村而给我的家庭带来额外的麻烦。

1979 年，我十五岁的时候就成功地逃离了农村，此后虽然在学生时代的寒暑假回到乡下，但没有机会“接受贫下中农的再教育”。也就是说，我脑子里几乎没有乡土观念。直到 2009 年初，我们离开广西时，从来没有一个乡下亲戚能够成功地在我家住过一个晚上。如果有亲戚来探亲，我会百分之百地安排他们住进附近的旅馆，给他们安排妥当上好的伙食。

一开始，他们也很不爽，背地里大骂我翻脸不认人，不讲仁义道德。对于彻底洞悉人性的我来说，要处理好这样的不和谐从来就不是难题。要想乡下亲戚说我有情有义，招数非常简单且良效立竿见影。时不时塞一把钱过去，一切乌云自动散去，阳光立马普照大地。仁义道德怎能敌得过孔方兄的威力？如此这般，不再有亲朋好友想到要来我家叙亲情。我需要的是看书时间，我需要的是家人免受与他们无关的一切干扰。

我最大的幸运之处在于没有同胞兄弟。如果有三四个哥哥，生计肯定不能有如今天这般得以轻装上阵。首先，哥哥们建房子时，我必须“借钱”给他们中的每一个人；其次，他们家的某一个人生病住院时，医药费的全部或者大部分理所当然地由我来支付；再次，他们家中的某一个孩子考上大学，学费必定来向我索取；最后，母亲有可能定期带着不同的孙子孙女进驻我的家，将我本来窗明几净的家捣鼓得差不多全毁之后随即战略撤离。上述都是必考题，此外的加分题还必将多如牛毛，其中肯定包括借

2009 年，和儿女在书房里

助父母名义出招的诈骗和勒索费。

给三四个兄弟分钱还得讲究平衡艺术。如果回去过年在餐桌旁给每家分同样多的三千块钱，相对贫困的那家必定不高兴。那个哥哥会在第二天来拍桌找碴："我家这么困难，凭什么就只给三千？"如果你多给他家两千，少拿两千的那个哥哥必将冲杀过来："你狗眼看人低吗？"他们都不傻，需要用钱时一般都是单枪匹马神不知鬼不觉地摸黑前来畅谈手足情，不可能让第二个兄弟知道内幕。上述这些貌似荒诞的情况都是发生在与我际遇相类似的数位朋友身上的真事。

我们早早就花费不少钱在老家搭建房子，以便父母有一处体面的住所安身，尽管那时我们的收入还很低。不用多说，我们给父母留足超标准的伙食费，为的是不让婆媳有频繁接触的机会。我觉得这是我人生当中非常伟大而英明的大手笔。一个城里长大的姑娘，与自己的亲生母亲都难免发生战争，有何可能与一个基本不讲究卫生习惯的农村老太太和平共处？这不是一个道德层面的问题，而是一个双方能否好好生活的问题。

人是有智慧的，我尤其不可能遭遇棘手之事。那样完美地处理家庭事务，当然不影响我们对老人家的孝心。几乎每个月，我们一家四口都会回乡下探望老人家。在村民们神往的目光中，老人家美滋滋地看着我率领媳妇和儿女们耀眼地驱车驶入村子，接着骄傲地从车后备厢搬出成堆的珍贵物品，让堂侄们发扬愚公移山的精神肩扛到家里去。如此光宗耀祖，正是农村的老人们所需要的。所以，长年以来一切平安无事。

还有很多辛酸唏嘘，不想写了。总之，凤凰男不好当。我之所以还过得不错，完全是因为我没有遇上其他很多凤凰男那么多的麻烦事。更重要的是，我从来不将自己当成凤凰男。所以说，心态很重要。

2016 年 2 月 12 日

人终归是要变老的

因为八十多岁的岳母近日病情加重，“呆头鹅”昨天晚上飞回南宁探望。反馈回来的信息说，老人家整体每况愈下，留在人世的时间怕是不多了。

岳母几年前曾经卒中过一次，恢复得还好，没有留下严重的后遗症。但是，卒中之后身体状况就开始走下坡路，不久便不能步行出门，过去一两年一直卧床。老人家可能还患上了老年痴呆症，施戈去年暑假专程飞回南宁看望她时，在我的大声提示下尽管还能想起这个外孙，但她看施戈的眼神已经很冷漠，显现不出丝毫的亲情。当时，我坐在旁边顿生失落感。

这段时间，老人家卧床的体位长时间不变动，主要的症状是全身疼痛，尤其是被人搬动时。我娘临终前一年也出现同样的症状，甚是痛苦。因为长时间不动，全身肌肉萎缩，四肢大关节周围的软组织逐渐纤维化甚至钙化，这种情况下稍微活动就会引起剧烈的疼痛。我娘走的时候，一侧膝关节弯曲僵硬固定，无法变动，显然已经钙化。

这让我想起一个沉重的家庭和社会问题，那就是如何养老送终？在这方面，西方国家的观念比较合理，做法也比较科学，那就是主张老人生活不能自理之后便住进老年公寓、养老院，或护理院。他们将在专业人员的帮助下接受临终关怀，平静走完人生的最后一程。这些观念和做法在中国尚未得到广泛的接受。我娘还清醒的时候一再交代，千万不能将她送进养老院，说宁愿尽早死掉也决不去受那份罪。

为了照顾我娘，我一个姐姐全职在家里伺候她。每天喂饭、洗澡及其他清洁工作，那是非常大的负担。久病床前无孝子，这个我是有体会的。但是，如果作为一份工作，由从事这个职业的专业人员负责，质量肯定会好得多。同样重要的是，因为养老院是一个经营机构，很多工作流程是固定的，费用应该更为低廉。再说，那样不需要过分折腾家里的人。尽孝道是天理，人人都要给老人养老送终，但社会应该分担一些基础的工作。一个很现实的情况是，子女也要工作，也有自己的家庭生活。这个问题很复杂，需要更新原来落后的养老思维。

我们正在考虑将老人送到附近的江滨医院，一来可以让老人得到更专业的看护，二来也能减轻家人的负担。现在照看她的保姆干得不错，但再好也不可能与医院相提并论。到了现在，老人家的思维已经不太清晰，对于住在哪里已分不清了。送进医院的想法很简单，去了就不回家了。

人生真是无奈，谁都会变老。我娘走的时候，因为罹患老年痴呆的缘故，说话很刻薄，仿佛专门挑那些特别让人难受的话来说，而她从前不是这样的。这样的人生终末阶段，大概也将是我们大多数人老了以后的情况。个体有差异，但万变不离其宗，这就是人生的规律。

说来有点神奇，近几年来我经常梦见父亲母亲，尽管父亲早于 80 岁之时在 1996 年就去世了。更神奇的是，现在梦中的父亲已不再如从前的梦境中见到的那样凶恶。不管是梦见父亲还是母亲，再也看不见他们的颜面，看到的都是一个模糊的身影。梦中似乎有几句简单的对话，至于说了些什么，醒来全然记不得。

2017 年 1 月 8 日

人生有太多缺憾

南宁是个小地方，邻里之间的交往相对比较频繁和深入，尤其是那些差不多同时走出校门工作的人，在没有利益冲突的情况下真情促膝谈心的机会很多。因此，彼此之间各方面的状况就很容易了如指掌。

对于自己个性不太好这个微小的缺陷，我是心知肚明的。我与父亲的关系不好，与岳父岳母的来往也不太密切。纵然心中知道生活中有诸多做得很不到位的地方，也知道如何改良，但日拖一日，终究没有实质性弥补。有时候想来，真是不应当。

我非常羡慕能与岳父和(或)岳母相处得血浓于水的人。在我的印象中，柳博和岳父情同父子，他们爷俩儿居然可以结伙去郊外的江湖池塘钓鱼！这种事对我而言简直就是天方夜谭，非情到深处而不可为也。同样让我震惊的是，阿福能够成功地和岳母一同前往百货大楼选购衣物，这几乎是全国道德模范或年度感动人物才能做到的事情。

作为事实，岳母对于我这个千里挑一的杰出女婿从第一天开始就钟爱有加，而且越看越满心喜欢。起初，我时不时随“母老虎”回家吃饭，岳母会用她的筷子夹她认为好吃的白切鸡往我的饭碗推送。我喜欢吃的首先是鸡头、鸡脚、鸡翅，不太喜欢又厚又不好咀嚼的胸脯肉，而岳母则认为那是全鸡之中的精华极品，这就让我很为难。更重要的是，我作为人民的好医生是不能接受任何人用他/她的筷子给我夹菜的。后来，我意识到解决这个大难题的方式有些粗鲁——通过“母老虎”传话过去，请求岳母终止该种不卫生的习惯。

岳母好像永远改正不了这个天大的错误。此后若干年，岳母不再直接将肉菜夹到碗里，而是更换了另外一种方式。她仔细地用筷子从整碗鸡肉中翻找出她认为好吃的那几块，放到靠近我一侧的碗边，然后用筷子尖端不断点击她希望我吃的鸡肉，说：“小施，吃这块肉，这块好吃。”岳母坚持这么做的后果是，我逐渐减少到她家吃饭的次数，直至后来几乎不去，哪怕是逢年过节。

十几年前，岳母有一次罕见地问我能否带她出门旅游一次，那时她刚退休不久，还能长途走动。我当时没有出声，确实没有想过和岳母一块儿去旅游这一档子事。老实说，就算是我自己的母亲，恐怕也做不到。不是忙得不可开交的事，也不是没有这点钱的事，现在只能说真的没有这个孝心。

上个月 25 日前往殡仪馆为岳母送行时，心里顿觉十分难受。很多小事，平时不想似乎都很自然，一旦想起来还真闹心。在双膝下跪行三叩首礼时，我的双眼是湿润的。

2017 年 3 月 3 日

老职工恳谈会

这两天正是全国各地考生填报高考择校志愿的日子，我干这种事是在33年之前。33年前的今天，我作为化验员在广西宾阳县医院上班，一个月之后收到了广西医学院的入学通知书。收到入学通知书之后不久，我便办理了离院手续，为9月初开始的学生新生活做准备。

完全得益于印光主任和钟奇的用心安排，三十多年前曾经在宾阳医院工作过的多位老同事得以于大前天(6月24日)在南宁聚了一聚。其实，目前在南宁工作和生活的老同事远不止这么多，毕竟不是院庆，也不是老东家工会组织的爬山运动会，所以无法邀请全班人马到场。早在一个多月之前，我就草拟一份比较熟悉的名单，交由两位大哥安排。还好，除了我的舍友黎明前往柳州参加他们的同学聚会之外，其他老同事悉数到齐。

说起来真有缘，老肖的夫人居然曾经在宾阳医院工作过。因此之故，我们盛情邀请老肖前来相聚。很遗憾，他因为另有事务缠身而未能成行。印光主任特别交代的两位宾阳籍医科大教授天壬院长和钱卫教授来了，两位当然都是我乐于见到的浓情老乡。钱卫教授与会尤其有意义，因为他是我们钱峰老院长的大公子。因为全方位、无死角乐于助人，钱卫教授的人缘极佳，足足认识半个广西的人民群众。在我的印象中，只要不涉及偷鸡摸狗的违法勾当，在广西就没有他办不成的事。说来好笑，我2012

年进京之前补考的驾照就是钱卫教授的弟弟钱毅小兄弟全程陪考才弄到手的。

那天晚上，我们相约来到位于医科大学附近的一个学术中心开会。别的我不太关心，有白切鸡啥事都好商量。实际上，每一次回南宁，除了米粉就是白切鸡，这两样东西真是百吃不厌，不让吃准能生气。正如前几天所说的那样，我已经厌恶白酒，所以自始至终不再主动出击，改为被动热情迎战。

岁月无情。想当年刚刚参加工作之时，我们都是朝气蓬勃的青年人，如今都已是年过半百的迟暮人士，其中不少人已经喜迎佳婿或贤媳。我注意到，在场所有的人在使用手机观看刚刚拍下的照片时，都不由自主地将手机推向遥远的天边。也就是说，老花眼不是昨天才翩然而至的。

正式会议之前，印光主任居然"一票男丁"地打牌，这让我惊诧不已。自从二十多年前和吴聪主任组成高级合作社之后，我就不再和异性朋友切磋过拖拉机牌艺。这里绝对不涉及性别歧视这样重大的是非问题，不然恐怕要被滔滔不绝的长江口水淹死。就事论事地讲道理，仅就印光主任当天玩得不亦乐乎而言，他的牌技肯定好不到哪儿去，要给他评个"小升初"级别还必须走后门送礼。

我们自然而然地缅怀逝去的蹉跎岁月。正如在前文所说的那样，我去宾阳医院工作之前就做好了离开那里的明确打算，所以并没有将那两年的经历看得太重。尽管有意漠视，那两年毕竟是我最青春的年华，那段年华激荡着我作为怀春少男的一切热情。到了今天，我回乡下老家每每路过县医院的大门，心头难免怦然一跳：这是我曾经工作过的地方。

那个时候，整个化验室连我就只有五位工作人员，其中的两位已经驾鹤西去，其他两位都已是年届耄耋的垂暮老人。自始至终，我们五个人从来不曾坐到一张餐桌旁吃过一顿饭。最近一两年偶尔想起这一码事,心里头有一股酸酸的难言感受。

我的态度仍然没有改变,我对于那家医院从来没有感情,我个人的感觉是一个匆匆的过客。事实的确如此,当年我真的很少在周围的人身上感受到善意。这样的体验对我而言谈不上伤害,但至少不会有温情。作为事实,我自己对于其他人或许也没有表现出足够的善意,这该是我值得反思的地方。现在表达这种情感,当然没有谴责任何一个人的意思,因为任何人都没有平白无故对他人行好的义务。我只是希望能够真实地陈述当年的心境,因为此种心境对日后的工作和生活产生了深刻影响。

那天的聚会,我本人非常开心,看得出来大伙儿也非常开心。在座的各位当年都是在一块儿工作的同事,时至今日也都是普通人,没有暴富的大老板,没有高高在上的公仆,这让我们得以畅所欲言,情到深浓之际甚至可以简单爆粗一句,煞是痛快。正因为玩得淋漓酣畅,所有的人都希望能尽快安排下一顿饭菜。

2007 年,回工作过的县医院参加院庆活动

上一次聚会发生在十几年之前，钱老院长还曾兴高采烈地加入我们的欢乐开怀。那时也曾说好要尽快聚一聚，可是相见却是十多年之后的事。老实说，我真不知道大伙儿下一次坐到一块儿会在什么时候。五年？十年？

真心希望能尽快。

2017年6月27日

33 年前工作过的县医院

南宁的气候异常闷热，在室外稍事活动立即全身大汗淋漓。如果有人胆敢每天不换洗衣服，那一定是在腌酸菜。

热闹非凡的中专同学聚会于昨天上午结束，同学们最迟于午餐后撤离出了会场。我没有在那个郊区宾馆吃午饭，改为和吴聪主任一块儿去到桃源路的一家米粉店吃南宁煮粉，那是早餐和午餐的二合一。在那里，我们各自吃了一碗三鲜和一碗牛肉煮粉，除了剩下少量的汤没喝完，干货好像都吃完了。转移到另外一家宾馆午休之后，我于下午三点半左右和钟奇两人驱车赶往宾阳县城，最核心的目的是解解馋，已经很久没有吃到家乡的特色风味了。

开饭之前，我和钟奇专程拐了个大弯去到宾阳县人民医院走一趟，我们俩都曾在那儿工作过。我离开医院之后的第二年亦即 1985 年，钟奇夫妇也绝尘而去，双双调往南宁工作至今。我们来到医院没有明确的目的，事先也不联系什么人，就想下车走走。有一种说法，说是故乡只能存在于梦里，回到现实中的故乡，梦就再也做不成了。我同意该种说法。

整个医院除了医院的门诊大楼以外，医疗区和生活区我们那个时代的建筑物片甲不留。门诊楼内外都进行过多次修葺，现在的样子自然是洋气多了。

我们来到刚刚投入使用不久的由住院部、医技部和急诊科组成的综合住院大楼看看。我们那个时代的住院部全都是一层房屋，狭小简陋，境况远远不如今天的乡镇卫生院。由于国家经济实力的增强，全国各地县级医院的硬件和软件建设都发生了翻地覆地的大改善。现在强调医疗资源下沉，看来已经沉到了县医院这一级别。

当年的化验室只有五名检验工作者，大部分化验都是手工操作。在那里，我练就了一身炉火纯青的抽血技术，不管是动脉血还是静脉血，不管是小伢伢还是老阿婆，我几乎都是一针见血，一般不会再戳第二针。

我们来到位于医技部二层的新检验科一看，顿时傻了眼。粘贴工作人员头像的壁报显示，现在的检验科总共有26名员工，我只认识其中的一位。除了我认识的老主任之外，其余的员工都是清一色的年轻人。说起来一点儿也不奇怪，我离开这家医院已经33年了，期间发生了多少事，谁能说清楚道明白？

因为是周日，我们没有看见工作人员，也没有看见病人，没有机会走进工作间看看现在的检验仪器和其他设备。不用看也能知道，今天的条件绝对不是33年前的东西能够比拟的。

我的资格应该是这个科室的鼻祖级别，因此之故以老屁股的身份，建议壁报上那些女同胞尽快更换照片，因为女性打领带拍摄工作标准照是非常不合适的。

我当年住了两年的宿舍位于门诊大楼二层的一侧。2012年5月17日那会儿，这个房间属于“心内科-呼吸内科”的一间病房。我1982年搬入这个房间之前，钟奇和另外一个从南宁分配到医院工作的五官科医生在里面住了一段时间，他们后来搬到一栋砰砰作响的木质二层楼房住去了。我搬入大约一年之后，黎明结束在柳州卫生学校的学习，回到西药房上班，也住了进来。

那栋著名的二层木质楼房是更早一些时候的门诊楼，1979 年我念广西卫校之前的体格检查就是在木楼里进行的。医院有了新的门诊大楼之后，木楼就变成了单身职工宿舍。我对于那栋砰砰作响的木楼有些奇怪的感觉，那里曾发生过一些与我有点关系的小故事，说起来颇为令人辛酸。

1982 年两栋最高级的职工宿舍中的一栋，每户都是两房一厅一卫，使用面积只有 54 平方米。化验室负责人老郑一家就住在一层右侧当头的一套房子里。我去过一两次，有些印象。就今天的生活条件而言，这样的房子太过狭小而昏暗，不可能适合我们这一代人居住。

2017 年 9 月 4 日

专程打飞的去喝喜酒

一想到广大人民群众正在遭受一场暴发流感的威胁，我的心就像被刀割一样，阵阵滴血、阵阵绞痛。近几天，我科也有很多个人中招，不是喉咙肿痛就是鼻涕三尺长。本人身体虽然十分威猛，但这一回合亦不能幸免，在过去一个礼拜之中说话鼻音雄厚，咳嗽之声一浪高过一浪，好在不发热，服用几天泰诺就管事，现在已恢复至往日的龙腾虎跃。

乐于参加亲朋好友家的婚宴是我们中华民族的传统美德，我当然不例外。在南宁工作时，从来没有机会回宾阳乡下老家参加过一场婚礼。在武汉工作时，不定期飞回广西探望老母亲，两次惊喜地在县城碰上两家娶儿媳或嫁女，欣欣然前往赴宴。在县城参加婚宴的特色是，一去就开吃，吃完就走人，决不拖泥带水。南宁毕竟是个省城，需要有文化，过程和感觉很不一样。

平生唯一一次从一个城市专程赶往另一个城市参加婚礼，那是昨天的事。特别值得一提的是，我赶的路是从北京往返南宁，一个在天寒地冻的北方，一个是在雾霾漫天的南疆。我愿意如此不辞劳苦而为之，两家关系自是不一般的亲近。新郎的父亲孔升三哥对我自小的帮扶，另文叙述。

参加婚宴之前，我和广西医大一附院原来在呼二病区工作的多个仙女在龙姐家欢聚乐开怀了一下。前两次飞回广西，来去两匆匆，确实没有时间安排吃吃喝喝之事。南宁这几天爆冷，出门超级不方便，省略了浩荡去园湖路喝鸟粥这个传统节目。

按人头带去十来本《医生心里话》逐个送人。仙女们拿笔让我签字，还准备了报纸打草稿以免写错别字。还真别说，不知道多少年不用笔写字了，很多常用字居然写不出来。在自己的书上签名的感觉是怪怪的，很担心仙女们中的一个递过一把半生不熟的芭蕉来挑逗一番。

2012 年我一到北京，社会空气就根本好转，能够出去聚餐的机会少之又少。在我印象中，北京的 K 歌房死得差不多光秃了，但南宁的歌厅事业却是红红火火。据说，白天去 K 歌的多是老头老太，不知道这些当年的革命小闯将们能唱出“心墙”这样的新歌否？到了晚上，歌厅就没有老家伙们什么事了，价码挺贵的。昨天晚上，我们也没有想到要唱歌。我去歌厅的目的不在于欣赏别人的歌喉，而在于以精湛的码术放翻三两个调皮的人。

今天回家，我托运带回了一只土鸭和两只土鸡，还有一大袋子绿豆肥肉糯米粽。从前，我出门回家，从不知道携带物资。如今，不带就不得食。形势逼人强啊。

2018 年 1 月 14 日

施总和众乡宗畅叙乡情

中秋节将至，广西老家宾阳县多位在北京奋力打拼的乡党说要聚一聚，这是一件很美的事情，一两个月来一回是可以安排的。上周末，我结束参加全国呼吸年会从苏州返京，步出机场直奔顺义的一个烤全羊摊子欢庆。烤羊肉不是我的菜，我是冲着说好的白切鸡去的。本来我不再相信北京本地出售的鸡能白切，但罗总口口声声说是专门从深山老林里精心重金选购出来的。鳏居老男人续弦这种事吧，不能够讲究对方还必须貌若天仙或五讲四美三热爱，找到一个声音不比自己粗犷的人类回家暖被窝就算命大福大了。我的意思是说，那鸡真的不能表扬，勉强算得上声音不粗，白切尚且能将就入口。

罗总是宾阳乡党中的一位豪情人士，据说北京城里各家店铺售卖的新鲜河粉都是他供的货。我来往比较密切的乡党有几位 20 世纪 80 年代初进京当兵，复员后就地闯荡从而打出自己的一片天空。还有几位考上北京的大学，毕业之后成为北漂，只是如今早已不漂。他们不但不再需要飘荡，都还在北京成家立业，娶上骄傲的北京姑娘为妻回家做家务，十分成功。因为十分成功，他们长期以来就以“总”互称，我因此得以多了一个响亮的称谓，是为“施总”。

在上周日吃烤全羊的晚餐大会上，大伙儿又约好要在望京的一家广西菜餐馆品尝烤乳猪。冯总说猪的祖宗来自广西环江县，但移民到了四川历经沧桑风雨已经好几代。我明明听到集合地点是位于北京城东侧的“望京”，但临时收到廖总的导航定位却是西郊的“门头沟”。施总偶尔大大咧咧，没注意看清地址就直接定位滴滴打车，走了好长的一段路发现不对劲儿，这才180度转向往东走。好在没有碰上大拥堵，还拿下了到达终点的冠军。

近几天有两位朋友寄来广西的月饼，咱家就算预备好了欢度中秋节的重要物资。不仅南北差异大，广西的差异也不小，印象中我就不曾吃过桂林那边的月饼。广西最有名的月饼当是合浦县出产的，尤以叉烧和五仁为上品，我吃过，确实是好。近来听说宾阳县老家的货也不错，但应该不是实情。印象中，小时候见过的月饼都坚硬如鹅卵石，孔升三哥的打狗队要是用此物来执法，不需要异烟肼，包管一饼一狗命。此处插叙月饼的神奇故事，用意在于弱弱地提醒乡亲们不必再寄来月饼，家里真的已有满仓的存粮，够吃了。

月饼不是惊喜，惊喜的是廖总昨天下午从南宁快运而至的马山黑山羊，而且是带皮的。吃羊肉不带皮，大致相当于洗头不用香波，痛快不彻底。在广西，只有马山等少数山区县饲养山羊。从前，我常和龙师兄开着那辆破丰田面包车去到南宁市郊一个叫作安吉的地方吃“清水煮全羊”，微膻清甜不腻，不在微信圈中拉票也能打满分。在广西医科大学不远处的“好友缘”餐馆吃到的“黄皮果爆炒黑山羊”也中，和老肖每次去就餐必点，同样必点的还有煎粽。

欢乐的时间总是过得特别快，我们吃着喝着很快就到该各回各家、各找各妈的时辰。席间，我们时不时说着宾阳土话，只是说着说着肯定会在某个节点拐回到普通话。尽管各位总们在北京打拼数十年，也没发现他们的普通话比施总好多少，一张嘴就是芦墟镇或者四和村的口音，很有一番别样情趣。

只卖酒只忽悠人喝酒但滴酒不沾的廖总搬来两大泡沫保温箱装载的黑山羊肉，我们好几位“总”各分取一袋。除了大半边胸腹壁，我还另得一个羊头和两条羊腿子。羊头肉好吃，但加工不好整。两只犄角忒硬，我先用重型菜刀砍，刀刃即时卷曲，接着改用铁锤敲，铿铿作响而秋毫无损，然后再找来小锯子，三下两下折断锯片飞出。咱家的锅不够大，带犄角的整个羊头装不下，不能煮熟后再加工。人是有创新精神的，我的创新精神在于活生生地以德国产小刀慢慢切割羊头表层的皮肉，效果还不错，连刮带挖还是可以扒下几乎所有的软组织。

廖总说，他下个礼拜给施总弄来一头冰鲜的巴马香猪，吃过之后能永远健康不用死了。

2018 年 9 月 8 日

结婚 25 周年

1993 年 11 月 29 日，我于 29 岁那年领证结婚了，到今天平平静静的家庭生活走过了整整 25 年的柴米油盐酱醋茶历程。为做事要留痕，也为一种仪式感，老两口特地去到朝阳医院东门对面附近的一家日料店吃了一顿晚饭。

2005 年，全家福

想当年，我要是考不上中专，初中毕业之后继续留在广西农村耕田，按照咱家里的条件怕也讨不上老婆。我 25 岁达到晚婚年龄的那一年，父亲和母亲分别为 73 岁和 70 岁，不但丧失了抢工分的劳动能力，反而成为娶亲征程上的拦路虎。在那个火红的年代，广西的农村姑娘找如意郎君一般不看小伙子有没有才华，也不看心灵美不美，只看家里有没有砖瓦房，只看家庭负担重不重，所以我是烂命一条，几乎可以肯定要鳏居到孤独老死。

作为小概率事件，也存在这样的一种可能性：大约到而立之年，可能有人贩子拐带一个骨瘦如柴的中年妇女去到施村问我要不要。所谓饥不择食，穷不择妻，屎急不择茅坑，我没有理由不满脸堆笑点头称是。在我们乡下，天底之下没有比娶老婆更重要的事。如果连这样的好事也轮不到我，还有一种残存的可能性，那就是若干年之后，有一个越南姑娘被带到我的跟前，然后一起关门睡觉。再过几年，越南姑娘生下一两个小孩之后于某一天消失得无影无踪。这种情况下在我们那里非常普遍，几乎成为孤寡老男人的人生必修课。

还好，我的命运不错，于 1979 年挺进城里，还好人有好报地于 14 年之后娶了一个城市姑娘回家结婚生子。这是一件多么值得自豪的大事啊！

2018 年 11 月 29 日

科学动筷

作为事实，我国是肝炎大国，尤其是经口传播的甲肝和戊肝等更为严重。有些感染性疾病不显得特别可怕，如幽门螺杆菌感染，那是因为与幽门螺杆菌密切相关的胃癌没有立马呈现，但其可怕程度始终存在。不知道被谁祸害的，反正我去年做胃镜检查经病理证实有幽门螺杆菌感染，后经郝主任下了一通猛药，这才彻底解除后顾之忧。

一个人胃里有幽门螺杆菌，口腔里就会有定植，该人用他的筷子在嘴里疯狂翻搅之后，再用这一双筷子狂戳餐桌上的每一碗菜，没有理由不将幽门螺杆菌成把成把地泼洒向公共的菜碗。当第二个同样不科学的哥哥动筷钳夹受幽门螺杆菌污染的五花肉入嘴咀嚼并吞下咽喉，他就等于承受了来自第一个哥哥送上门来的风险。同理，第二个哥哥再将成千上万的幽门螺杆菌闪送达第三个哥哥的胃袋子。很遗憾，很多胃癌在诊断的时候就已经处于丧失了手术机会的晚期。

我父亲有一个非常坏的毛病，我很小的时候就对这一坏毛病持有深入到骨髓造血干细胞的印象，就读卫生学校之后对此更为反感。老人家在吃饭的时候，他任何一次夹菜都会用自己的筷子不停地翻捞盘里的菜，将稍微散落的菜堆成一个高耸入云的圆锥状体。重复的动作没有 20 个回合停不下来，历时至少 30 秒，然后才心满意足地夹取最尖端的那一小部分进食。后来发现，热衷于此道的人们还很多，包括我的好朋友兼老同事兼老师，外科的 X 主任。

南方人喜欢喝汤，很多情况下某一家人就只端一大盆汤上桌。喝汤的人每次就用一个小调羹兜取汤水，烫嘴的时候边猛吹气边啜半口。毫无疑问，啜得再干爽，总会有 100～300 微升残留在调羹里。这一部分污染源在下一个动作将被倒入公共的汤盆中，其他倒霉鬼则不可避免地饮掉这个哥哥的幽门螺杆菌。若干日子之后，一个新诞生的幽门螺杆菌感染者将加害另一连无辜的华夏儿女。这个害人过程与上述不科学的动筷如出一辙，都属于要在其乐融融的亲情或友情中置人于死地的战争行为。

在所有的不科学动筷恶行之中，最反人类的是用自己的私筷给亲人们夹菜。这种事情在人类进入 21 世纪之后已经变得越来越不常见，说明社会在精神文明建设的活动中取得了重大的突破性成果。想当年，我敬爱的岳母最喜欢干的事就是替我夹菜。她看到白切鸡中美丽的母鸡膝关节或带骨的肱二头肌部位，都会笑盈盈地往我碗里塞。这也难怪，我毕竟是即将享受国务院特贴的杰出女婿，老人家最大的担心就是我会中途变卦，抬腿窜到其他楼层遴选别的岳母。问题是，我当年想到的不是血浓于水的亲情，而是交叉感染和高浓度的唾液淀粉酶。

2019 年 1 月 9 日

我是一个有故事的人

在写到青少年时代的往事时，我总是习惯将自己的青春岁月描绘成一段没有希望的生活，那显然不是真实的本底写照。其实，我是一个有故事的人。

作为事实，我在日记或者网上的虚拟世界里很少记录我的大学时代。个中原因，理所当然与那5年确实没有太多精彩的故事有关，所有的活动无非是上课、自习、看电影，以及骑单车瞎逛。另一方面，我的性格多少有些古怪，那时在同学当中没有几个很要好的朋友，所以很多时候都是独来独往。

大学毕业之后，我倒是和84级大学同学尤其是同班同学有了比较多的交往，其中尤以在南宁工作的同学为多见。工作之后，绝大多数同学很快便结婚生子，然后考虑出国、进修、攻读学位或诸如此类的事情，我们大多数交往都限于工作接触。南宁是一座小城市，出出入入诚如低头不见抬头见。大伙儿都很忙，各自有各自的生活，大学虽然是一段令人难以忘怀的灿烂时光，毕竟很快就过去了。

今年春节期间，我因为家里有事飞回了广西，很幸福地得以和两位貌若天仙的84级女同学在南宁简单聚了一下。聚一下的意思真的很简单，就是斯文地吃自助餐和聊天。在任何地方吃自助餐，我都是很节约的，生怕浪费粮食对不起天地，而且我的食肉量从来都很小户型，尽管每一顿饭

2015 年，和朋友在贵阳市打牌

都必须吃点儿肉。两位小姐姐虽然明眸皓齿，钟灵毓秀，但吃起海鲜来至少比我多出 2 两。

由于不同班，当年几乎没有机会说过话，所以她们不知道我自始至终是个学霸。我读大学前 4 年的在校成绩基本上都是全年级前 5 名，而且经常第一，第 5 年的毕业会考的分数当然也有靓丽表现。那个年代，我不会弹吉他，不喜欢打篮球，单单依靠成绩好是没有用处的。尽管我也知道大学不讲学习成绩，但我的确误以为同学们都会在不经意之间知道谁的成绩特别好，毕竟成绩好不丢人。

我们于 1989 年大学毕业，迄今已经整整 30 年过去，这是恰好的弹指一挥间。30 年过去，人世间可以发生多少曲折离奇的生动故事！不要说只是 5 年的同窗，就算是曾经没事干就愿意为对方去撞墙死的恋人，这么多年之后变成了在菜市场买菜卖菜需要讨价还价的街坊也不令人诧异。岁月的力量是无穷的，没人可以敌得过生活的荡涤。这是一般的人情世故道理，但我的心境可能略有不同。实际上，我的想法历来总是与众不同。

如果不离开广西，继续在老家讨生活，想法也就完全和上述的买菜卖菜是同一个情调。只是，这么多年来海内外四处漂泊，回忆起当年的一些酸甜苦辣，不可避免地融入了更为复杂的情感。有时候，我甚至惊奇地发现自己带着单方面美化的愿望来看待当年的青春和奋斗历程。这或许是一种难以名状的弥补，纵然没有实际意义，但能够促使偶尔呈现的烦躁情绪逐渐趋于平静。

不得不说，尽管我的心态整体而言是比较好的，但心态再好也有感觉不平衡的时候，导致时不时会感觉到孤独，尤其是人到中年只身远赴他乡“奋斗”。我自认为战胜孤独的能力是很强大的，然而即使战胜了孤独，也还会感到孤独，尤其是在已经长大成年的儿女漂洋过海出国学习之后。和当年的老同学聊聊天，那种感觉很甜美，也很踏实，尤其是那些有好感的同学。这几天，我翻出从前的相册看个不停，看着看着，心头莫名涌上重读大学的念头。

我的确有不同于寻常的怀旧情结，将近 20 年前在离开美国之后专程飞了一趟波士顿，回到原来的实验室看望老师，还特地在医院的食堂吃一顿 pizza 作为午饭，自然少不了回到自己的“旧居”流连忘返和隆重感慨一番。完全是出于同样的心绪，我决定下个月底飞一趟位于日本四国岛的松山市，不为别的，就为去看一眼自己曾经工作过的病院和住宿过的房子。为此，我特地约好已调离爱媛县工作的指导老师横山彰仁教授一同回去，而他也爽朗地答应了我的请求。

人生多奇妙，能够如愿以偿的心事总会是少数，正是心里头的一连串一开始就不可能实现的愿望，使得积累岁月沉淀之后的人生有了更多的回忆。这些回忆谈不上甜蜜，更谈不上苦楚，但别有一番风情。说起来真奇怪，当年的老同学明明都早已是年过半百的人，但在脑海里总是一成不变地以他们当年去学生食堂打饭的轻盈步伐，来取代今天的主任医生在诊室里给人看病的实际身影。

那当然是很遥远的梦，梦醒了是好的，能接着再进入同样的梦乡，可能也是好的。

2019 年 3 月 5 日

人总是越老越迷信保健药品

今年已经过去了三分之一多，还没有写过吴聪主任，既不合情也不合理。实际上，今天好像也没啥好写的，他和我都是平平常常的人，哪有这么多有趣的事值得写？在几天之前的电话中，他说这段时间特别忙，母亲在老家病重，怕是没有时间见我一面。后来情况比较稳定，昨天得以陪我回乡下老家扫墓祭祖。

清明节那天，家里的人已经完成了扫墓的所有事情，昨天我回去只需要按照乡下的习俗去到父母的坟前上香和烧去一些封建迷信的物品。这些封建迷信的东西，无非都是传统的元宝和冥币等。这一次，没有看到他们准备“别墅”“小汽车”“手机”等。多年以前曾听说，广西有些地方清明节上坟时出现了烧“医生”和“护士”的新鲜事，说是派他们下去为先人们的身体健康保驾护航。

昨天，我特意穿上了那件领口和袖口已经破烂的衬衣回去，目的在于穿着这件衣服和吴聪主任及阿东合影，以便能与多年以来相同时节的合影相呼应。那件厚布衬衣还在我离开广西之前几年就买了，年年都穿，今天居然能穿。

昨天和我一同回乡下老家的有医科大学的十来位老同事及多位同行好朋友。美中不足的是，李师兄超乾书记却在这个周末北上进京参加急诊学术会议。如果有空，他可能也会随我们一道下乡，凑凑热闹也好。乡下有许多好吃的土货，饱饱口福总归是好事。

从山上扫墓回来，我们在家里就着酸菜各喝了两三大碗白粥。长途跋涉出了不少汗，补充水分是有必要的。一行人驱车回到南宁，立即赶往一家餐馆吃晚饭。老朋友相聚永远是快乐的事，我甚至违反誓言喝了一点小酒。并且，吴聪主任也同意喝一点，这是我第三次和他喝酒。

今天上午，我回岳父家看望老人家。老岳父的精神还好，无奈年华老去，在家里需要拄着拐杖才能缓慢走路。和所有年老的人一样，岳父也很关注自己的健康状况，当然也越老越迷信保健药品。告诉我说上午量血压是正常的，下午则偏低，还说有专家告诉他多喝酒以免血压过度下降。伪科学和伪科普真是害死人。

岳父告诉我，最近他听从别人的建议去到防疫站打“肺炎免疫针”，几百元一针，打一针保证四五年不会染上肺炎。真佩服那些会洗脑的营销人员，他们的营销使得老人家对种种明显有悖于科学和常理的伪保健品深信不疑。我动员岳父不要听信这些东西，不想非但没有起到效果，岳父反而一而再再而三地劝说我也要去打几针。

2019 年 4 月 14 日

我是凤凰男

今年的新书书稿已于一个多月之前交给了出版社，估计年底之前能够出版发行。这是我的第三本书，属于医学专业的范畴，谈论的是医生开展临床科研的话题，不太适合非医疗界的读者阅读。

经常有出版社联系我，请我主编一本学术专著，大到《呼吸病学》，小到《胸膜疾病》，或者别的什么专题都行。我上次干这种事是在 2006 年，那年我单独编著《慢性阻塞性肺疾病》，主编了《肺脏免疫学及免疫相关性疾病》，两本专著都由人民卫生出版社出版发行。只要我愿意，任何时候想弄出几本书是比较容易的小事，而且想弄多厚就弄多厚。再说，朝阳呼吸有足够多的出版经费支持出版书，这些钱实际上每年都花不完。

关键在于，我一根筋地认为搞书没有太大的用处，总觉得搞 10 本厚如砌墙红砖的大部头所带来的学术影响，真比不上在权威的学术期刊发表 1 篇有影响力的研究论文。可能有人不同意我的观点，这没关系，我本来就不希冀得到超过 4 个人的共鸣。有时候，我和几个志同道合的大兄弟在谈论到某一位专家最近又搞了一本书，一般都会言不由衷地说："这哥儿们真能搞书。"仅此而已。

第四本书的书稿基本整理完毕，暂定的书名叫作《我是凤凰男》。全书分为"父母篇""家乡篇""成长篇""婚姻篇"和"其他篇"等五个部分，共 20 余万字。目前正在联系出版社，不管在哪家出版社出书不会是个难题，毕竟我的书从头到尾都充满正能量。我很看好这本书的销量。一个农村娃依靠党的好政策和自己孜孜不倦的奋斗精神，一步一个脚印走到今天，弥漫在书中的拼搏精神怎能不感动天地？

2006年，我和女儿在祖屋门前

我不是公知，看待问题站不到很高的高度，完全是从身上和身边的小事出发写写日记，并将这些日记粘贴到从前的博客和今天的公众号上。大多数文章，我本人经常反复阅读，有时候居然被自己幽默的文笔逗得哑然失笑，这还真是一番别样的享受。特别值得一提的是，广西会有很多老乡读者喜欢这本书，尤其是医疗卫生界的朋友，书中所描述的很多故事是他们耳熟能详的。

凤凰男是一个特殊的群体。这些人能吃苦，经常很自卑，性格难免有些乖戾，所以不管是亲人、同事和朋友，相对而言是比较难于相处的。凤凰男通过城里人难以理解的毅力挤进城市之后，几乎没有退路，必须继续狠命打拼才能站稳脚跟,然后才有可能谈得上出人头地。由于幼时的穷困潦倒和视野狭小,他们走上工作岗位之后很难从大局进行有效的统揽,而更倾向于关注琐细的环节。纵然当上了家长,女方每天都还要嘚瑟一大把城里人的优越感。因此,凤凰男在内外夹攻的困境中活得特别累。

这是一个很复杂很无奈的社会现象。《我是凤凰男》将隐藏在这种社会现象背后的凤凰男心态真实地呈现出来。我想,除了我一个人愿意不矫情地吐露心声,其他人能写的没有这个经历,有这个经历的不愿意这么写。

2019 年 6 月 11 日

老男人该不该续弦

在下一次批评与自我批评的会议上，我必须高标准严要求地公开做出深刻反省及长篇自我批评，因为昨天我提心吊胆地未经备案就飞往柳州处理一桩事。我是一个讲规矩的好干部，之所以未经备案完全出于无奈，眼下是国庆长假期间，医院的OA不方便使用。于是乎，就首次发生了本人未办理请假手续就利用假期外出一天的荒唐之事。

即使在广西工作的时候，我去柳州机会不多，那个工业城市给我的印象是发展速度相当缓慢，这一天给我的印象好了很多，街道很是整洁干净。昨晚和老朋友吃饭的时候，我说在北京骂人“孙子”和在武汉骂人“婊子养的”差不多，在大街上是可以引发命案的。我说这个是为了作个铺垫，接着下来问道：“在柳州，脱口骂出什么话就能打起来？”没有想到的是，他们说人们在大街上一般不骂人，几乎不会有人打架。这完全颠覆我的原先根深蒂固的传统观念，大呼不可思议。

在柳州最大的收获是遇见当年一位看第一眼就患帕金森病、看第二眼就患阿尔茨海默病的女神同学。我们聊了一会儿，女神说到他们班今年早些时候已经搞过大学毕业30周年同学聚会时，伤感油然而生，因为已经有3位同学不幸因病去世。我们班还好，除一位北海籍的同学失联之外一个都不缺，不愧为广西医科大学历史上有名的“长寿班”，完全可以炒作一番坑卖某些“不英年早逝药酒”。

在回京的路途中，我莫名其妙地思索与“丧偶之后梅开二度”的严肃问题。如果发问：“老婆死后，老家伙该不该续弦？”1000个情感专家只有1个答案：任何年龄段的老人家都有权利获得爱情。大道理没有错，问题在于现实世界里不会存在这么一个简单的答案。

常常在网上看到，某老教授和保姆日久生情，临终立遗嘱将所有的房产和存款全部遗赠给感情笃深的阿姨。判断世间万物，不需要高深莫测的微积分或BT细胞热图的知识，只需要按照常理掐掐手指就能万无一失地得出符合科学逻辑的结论：这里蹦出干净爱情火花的可能性不大，更多的是挖坑和掉坑里头。

我当然希望俺们伉俪身体永远健康，没有疾病和死亡。万一我家里的“呆头鹅”不幸先我而去，我会依据科学原理绝不可能考虑再婚这种事。对于鳏居的老男人而言，决定其能否迎来第二个春天的因素只有一个，那就是钱夹子的厚薄，其他任何一个因素诸如高矮胖瘦等都毫无影响。我目前有工资可领，虽然不高，但过日子不愁衣食住行。即使退休之后，也能拿到确保生活无忧愁的退休金，所以不需要担惊受怕凑不够棺材本的事儿。在这种情况下，要找一个老伴应该是有些许前景的。在咱们祖国的大家庭里，总能找到某一个愿意来替我煎药的守寡阿婶。

问题来了，我该找一个什么样年龄段的婶呢？我今年55岁，很快就56岁，娶一个同龄的更年期阿婶回来卿卿我我？咋个卿我法嘛？估计我做不出和一个陌生异性老年人近距离接触这样的事来。因此，这个方案断然行不通。还有一种可能性，那就是从前有好感的老同学或老同事或老朋友，或许有情人终成眷属。关键是，中断联系数十载，各自的经历和想法发生了翻天覆地的变化，成事的机会相当渺茫。纵然天公作美，如何应对双方的子女和孙子孙女，几乎是个天才也解答不了的数学难题。

那么找一个年轻一点的，比如说40～50岁的大嫂？上述的问题一个不落地存在这个年龄段的阿姨身上。更年轻一点的？人家又不傻，怎么可能往火坑里跳？再说，我老人家天天全心全意为人民服务，哪有时间和精力对付众多方面的生活琐细事？就算有人为了饭票愿意乐呵呵地跳进火坑里，下班回到家该和她说些什么情话？

想一想那可真是一件恐怖的事情。所以，就我个人的无限正确的科学观念而言，万一不幸鳏居，我老人家宁愿孤独至死也绝对不考虑续弦这种事。非但不续弦，甚至不会雇请长期的保姆，但会在网上约请钟点家政工人，支付宝每次付账，做完清洁工作就离开，不需要知道对方的姓名和联系方式。

今晚胡思乱想，想岔了。但愿我老人家不会如此命苦，不会早早就孤单。

2019年10月6日

妻贤夫祸少

由于新冠疫情的影响，我的生活状态露出了一点儿家道中落的迹象，不得不开始接受网络授课的雇请。这几天试了几场，感觉非常不好，这种活儿诚然不是我玩的。正因为激情有限，事先很难逼迫自己感情投入，所以自始至终无精打采。讲课需要和听众/学生有眼神交流，不然哪里有讲课的气氛？一个人在电脑前喃喃自语，这和焦虑状态中的危重型咽炎患者连续清喉有啥区别？整不好连自己都感觉到应该去心理门诊找石大夫“做治疗”。

本来我就不擅长讲课，现在因为买米缺乏资金的缘故不得已而为之，到了今天我才理解当年在南宁滨湖路“苗寨”餐厅推销啤酒的姑娘们心里有多苦。不管怎么说，这活儿还得多干一点，从今往后哪家学术机构派啥课，我当不再介意喃喃自语。

本季度诸多不顺心。前天晚上办公室和家里的电脑同时不能使用EndNote，那不等于结婚没有床吗？怎么活？有病乱投医，我为此遍访京城、武汉和南宁久负盛名的电脑高手，但均告“医不治喘”。往时电脑碰到一些小灾小害，问问武汉的周教授或南宁的曾主任，一般都能搞掂。不知咋的，这一回却不灵验了。平时不理解为啥有人生病之后会去莆田系医院就诊，明天估计我也会扛着主机上街看看哪条街有莆田系电脑修理铺了。

因为前段时候看到报道说孟鲁司特可能有潜在的不良反应，不敢继续吃。这几天正好是北京花粉的发疯季节，不吃那货一天便会来三两百个喷嚏，而且有如巨块型鼻息肉往外狂长，鼻塞得不行。因为EndNote的事而生气不想出门，只好花费两次网课课酬的代价央求“母老虎”出门代劳买药，阿虎买回一种粉红色每片4 mg的新生儿剂型打点我。《增广贤文》说得对——妻贤夫祸少；反过来说也对——妻不贤夫死得快。

2020年4月18日

五好家庭

有一件事，我一想起来就七窍生烟，不伸张正义就难以全身心舒展。那还是 21 世纪初某一年的事，那年李师兄超乾博士家被一附院遴选为“五好家庭”。我认为那一年的评选特别不公正，要不然如何解释我家评不上？连双目失明多年的人都能看得出来，我家比他家和睦得多啦。我经常买菜做饭带小孩，所有这些有口皆碑的优秀品质，全医科大学的师生员工全都看在眼里，赞在心头。

因为我家是货真价实的五好，来到北京以天天打鸡血的激情参与建设首都的伟大工作之后，我也从未放弃让我那弥漫欢乐祥和气氛的家被评为“五好家庭”的中国梦。为此，我长期关注评选规则和报名办法，并经常研究“五好家庭”的动人事迹。后来，我渐渐觉得难度不是一般的大，而是二般的大，尤其是在高手如林的朝阳区。

要在激烈的竞争中胜出，还得强化顶层设计，讲求全局谋划。我最大的劣势在于，我亲爱的妈妈走得太早。要是熬到了现在瘫痪在床四五年，我就天天将忠孝两全地伺候她老人家的感人视频发抖音作为证据。当然，我会到处疯狂造假炒作：“朝阳医院呼吸科主任在鞠躬尽瘁死而后已地做好本职工作的大前提下，多年如一日床旁照护卧病在床的老母亲”。我还要在媒体造谣说我天天加班，不耗到深夜鸡叫时分决不回家，配上一张血丝满布双眼但精神奕奕的特写照片。如此这般操作，说不定真有

2020 年，夫妻俩在北京街头

盼头。

从超市买菜回家的路上，我越想越生气。怎么安慰自己都顺不过气来，便打电话给吴聪主任找碴儿，此时这哥儿们正在街上找粉吃。我问难道刚刚给人修电脑去了，回说正是。一般而言，医生只会修人，吴聪主任平白无故多了一技傍身，那就是修电脑。我只有“毫无利己专门利人”的一个优点，而吴聪主任在此基础上还多了一个“后天下之乐而乐”。此乃人比人得死，货比货得扔。不过，我有成为十大道德模范标兵的潜质。我说：“在为人夫、为人父领域，如果我拿 80 分，你顶多就只能得到 78 分。”吴聪主任心服口服地回应：“是！是！是！”

一强师兄寄来了两箱又肥又大的广西杧果，看起来比年富力强的摩拉公牛之春还硕大，哪有不好吃的道理？荔枝最当季的那几天，从广西水果寄往北京的快递业务全部被叫停，所以今年能吃到的灵山荔枝不多，好在过几天就到了龙眼的成熟时日。

眼下最梦寐以求的大事是尽快回一趟南宁。依照天理，那边总有好几位很想见到施博的小姐姐急着等施博回去猜两码。

2020 年 7 月 11 日

老廖的初恋

作为中国20世纪50—60年代“十大建筑”之一的工人体育馆不久前已被“轰”几声夷为平地，据说这里要建成新的体育馆和商业中心。因为工体关闭，我没有了跑步的好地方，只能在小区的负一层转来转去。这么干在疫情期间挺好，但疫情过后就显得不像话了。好在亮马河日前重新开放，沿着河两岸驰骋相当赏心悦目。

不妙的是去亮马河需要经过一段不好走的路段，交通安全是个严重的问题。比上述不妙还要不妙的是，亮马河两岸的灯光设计可能出自专门经营游乐中心鬼屋设计的顶级大师之手。灯光不停地在暗绿、浅绿、深蓝、幽黑、砖红等之间轮换，连着死寂的河水不管是从远处看还是身处其中，都给人一种墓地花园的感觉。八月十五和十六那两个夜晚，我都披星去了那儿赏月，沿途老是觉得会有一个留着齐臀长发、身穿白色长袍的仙女从某一处树梢飘荡而出，轻道一声：“施老师您好吗?”这哪里是欢度中秋佳节？分明是在过七月十四节，就差没烧元宝跪地“下公”了。

昨晚很开心，又到了驻京宾阳籍乡亲聚会吃喝的大好时光，地点是在北五环的一家没有星级胜似有星级的宾馆。这是冯总的地盘，他们正在发奋整出尽可能正宗的广东菜效果。昨晚的实地验收结果是基本达标，味道煞是接近，而且价格非常天公地道。

好长时间没有见到乐善好施的老廖，他还是那样助人为乐。他当兵转业之后在北京谋生发了财，不但光宗耀祖地娶回一个貌美如花的北京姑娘在家烧火做饭，还富贵地养起了宠物狗，是典型的成功暖男。老廖说他家的狗狗拥有十几套华丽的衣裳，天天换新装，连泡温泉都和他们夫妻俩带设备潜水。

老廖 2018 年为了表示对人民教师的尊敬，专门从广西弄来一头整猪协助我庆祝教师节，昨晚又说会尽快从广西运来一头马山黑山羊以改善我的生活质量。这些一切为了人民的专项行动固然让我感动得涕泪交加，但最让我肃然起敬的是他对初恋的海不枯石不烂的眷恋之情。他的初恋是他的小学/初中女同学，在后来的蹉跎岁月中嫁给了和田乡的农民兄弟。

数十年之后为了找到乡下初恋的下落，老廖惊动到和田乡派出所的警官们放手发动群众展开地毯式搜查，终于找到了在田间劳作的老阿婆。我真不明白老廖为何要干这么一件没有任何欢乐意义的傻事。难道他期待能够看到一位驻留着当年青春俏模样长辫子大眼睛的农村妇女在山包上等着他归来，然后含情脉脉对他幽怨言语："阿廖，这些年你还好吗？"

我问老廖："见到初恋，了结这辈子最大的心愿了是吧？"只听他说："不见还好。"这几个字传神地体现出老廖的满足感和失落感并存的复杂情愫，没有谁比我更理解凤凰男的犯贱心态。人生苦短，干啥不好却偏要找到初恋叙旧？回到老家就看看村子里的鸭打架不好吗？这种感觉，与医生看到呼四病区 C1123 床患者的家属会有区别吗？

我身体发育得晚，貌似没有明确的初恋，所以想捣鼓出一个初恋来忆苦思甜也毫无可能。实事求是地说，婚前倒是有一两三个有点儿男婚女嫁意思的准前任。她们的心灵都不美，意志十分不坚定，在她们的父母只煽一把阴风、点一把鬼火之后就能在顷刻之间对我横眉冷对，连说一声“拜拜”都懒得张嘴。

2020 年 10 月 4 日